HEINZ-PETER BAECKER · EIN FALL FÜR FUSS

Heinz-Peter Baecker

Ein Fall für Fuß

PV

PANDION

Gartenstraße 10, 55469 Simmern, Telefon (06761) 7142

info@pandion-verlag.de, www.pandion-verlag.de

Druck- und Weiterverarbeitung:
AALEXX Buchproduktion GmbH
D-30938 Großburgwedel

ISBN 978-3-86911-017-2

1.

Die beiden Frauen schauten sich mit einem kurzen Aufschrei erschrocken an. Dann brachen sie in lautes Gelächter aus.

„Mensch, hast du mich jetzt erschreckt“, prustete Iris los und ihre Mutter pflichtete ihr bei, indem sie wortlos mit dem Zeigefinger auf sich deutete. Sie war vor Schreck, plötzlich beim Öffnen der Tür im Halbdunkel des Flurs unerwartet ihrer Tochter gegenüberzustehen, nicht imstande zu sprechen.

Beide hielten sich aneinander fest, bis sie sich vom Schrecken erholt hatten.

„Was wolltest du denn in meiner Wohnung?“, erkundigte sich Iris erstaunt.

„Ich dachte, ich hätte dich gehört und wollte nachschauen, ob du tatsächlich schon gekommen bist“, antwortete ihre Mutter Elfriede. „Aber es wird wohl Günther gewesen sein, den ich gehört habe.“

„Mein Schatz ist auch schon da?“, reagierte Iris freudig.

Der Freund der zweiundzwanzigjährigen Kauffrau kam normalerweise erst nach ihr, wenn er sich auf dem Weingut der Familie Gauss aufhielt. Heute aber war auch Iris früher als üblich nach Hause gekommen, um ihrer Mutter bei den Vorbereitungen zum 50. Geburtstag ihres Vaters Bernd helfen zu können.

„Ich weiß nicht …“, antwortete Elfriede etwas verunsichert. „Ich war nur im Wohnzimmer, da war Günther allerdings nicht. Aber wen soll ich sonst gehört haben? Sven kommt erst am Abend und Papa ist mit Herrn Hammes unten im Weinkeller.“

Sie machte einen Schritt zur Seite und damit ihrer Tochter den Weg frei, um in ihre Wohnung zu gehen. Dann eilte sie den schmalen, dunklen Flur entlang und die Treppe hinunter.

Bernd Gauss war mit seinem Winzerkollegen von der Mosel, Franz-Josef Hammes aus Alken, aus dem Weinkeller zurück und saß mit ihm in der kleinen Probierstube, wie Elfriede an dem angeregten Gespräch der beiden hören konnte.

„Das ist ja eine Überraschung!“, begrüßte sie den Mosel-Winzer. „Wann haben wir uns denn das letzte Mal gesehen?“

Franz-Josef Hammes stand auf und beide umarmten sich freundschaftlich.

„Marion und ich haben eine kleine Tour den Rhein entlang gemacht. Man muss nach dem langen Winter ja jeden Sonnenstrahl ausnutzen. Sie ist noch schnell etwas fürs Abendessen einkaufen. Du weißt, für so etwas habe ich keinen Nerv. Da dachte ich, ich geh derweil zu euch, obwohl wir …“, er zwinkerte Bernd zu, „… obwohl wir uns morgen Abend schon wieder sehen. Aber keine Angst, ich will euch auch nicht aufhalten, ihr habt sicherlich genug vorzubereiten. Marion kommt mich gleich abholen.“

„Das war eine gute Idee“, versicherte Elfriede. „Ihr haltet uns überhaupt nicht von der Arbeit ab, es ist bis auf die letzten Kleinigkeiten bereits alles fertig. Heute Abend wird nur noch das Zelt aufgebaut. Aber das macht die Lieferfirma und Wendel Steffen bringt uns ein paar Heizstrahler. Soll ich für uns einen Kaffee machen?“

„Hast du nicht auch schon etwas Kuchen?“ Bernd blickte seine Frau über den Brillenrand an und strich sich durch seine schütteren, graumelierten Haare. „Elfriede hat nämlich die letzten drei Tage gebacken wie ein Weltmeister!“

„Aber doch keinen Kuchen zum Wein!“, protestierte Hammes sofort.

„Ich mach schnell ein paar Brote fertig“, entschied Elfriede. „Die passen in jedem Fall zum Wein und auch zum Kaffee.“

Sie verließ die Probierstube und stieß in der Küchentür ein zweites Mal innerhalb weniger Minuten mit ihrer Tochter zusammen.

„Gott, was ist denn heute los?“, entfuhr es der schlanken jungen Frau mit den langen rehbraunen Haaren. „Ich habe Günther nur ein Bier aus dem Kühlschrank geholt, es ist mir ausgegangen.“

Elfriede schaute auf die Uhr an der Wand. „Wieso bist du eigentlich jetzt schon da?“

„Ich dachte, wir könnten doch schon etwas dekorieren oder sonst noch etwas vorbereiten. Ich habe sowieso so viele Überstunden …“

Elfriede hörte ihrer Tochter kaum zu. Ihr lief es nach dem erneuten Zusammentreffen kalt den Rücken hinunter. Überraschungen dieser Art setzten ihr immer sehr zu.

„Du hättest mich doch anrufen können, ich hätte dich dann mit dem Auto abgeholt.“ Elfriede öffnete den Kühlschrank und nahm eine Tupper-Dose mit Aufschnitt heraus und stellte sie auf den Tisch.

Iris sah ihre Mutter erstaunt an. „Aber warum denn? Ich habe einfach einen Bus früher genommen, mehr nicht. Trotzdem bin ich froh, wenn mein Wagen wieder aus der Reparatur kommt."

„Kannst du mir schnell helfen ein paar Brote schmieren? Papa sitzt mit Franz-Josef in der Probierstube und Marion kommt auch noch gleich vorbei."

„Ich bringe Günther nur schnell das Bier. Bin aber gleich wieder zurück." Rasch verließ Iris die Küche und eilte die Treppe hinauf.

Günther lag auf der Couch und blätterte in einer Zeitschrift.

„Wieso bist du eigentlich heute so früh da?", erkundigte sich Iris bei ihrem Freund.

„Ich habe die Tour etwas abgekürzt", meinte er. „War heute nicht so mein Tag. Das fing schon in aller Früh an. Die Wartezimmer gerammelt voll und kein Arzt hatte Zeit. Und dieses reine Stempelsammeln und Muster abgeben bin ich langsam leid."

Iris stellte ein Glas und die geöffnete Flasche Bier auf den Couchtisch. „Bin gleich wieder zurück. Ich helfe Mama nur ein paar Brote zu schmieren. Die haben Besuch."

Rasch verließ sie wieder ihre kleine Wohnung, die sie sich nach ihrer Lehre im großzügigen Haus ihrer Eltern eingerichtet hatte.

Marion Kosira, die Lebensgefährtin von Franz-Josef Hammes, war inzwischen eingetroffen und saß zusammen mit ihm und dem Ehepaar Gauss in der Probierstube. Bernd hatte eine noch unetikettierte Flasche des neuen Weines aus dem Keller geholt. Auch Iris setzte sich kurz dazu, nachdem sie und ihre Mutter eine ganze Platte mit Broten zubereitet hatten. Nachdem der Winzer jedem ein Glas eingeschenkt hatte, stießen sie an und genossen den noch sehr jungen Wein mit Kennergaumen.

„Der wird was!", lobte Franz-Josef die Probe, nachdem er nicht nur die Blume, sondern auch den ersten kleinen Schluck auf sich hatte wirken lassen.

„Das will ich meinen", antwortete Bernd voller Stolz. „Mit hundertdrei Grad Öchsle liegt er genau richtig."

Ohne Vorankündigung stand Iris plötzlich auf und verabschiedete sich rasch. Elfriede schaute ihrer Tochter nachdenklich hinterher.

„Ist ihr nicht gut?", fragte Marion, die den besorgten Blick von Iris' Mutter bemerkt hatte.

„Ich weiß nicht recht. Iris sieht überhaupt die letzten Tage irgendwie blass und krank aus. Aber sie sagt ja nie etwas."

Marion schaute Elfriede schmunzelnd von der Scite an. „Vielleicht ist sie schwanger?"

„Ach, du lieber Gott!", stieß sie sichtlich erschrocken aus. „Alles, nur das nicht! Dafür ist meine Tochter noch nicht reif. Lass das alles sich erst einmal entwickeln. Erst muss geheiratet werden und dann sehen wir weiter."

„Ich kann mir da kein Urteil erlauben", meinte Marion. „Die wenigen Male, wo wir ihren Freund erlebt haben … da kann man sich keine Meinung bilden."

„Der ist nicht verkehrt!", bestätigte Bernd. „Zwar wünscht sich ein Vater wie ich für seine Tochter immer einen Mann, der vom Fach ist und ihm vielleicht mal im Weinberg zur Hand geht, wenn Not am Mann ist. Das liegt Günther leider nicht. Aber, was will man da machen, es kann nicht jeder Wunsch im Leben in Erfüllung gehen und außerdem kann ja Sven das Weingut auch alleine übernehmen."

„Soll ich dir mal was sagen?", mischte Marion Kosira sich ein. „Die jungen Leute haben heute alle ihren eigenen Kopf. Hab ich recht?" Sie schaute ihren Lebenspartner an. „Oder sehe ich das falsch?"

Hammes wiegte den Kopf. „Ganz so schlimm ist es nicht. Aber so, wie wir früher waren, sind die jungen Leute heute nicht, das stimmt."

„Ihr könnt sagen was ihr wollt", entgegnete Elfriede mit deutlich hörbarer Zufriedenheit in der Stimme, „ich bin jedenfalls froh, dass unsere Tochter so einen netten jungen Mann gefunden hat. Alles Weitere wird die Zeit mit sich bringen."

Bernd winkte ab, ihm waren solche Themen über ungelegte Eier lästig. Er erhob sein Glas und prostete Hammes und seiner Freundin zu. „Lasst uns das Leben genießen. Morgen feiere ich Geburtstag und hoffe, ihr beiden schaut trotz eurem heutigen Besuch am Abend vorbei." Die Gläser der vier berührten sich mit einem leisen Klingen.

Elfriede war gerade dabei den Tisch für das Abendessen zu decken, als sie plötzlich einen dumpfen Schlag hörte. Von den Aufbauarbeitern des Festzeltes draußen auf dem Hof schien dieser Schlag nicht zu kommen. Die Ursache musste innerhalb des Hauses liegen. Eilig öffnete sie die Tür des Esszimmers und sah sofort ihre Tochter am Ende der Treppe auf dem Boden liegen.

„Bernd!", schrie sie bestürzt und stürzte sich auf Iris, die ihr mit weit aufgerissenen Augen und sich vor Schmerzen krümmend ängstlich entgegenblickte.

„Um Gottes willen, Kind! Was ist passiert?", beugte sich Elfriede über ihre Tochter.

„Mein Bauch …", stöhnte die junge Frau und drückte beide Fäuste tief in den Unterleib.

„Was ist?", ertönte Bernds Stimme von oben, der in seinem Arbeitszimmer gesessen und Rechnungen geschrieben hatte.

„Ruf einen Arzt, schnell. Iris ist zusammengebrochen." Elfriede wandte sich wieder ihrer Tochter zu und strich ihr über das Gesicht. „Bleib ganz ruhig liegen, ich hole dir nur schnell ein Kissen für unter den Kopf." Sie richtete sich auf, stieg rasch die Treppe empor und holte aus ihrem Schlafzimmer ein Kopfkissen und gleich auch eine Decke. Wieder unten, schob sie es vorsichtig unter den Kopf ihrer Tochter und deckte ihren zitternden Körper zu. Mit einem Zipfel der Decke wischte sie Iris, die inzwischen die Augen geschlossen hatte, die Schweißperlen von der Stirn.

„Hörst du mich?", fragte Elfriede erregt.

Iris nickte heftig, ohne jedoch die Augen zu öffnen.

„Papa ruft einen Arzt …"

„Der Notarzt kommt", kam Bernd die Treppe hinunter. „Iris muss sofort in ein Krankenhaus, vielleicht ist es der Blinddarm."

„Blinddarm?", wiederholte Elfriede etwas erleichtert, die gern dazu neigte, voreilig relativ harmlose Situationen ohne bösen Willen zu dramatisieren. Auf diesen Gedanken war sie bisher nicht gekommen. Sie hatte sofort Schlimmeres befürchtet. Hörte man in den letzten Jahren nicht immer häufiger von jungen Menschen mit Krebs. Gerade das Risiko von Gebärmutterhalskrebs ging durch die Entwicklung eines neuen Impfstoffes vor Kurzem durch die Schlagzeilen der Medien. Sie strich mit dem Handrücken ihrer Tochter erneut über die Stirn. Die fühlte sich fiebrig an, das widersprach allerdings der Annahme einer Blinddarmerkrankung. Vielleicht war es der Magendarminfekt, der seit einigen Wochen den Rhein entlang grassierte. Irgendein Hotelschiff hatte vor einiger Zeit den Norovirus ins Land gebracht, der sich rasend schnell verbreitet hatte. Elfriede glaubte gelesen zu haben, dass dieser Virus lebensgefährlich sei.

„Wann kommt denn der Arzt?", blickte sie ungeduldig zu ihrem Mann auf.

„Mein Gott, ein paar Minuten wird es schon dauern." Er blickte auf die Uhr. Vielleicht war es hilfreich, sich auf die Straße zu stellen, damit der Notarztwagen das Haus schneller fand. „Wo ist denn Günther?“, fragte er. Der musste doch mitbekommen haben, was geschehen war.

„Günther!“, brüllte Elfriede laut, ihren Blick nach oben gerichtet. Kurz darauf war ein Türknarren zu hören und der junge Mann tauchte am oberen Treppenabsatz auf.

„Was ist los?“ Als er sah, was geschehen war, stürzte auch er die Treppe herunter.

„Iris ist plötzlich zusammengebrochen“, erklärte Elfriede aufgeregt. „Bernd hat bereits den Notarzt gerufen.“

„Ich habe nichts gehört, wir haben den Fernseher an. Wann ist das denn passiert?“

„Eben. Ich habe im Esszimmer ihr Fallen gehört.“

„Oben war nichts zu hören“, verteidigte sich Günther und betrachtete etwas hilflos die Szene.

„Du solltest auf die Straße gehen“, bat Bernd, „und dem Notarztwagen ein Zeichen geben, damit er rasch das richtige Haus findet. Und vor allem, schau, ob der Zelttransporter nicht die Einfahrt versperrt!“

Günther nickte wortlos und machte sich auf den Weg.

Inzwischen hatte auch Bernd sich etwas schwerfällig neben seiner Tochter auf den Boden gekniet und ihre kalte Hand ergriffen.

„Wird schon wieder“, meinte er leise und drückte behutsam die zarte Hand mit seinen großen, kräftigen Händen. „Fährst du mit ins Krankenhaus?“

„Natürlich fahr ich mit“, antwortete Elfriede empört, „Ich lasse mein Kind doch jetzt nicht allein.“

Knapp zehn Minuten später saßen Elfriede und Günther eng beieinander im DRK-Rettungswagen zusammen mit einem Notarzt und einem Rettungssanitäter, die sich beide um Iris bemühten.

„Was hat Ihre Tochter zuletzt gegessen?“, fragte der Notarzt, ohne sich zu den beiden umzudrehen.

Elfriede und Günther sahen sich kurz an. Günther zuckte mit den Schultern. Daraufhin antwortete Elfriede: „Sie hat meines Wissens vor gut zwei Stunden eine halbe Scheibe Brot mit Gouda gegessen. Das war alles. Allerdings ist mir in den letzten Tagen aufgefallen, dass sie immer recht blass war.“

„Nimmt Ihre Tochter irgendwelche Medikamente oder Drogen?“

Elfriede und Günther verneinten in einem Atemzug.

Der Notarzt machte seinem Assistenten ein Zeichen, der daraufhin eine Infusion vorbereitete. Er musste diese Tätigkeit zwar kurzzeitig unterbrechen, weil der Rettungswagen sich in einer lang gezogenen Kurve leicht zur Seite neigte. Erst dann konnte er dem Arzt die Infusion reichen.

„Wir stabilisieren zunächst einmal den Kreislauf, der Rest muss dann im Krankenhaus untersucht werden", ließ der Arzt die beiden wissen.

„Ist es kein Blinddarm?", erkundigte sich Elfriede.

„Blinddarm?" Zum ersten Mal blickte der Arzt zu ihr herüber. „Nee, zum einen treten die Symptome nicht so plötzlich auf und zum anderen schmerzt ein Blinddarm zunächst in der rechten Bauchhälfte und verursacht Schmerzen beim Niesen und Husten. Beides scheint hier nicht zuzutreffen Ich könnte mir eher eine Lebensmittelvergiftung vorstellen."

„Aber wieso denn?", fuhr Elfriede entsetzt hoch. „Wir haben doch alle von den Broten gegessen ..." Sie schaute den Notarzt verzweifelt an. Dann wandte sie sich an Günther. „Hat sie oben bei dir etwas gegessen?"

Doch Günther schüttelte nur den Kopf. „Ich habe uns nur einen Tee gemacht, mehr nicht. Und davon habe ich mehr getrunken als sie." Er zuckte mit den Schultern.

Elfriede beugte sich zu dem Rettungssanitäter vor, der näher zu ihr stand. „Wohin fahren wir?"

„Hier nach Boppard!", antwortete er.

Wieder mussten sich alle festhalten, weil das Fahrzeug in eine weitere, diesmal enge Kurve ging. Elfriede warf einen Blick durch das Verbindungsfenster zum Fahrer und konnte im Vorbeifahren Straßenbeleuchtungen erkennen. Es konnte also nicht mehr weit bis zum Krankenhaus sein.

„Wir haben ihr vorsorglich den Magen ausgepumpt", erklärte wenig später der Arzt in der Notaufnahme den beiden. „Der Kreislauf der Patientin ist jetzt wieder stabil. Der Mageninhalt wird im Labor untersucht. Morgen können wir Ihnen dann mehr sagen."

„Kann ich jetzt zu meiner Tochter?", fragte Elfriede mit Tränen in den Augen. Sie saß neben Günther auf dem Flur des Krankenhauses, der seinen Arm beruhigend um sie gelegt hatte.

„Erst morgen! Ihre Tochter schläft jetzt. Sie können beruhigt nach

Hause fahren“, versicherte ihr der junge Mediziner. „Morgen Vormittag können wir sicherlich mehr sagen.“

Elfriede und Günther erhoben sich von den Stühlen, gaben dem Arzt die Hand und machten sich auf den Weg zum Ausgang. Von der Dame an der Information ließen sie sich ein Taxi rufen. Während sie auf dieses warteten, setzten sie sich gegenüber in die dort befindlichen Sessel.

„Meinst du, sie ist ernsthaft krank?“, fragte Elfriede leise, wobei sie sich vergewisserte, dass niemand in der Nähe war, der ihr Gespräch hätte mithören können.

„Mach dir mal keine Sorgen, es wird sicherlich etwas ganz Harmloses sein?“ Er fasste ihre Hand, die immer noch leicht zitterte und lehnte sich tröstend an sie.

Der restliche Abend auf dem Weingut verlief recht still. Das obligatorische gemeinsame Abendessen war ausgefallen, jeder hatte irgendwann etwas gegessen. Zwischendurch hatte Wendel Steffen aus Mastershausen, ein Freund der Familie, die Heizstrahler und Gasflaschen für die Beheizung des Zeltes gebracht. Er verabschiedete sich aber gleich wieder, nachdem er die gedrückte Stimmung und deren Grund erfahren hatte. Auch Sven war kurz nach zwanzig Uhr eingetroffen und schien sehr beunruhigt, als er erfuhr, dass seine Schwester ins Krankenhaus gebracht worden war. Der drei Jahre ältere Sohn des Ehepaars studierte in Geisenheim, wo er den Masterstudiengang Önologie/Weinwirtschaft absolvierte. Er saß zusammen mit seinem Vater und Günther vor dem Fernseher und schaute im Ersten eine alte Folge von *Polizeiruf 110.*

Elfriede hatte sich in ihr Arbeitszimmer zurückgezogen und bügelte. Sie musste sich ablenken. Der Gedanke, dass Iris ernsthaft krank sein könnte und das ausgerechnet am Tag des 50. Geburtstags ihres Vaters, ließ sie nicht los. Sie hatte sich für morgen alles so schön vorgestellt. Die Familie vereint am Tisch, was leider in letzter Zeit viel zu selten vorkam. Und dann abends gemeinsam die Nachbarn, die Geschäftspartner ihres Mannes und die Freunde begrüßen und bewirten. Es waren über hundert Gäste eingeladen.

Von Kindesbeinen an hatte sie im Waisenhaus, in dem sie aufgewachsen war, gelernt, es möglichst allen recht zu machen und sich immer wieder zu fragen, was andere sagen und wie andere ihr Tun und Handeln sahen. Eigene Bedürfnisse und Interessen mussten immer zurückgestellt werden. Zumindest nach außen hin. „Das tut man nicht!“ und „Das macht man so!“ waren die beiden Sätze, die ihr von den Schwestern des Waisenhauses mitgegeben worden waren und von denen ihr ganzes Handeln abhing. Ein Ausbrechen aus diesem Gefängnis war nur möglich, wenn es keiner merken konnte. Denn alles musste seine Ordnung haben. Was ihr Leben im Waisenhaus erträglich gemacht hatte, bestimmte, nachdem sie auf eigenen Beinen stand, auch ihr späteres Leben. Und so hatte sie sich eine eigene Welt mit eigenen Regeln aufgebaut.

Dazu gehörte auch, dass Iris bei der Geburtstagsfeier ihres Mannes neben Günther stand, ihrem Zukünftigen. Auch wenn sie ständig von der Vorstellung geplagt wurde, dass das, was für die reichlich unerfahrene und von der Mutter immer streng behütete Iris die erste große Liebe war, für Günther nur ein vorübergehendes Abenteuer sein könnte. Als Elfriede vor einiger Zeit das Ende der Beziehung zu spüren glaubte, war ihr sofort klar, dass ihre Tochter nicht so eine sein durfte, von der man sagte, dass sie ständig die Männer wechsele. Darüber hinaus bangte sie, wie wohl Iris reagieren würde, die sich vorher schon lange Zeit Sorgen gemacht hatte, noch keinen festen Freund zu haben, wie alle jungen Mädchen in ihrem Umfeld. Wie würde sie es verkraften, schon nach wenigen Monaten wieder solo dazustehen? Elfriede musste also alles dransetzen, um das zu verhindern.

In einem günstigen Moment hatte sie Günther beiseite genommen, um mit ihm über ihr Problem zu sprechen. Zwar verlief diese Unterredung ganz anders, als sich Elfriede diese vorgestellt hatte, aber danach war für sie zumindest nach außen die Welt in Ordnung. Sie hatte es wieder einmal geschafft.

Zufrieden mit sich legte die hagere, aber immer noch sehr attraktiv aussehende Achtundvierzigjährige gegenwärtig gesteigerten Wert auf ihr Äußeres, was sich sowohl bei ihrer Kleidung als auch der Friseur- und Kosmetikrechnung sehr schnell bemerkbar machte. Und als sie sah, dass ihr Mann und ihre Kinder auf diese Wandlung positiv reagierten, wuchs auch in ihr die Gewissheit, dass wieder alles rundum in bester Ordnung war.

Während Elfriede beim Bügeln ihren Gedanken nachhing, saßen Bernd, Günther und Sven immer noch vor dem Fernseher. Vor Günther reihten sich bereits einige Bierflaschen auf, während Bernd und Sven den erst vor Kurzem abgefüllten neuen Riesling genossen. Er versprach ein sehr guter Jahrgang zu werden.

Auch Bernd hing am Vorabend seines Geburtstages, trotz des Krimis im Fernsehen, seinen Gedanken nach. Er war stolz darauf, dass es ihm im Laufe der letzten Jahre gelungen war, die Qualität seines Weines ständig zu verbessern. Die Resonanz ließ nicht lange auf sich warten: Immer häufiger positive Erwähnungen in den führenden Wein-Guides, ebenso goldene und silberne Auszeichnungen. Die drei Hanglagen oberhalb von Boppard und etwas rheinaufwärts Richtung Oberwesel hatte Bernd von seinem Vater geerbt und der von seinem Vater, sodass man von einer traditionsreichen Winzerfamilie sprechen konnte. Es war vor allem Bernd gelungen den Wechsel zu trockeneren und wenig säurebetonten Weinen zu vollziehen. Dahinter steckte viel Arbeit und vor allem auch immer ein gutes Maß an Fortbildung und Erfahrung. Dieses Interesse und Engagement hatte Bernd seinem Sohn Sven vererbt, der von klein auf immer mit ihm in den Weinberg gegangen war und der deshalb schon vor Studienbeginn über ein reichhaltiges Wissen verfügte. Seine Tochter Iris hingegen hatte viel von ihrer Mutter geerbt. So interessierte sie sich mehr für den kaufmännischen Bereich, den ihre Mutter innerhalb des Weingutes betreute. Aber nach Bernds Vorstellung fehlte es beiden an Kreativität, die heute bei der Vermarktung von immer größer werdender Bedeutung wurde. Deshalb hatte er gehofft, Iris werde einmal einen entsprechenden Mann finden, der diese Lücke schließen würde. Stattdessen tauchte plötzlich Günther auf. Doch Bernd war nicht der Mann und Vater, der sich durchsetzen konnte, vielleicht auch nicht wollte. Ihm war Ruhe und Frieden in der Familie wichtiger und solange man seine Arbeit nicht störte, sah er über manches allzu gern hinweg. Vielleicht täuschte er sich auch in Günther, der sich zu seinem Leidwesen nur wenig für den Weinbau interessierte. Er hatte eben andere Interessen und Neigungen. So hatte sich Günther vor einigen Wochen, als man begann die 50. Geburtstagsfeier zu planen, mit Bernd mehrere Stunden im Arbeitszimmer eingeschlossen, um eine Geburtstagsüberraschung vorzubereiten. Bernd ließ alles in seiner bekannt stoischen Ruhe über sich ergehen. Er wollte doch der Familie den versprochenen Spaß nicht verderben. Hauptsache seine Familie war zufrieden, der Betrieb florierte und hoffentlich kamen bald auch Enkelkinder. Also, was wollte er mehr? Vielleicht war Iris' Zusammenbruch ja ein gutes Zeichen dafür …

„Noch ein Glas, Papa?“ Sven hielt seinem Vater die halb leere Flasche hin.

„Lass mal gut sein“, seufzte Bernd. „Der morgige Tag wird stressig genug für meine Leber.“

Elfriede hatte es nicht länger ausgehalten. Gleich nach dem gemeinsamen Frühstück hatte sie im Bopparder Krankenhaus angerufen und sogar auch schon mit Iris gesprochen. Alles schien sich ebenso schnell in Wohlgefallen aufzulösen, wie es gekommen war. Man wollte nur noch den Laborbericht abwarten, dann konnte sich der behandelnde Arzt sogar vorstellen, dass Iris rechtzeitig zu der großen Geburtstagsfeier am Abend wieder zu Hause war.

Erleichtert setzte sie zusammen mit Sven und Günther das Dekorieren des Festzeltes fort. Girlanden und bunte Lichterketten wurden kreuz und quer gespannt, die Tischgarnituren mit Decken versehen und an der Kopfseite wurde ein langer Tisch für das große Fingerfoodbüfett aufgebaut. Daneben, mit direktem Zugang zum Weinkeller, errichteten die beiden jungen Männer eine Theke, von der aus die Getränkeausgabe gesteuert werden sollte. Abgesehen von den Torten und Kuchen, deren Backen sich Elfriede nicht hatte nehmen lassen, würde das Essen von einem Partyservice geliefert. Für den musikalischen Rahmen hatte man aus Koblenz Michael Fischer und seine *Flying Bongos* engagiert. Für sie würde man seitlich noch eine kleine Bühne aus Paletten und verschraubten Spanplatten errichten müssen.

Während die drei eifrig werkelten, saß Bernd an seinem Schreibtisch und feilte noch ein letztes Mal an der kleinen Rede, die er halten wollte. Dabei durfte er niemanden vergessen, der seinen bisherigen Lebensweg begleitet hatte und für den Abend eingeladen worden war. Knapp zwei Stunden später stand er zufrieden auf, nachdem er immer wieder wegen etlicher Geburtstagsanrufe unterbrechen musste, und blickte aus dem Fenster hinüber zu seinen oberhalb des Weinguts liegenden Weinbergen. Hoffentlich würde es auch dieses Jahr wieder einen guten Jahrgang geben. Bisher war er mit dem Wetter zufrieden. Für heute war kein Niederschlag gemeldet. Darüber freute er sich an seinem Geburtstag besonders. Vielleicht hätte er sich das Zelt sparen können und einfach im offenen Hof feiern sollen. Aber abends und vor allem in der Nacht wurde es noch recht kühl und er wollte doch, dass die Gäste sich wohl fühlten und lange blieben. Viele von ihnen hatte er lange nicht mehr gesehen und sich deshalb vorgenommen, mit jedem wenigstens ein paar persönliche Worte zu wechseln.

Da man wegen der Feier am Abend beschlossen hatte, auf ein aufwendiges Mittagessen zu verzichten, hatte Elfriede nur eine Kartoffelsuppe gekocht und ein paar Wiener hineingeschnitten. Sie selbst aß allerdings nur einen Apfel, der Figur wegen.

„Ich fahr dann gleich ins Krankenhaus, um nach Iris zu sehen. So recht kann ich nach dem gestrigen Abend noch nicht glauben, dass sie wieder fit sein soll."

„Wenn die Ärzte das doch gesagt haben …", meinte Bernd kopfschüttelnd, der sich auch nach fast 30 Ehejahren nicht daran gewöhnt hatte, dass seine Frau alles immer anzweifelte, solange sie sich nicht selbst davon überzeugen konnte.

Elfriede schaute Günther hoffnungsvoll an, der gerade mit Essen fertig war. „Fährst du mit ins Krankenhaus?"

„Klar", antwortete er sofort und stand auf. „Ich mach mich nur noch etwas frisch."

„Muss ich mich nach der Schufterei auch noch machen. Treffen wir uns in zehn Minuten am Auto?"

Günther nickte und verließ den Raum.

„Sven kann kurz alles in die Spülmaschine räumen und du", wandte sie sich an das Geburtstagskind, „solltest dich vielleicht etwas hinlegen, damit du heute Abend fit bist."

Im gleichen Moment läutete wieder das Telefon.

„Ich glaube, daraus wird nichts", lachte Bernd und machte sich auf den Weg in die Diele, wo sich der nächstliegende Apparat befand.

„Tut mir leid, aber Ihre Tochter hat sich vor gut einer Stunde ein Taxi kommen lassen und das Krankenhaus bereits verlassen", erklärte die Dame am Empfang.

Elfriede wurde blass und schaute Günther erschrocken an. Der zuckte nur mit den Schultern und presste leise ein „Scheiße" heraus. Laut meinte er: „Da kann man nichts machen."

Er drehte sich auf dem Absatz um, während Elfriede hastig in ihrer großen Ledertasche nach ihrem Handy zu suchen begann und, als sie es endlich gefunden hatte, Günther folgte.

Mit dem Handy am Ohr verließ sie das Krankenhaus. Zu Hause hob Sven nach einer Weile ab. Als sich seine Mutter meldete, meinte er: „Iris ist schon lange hier. Wo seid ihr denn gewesen?"

„Wir mussten tanken und dann bin ich noch schnell durch die Waschanlage gefahren, danach sprang der Wagen nicht an und der

Tankwart musste uns erst helfen. Das hat endlos gedauert. Tut mir leid. Wir fahren aber jetzt gleich zurück. Wie geht es Iris?"

„Eine leichte Lebensmittelvergiftung soll sie gehabt haben. War aber offenbar nicht so schlimm. Es geht ihr gut."

„Gott sei Dank!" Elfriede atmete erleichtert auf und beendete das Telefonat.

Günther, der neben Elfriede stand, legte beruhigend den Arm um ihre Schultern. „Na, dann ist ja wieder alles gut."

Beide gingen erleichtert zum Wagen. Elfriede blieb für einen Moment nachdenklich davor stehen. Dann öffnete sie mit der Fernbedienung die Türen. „Schnell, steig ein, wir müssen uns beeilen!"

Elfriede, in einem eleganten, dunkelblauen Hosenanzug, und Sven hatten sich an den Eingang des Festzeltes gestellt und begrüßten die Gäste, während Bernd meistens neben der kleinen Bühne stand und die Glückwünsche entgegennahm. Im letzten Moment hatten sie noch einen weiteren Tisch ins Zelt geschleppt, um die mitgebrachten Geschenke abstellen zu können und im Gästebuch des Weinguts eine neue Seite aufgeschlagen, die Elfriede noch schnell, wie es sich gehörte, mit einer hübschen Überschrift zum 50. Geburtstag versehen hatte.

Während die *Flying Bongos* ihre Anlage aufbauten, begann für Bernd ein fast einstündiges, ununterbrochenes Händeschütteln. Mit jedem Gast wurden ein paar Worte gewechselt und das Versprechen abgegeben, sich im Laufe des Abends noch einmal intensiver zu unterhalten. Allmählich füllte sich das Zelt mit den Gästen ebenso wie der Tisch mit Geschenken. Man hatte für achtzehn Uhr eingeladen. Jetzt war es kurz vor zwanzig Uhr, Zeit das Fest und Büfett offiziell zu eröffnen.

Bernd machte der Band ein Zeichen, die daraufhin einen Tusch spielte, während er auf die kleine Bühne stieg und sich von Michael Fischer ein Mikrofon reichen ließ.

„Liebe Freunde, liebe Gäste! …", begann er, warf von Zeit zu Zeit einen kurzen Blick auf seine mitgebrachten Notizen und hielt eine für viele Gäste unerwartet witzige Rede.

„Ich wusste gar nicht, dass du so viel Humor hast", wunderte sich Ekki Priebe, ein Galerist, der Bernd bei der Begrüßung einen alten Stich von Boppard überreicht hatte.

Bernd zog die Schultern leicht hoch. „Wenn ich mir Mühe gebe, dann klappt das schon."

Er hatte inzwischen einige Tische besucht und nun an dem Tisch Platz genommen, an welchem sich seine Freunde aus Alken an der Mosel zusammengesetzt hatten. Nun saß er zwischen Priebe und einem Winzerkollegen auf der Bank eingequetscht, den alle nur „Fuß" nannten und der im Hauptberuf als Hauptkommissar bei der Kripo in Koblenz tätig war.

Den beiden gegenüber saßen deren Frauen Emmy und Erika, die daraufhin sofort das Wort ergriff.

„Mein Mann hat früher als Bürgermeister viele Reden halten müssen, aber man hat immer den Beamten herausgehört. Witze und dumme Sprüche kann der nur in unserer Straußwirtschaft machen."

„Jetzt hör aber auf", reagierte Fuß leicht verärgert. „Wenn jemand wenig Humor hat, dann bist doch du es."

„Zankt euch nicht", mischte sich Marion Kosira ein, die neben Fuß saß. „Heut wollen wir Bernds Geburtstag feiern und mehr nicht. Ist doch so?" Sie schaute sich kurz in der Runde um und war zufrieden, als fast alle ihr zustimmten.

Jupp Martini, der allerdings nicht aus Alken sondern der Eifel kam, aber zu diesem Freundeskreis gehörte, beugte sich über den Tisch zu Bernd hin. „Was hat dir denn deine Familie zum Geburtstag geschenkt?"

„Sie haben mir gemeinsam dieses Fest ausgerichtet und dann soll es noch eine Überraschung geben, die aber wohl mehr von Iris' Freund Günther kommt. Aber das eigentliche Geburtstagsgeschenk mache ich mir selbst." Er schaute sich kurz um, ob seine Frau in der Nähe war, lehnte sich dann vergnügt zurück und zwinkerte seinen Freunden zu. „Aber ihr müsst den Mund halten! Ich habe für Elfriede und mich eine kleine Weltreise übers Internet gebucht. Am vierundzwanzigsten Oktober geht es los und am fünfundzwanzigsten November kommen wir wieder zurück. Dreiunddreißig Tage. Südafrika, China, Australien, Chile, Brasilien, Jamaika und die USA."

„Und was kostet so etwas?", fragte Erika Steffen, die Frau des Heizstrahlerlieferanten, sofort.

Bernd zögerte und blickte sich erneut um, ob auch niemand sonst von der Familie in der Nähe war. Dann beugte er sich vor und machte seinen Freunden ein Zeichen, etwas näher zu rücken. „Das ist natürlich nicht ganz billig", antwortete er leise. „Insgesamt sind es schon rund fünfundzwanzigtausend Euro. Aber Elfriede und ich haben doch die letzten zehn Jahre fast nie Urlaub gemacht. Und wenn, dann nur im Schwarzwald oder an der Nordsee. Jetzt sind wir noch jung genug, um so etwas zu unternehmen.“ Er richtete sich wieder auf. „Und wenn wir dann zurück sind, werde ich meinen Kindern das Weingut überschreiben und etwas kürzer treten.“

Hauptkommissar Fuß stieß ihm in die Rippen und lachte. „Das kannst du doch genauso wenig wie ich oder Franz-Josef. Wer mal Weinbergluft gerochen hat, kann die Finger nicht mehr von den Reben lassen.“

„Da mach ich aber nicht mit“, mischte sich seine Frau Erika sofort ein. „Ich will noch etwas von meinem Leben haben.“-

„Bekommst du, bekommst du“, brummte Fuß, der sich schon immer wegen der Mehrfachbelastung durch Beruf, Hausarbeit, etlicher Weinberge und der Straußwirtschaft mit seiner Frau auseinandersetzen musste.

„Kinder!“, ermahnte Marion diesmal mit lauter Stimme, die genau wusste, dass es während Feiern oft zu Reibereien kam. „Lasst uns heute fröhlich sein!“

„So eine Weltreise würde ich auch mal gerne machen“, versuchte Thea Martini schnell das Thema zu wechseln. „Aber, das wird wohl immer ein Traum bleiben. Aber vielleicht fotografierst du reichlich und wir machen dann mal einen Bilderabend, damit wir auch etwas von eurer Reise haben.“

„Dann erhebe ich aber Eintritt, damit die Kosten wieder reinkommen“, lachte Bernd.

„Von welchen Kosten sprichst du?“

Bernd drehte sich erschrocken um. Er hatte nicht gemerkt, dass seine Frau an den Tisch gekommen war und hinter ihm stand.

Wendel, der Elfriede kommen gesehen hatte und Bernd vergeblich versucht hatte, ein Zeichen zu machen, reagierte blitzschnell. „Wir haben gerade diskutiert, ob man bei den nächsten großen Geburtstagsfeiern Eintritt erheben soll, damit es für das Geburtstagskind nicht zu teuer wird.“

„Die Feier kostet meinen Mann keinen Euro“, antwortete Elfriede etwas eingeschnappt. „Das habe ich mir vom Haushaltsgeld und meinem offiziellen Gehalt zurückgelegt. Außerdem haben sich die Kinder daran beteiligt und selbst Günther hat etwas dazu beigetragen.“

„Hast du etwa ...?“, fragte Renate Zerwas erstaunt ihren Mann, der ebenfalls Günther hieß.

Alle am Tisch fingen an zu lachen. Im gleichen Moment fiel auch

Renate ein, wie abwegig ihre spontane Reaktion gewesen war und lachte herzhaft mit.

„Günther Brenner ist doch der Freund von der Iris!“, klärte Elfriede die Runde auf.

„Gibt es den noch?“, fragte Roman Schreiber, ein befreundeter Journalist aus dem Hunsrück, der auch zu dem Alkener Freundeskreis gehörte.

„Ich hoffe, dass das auch noch lange so bleibt“, antwortete Elfriede stolz. „Iris und Günther passen sehr gut zusammen.“

„Und was ist mit Sven? Müsste der nicht auch langsam ...“

„Der soll erstmal sein Studium fertig machen“, mischte sich Bernd wieder in das Gespräch. „Außerdem glaube ich, der hat auch heimlich eine Freundin irgendwo in Rheinhessen. Ist ja im Moment auch bequemer für ihn, solange er dort studiert.“ Er erhob sich und winkte in die Runde. „Ich muss mich jetzt mal dem nächsten Tisch widmen. Ich hoffe, ihr amüsiert euch weiterhin gut.“

„Das tun wir, auch ohne deine blöde Bemerkung“, grinste Fuß und erhob sein Weinglas. „Trinken wir noch einmal auf Bernd, der es versteht, gute Weine zu machen.“

Alle erhoben ihre Gläser und prosteten Bernd hinterher.

2.

Gähnend schlenderte Fuß am nächsten Morgen im Bademantel vom Schlafzimmer in die Küche, um die Kaffeemaschine einzuschalten. Er war froh, an diesem Wochenende keinen Dienst zu haben. Immerhin hatte er mit seiner Frau als einer der letzten Gäste die Geburtstagsfeier verlassen.

Vom Küchenfenster aus, das zum überdachten Hof hin lag, konnte er in seinem Büro gegenüber das Blinken des Anrufbeantworters sehen. Nachdem er die Kaffeemaschine in Gang gesetzt hatte, machte er sich missmutig auf den Weg dorthin. Meistens bedeutete dies ein Anruf von Kollegen aus dem Präsidium, die ihn wegen des chronischen Personalmangels gelegentlich aus seinem freien Wochenende holten.

„Was ist?“, rief Erika aus dem Badezimmer, die sein Vorbeischlurfen mitbekommen hatte.

„Es blinkt mal wieder!“, brummte Fuß.

„Lass blinken. Wir könnten ja genauso gut verreist sein.“

Doch dafür fühlte sich Fuß seinem Beruf wiederum zu sehr verpflichtet. Also setzte er seinen Weg fort, betrat sein kleines Büro und drückte den Wiedergabeknopf.

„Hallo, hier ist Bernd“, hörte er die Stimme des Geburtstagskindes und war sofort erleichtert, dass es nicht das Präsidium war. „Ich wollte mich nur von dir verabschieden. Wenn du dieses Band abhörst, habe ich die Welt bereits verlassen. Verhindere bitte alle Nachforschungen, vor allem wegen der Lebensversicherung. Du weißt schon, was ich meine. Sei mein Freund.“

Fuß schüttelte irritiert den Kopf. Ein makabrer Scherz, den sich Bernd da erlaubte. Dafür hatte Fuß wenig Verständnis. Sicherlich hatte Bernd, nachdem er mit Erika das Fest verlassen hatte, noch einiges getrunken. Aber selbst besoffen machte man so etwas nicht.

Er stoppte das Band und hörte es nochmals ab. Jetzt war er sich sicher, dass Bernd während des Anrufes weiter getrunken hatte, denn das Geräusch war für Fuß eindeutig. Wütend schaltete er den Anrufbeantworter aus und drückte die Kurzwahl, hinter der sich Bernds Rufnummer verbarg. Doch auch beim Weingut Gauss hatte man den Anrufbeantworter eingeschaltet.

„Wenn du wieder nüchtern bist, dann ruf mich sofort an!" Es war Fuß' Stimme anzuhören, dass er sauer war. Er verließ sein Büro wieder und machte sich auf den Rückweg zum Schlafzimmer. Als er am Bad vorbeikam, hörte er seine Frau rufen. Er öffnete die Tür.

„Was ist, musst du los?", fragte sie.

„Zum Glück nicht, aber Bernd muss stinkbesoffen gewesen sein. Er hat mir auf dem AB seinen Selbstmord angekündigt."

„Der Spinner!", lachte Erika und kämmte sich weiter.

„Mit so was treibt man keinen Spaß, nicht mal im Vollrausch!", fügte Fuß grimmig hinzu. In solchen Dingen war er besonders empfindlich.

Nach einem ausgiebigen Frühstück rief Fuß noch einmal bei Bernd an. Diesmal aber von der Wohnung aus. Immer noch meldete sich nur der Anrufbeantworter. Er blickte auf die Uhr. Es war kurz nach zehn. Er würde es in zwei Stunden nochmals versuchen. Zwischenzeitlich ging er hinunter in die Straußwirtschaft und begann die Kühl- und Vorratsschränke zu füllen. Am Nachmittag, pünktlich um sechzehn Uhr, würden sie die Frühjahrssaison der Straußwirtschaft eröffnen.

Wenig später kam auch Erika nach unten, die zwar alles schon bestens vorbereitet hatte, soweit dies notwendig und möglich war. Natürlich gab es jetzt noch viele Dinge zu tun, die frisch zubereitet werden mussten. Aber obwohl sie seit vielen Jahren mit ihrem Mann zusammen die Straußwirtschaft bewirtschaftete, hatte sie jedes Mal irgendwie Lampenfieber und das Gefühl, etwas vergessen zu haben.

Kurz nach zwölf Uhr stieg Fuß wieder die Treppen zu seinem Büro hinauf und rief erneut bei Bernd an. Sven meldete sich.

„Fuß hier, kann ich bitte deinen Papa sprechen."

„Das ist im Moment nicht möglich. Soll er Sie zurückrufen?"

„Sitzt er auf dem Klo, dann warte ich", spottete Fuß, froh darüber, dass sich seine doch irgendwie heimlich eingenisteten Ängste in Wohlgefallen auflösten.

Sven antwortete nicht sofort, sondern schien die Sprechmuschel zuzuhalten und mit jemandem zu reden. Dann wurde offenbar der Hörer weitergereicht.

„Bernd, ich finde das nicht lustig, was du da gesagt hast“, empörte sich Fuß sofort.

Doch statt an seinen Vater hatte Sven den Hörer an seine Mutter weitergereicht.

„Ich finde das, was Bernd gerade macht auch nicht lustig“, hörte er Elfriedes recht erregte und weinerliche Stimme.

„Was ist denn?“

„Bernd hat sich in sein Zimmer eingeschlossen und meldet sich nicht. Günther wollte schon die Tür aufbrechen!“

Fuß glaubte seinen Ohren nicht zu trauen. Blitzschnell setzten sich vor seinen Augen eine Ahnung und ein Bild zusammen, bei dessen Anblick ihm nicht sehr wohl war. „Elfriede, unternehmt nichts. Ich bin schon auf dem Weg zu euch“, sagte er kurz, legte rasch auf und stürzte die Treppe hinunter.

„Was ist denn in dich gefahren?“, rief Erika aus der Küche der Straußwirtschaft, die gleich rechts der Treppe lag.

„Ich muss weg. Vielleicht war der Anruf von Bernd kein Scherz.“

„Ich glaub, du spinnst“, gab Erika zur Antwort.

Obwohl Fuß mit dem Auto den kürzesten Weg genommen hatte, dauerte es eine knappe halbe Stunde bis er das Weingut Gauss erreicht hatte. Er nahm seinen kleinen Allzweckkoffer aus dem Wagen, eilte über den Hof, wo einige Helfer bereits damit beschäftigt waren, das Festzelt wieder abzubauen und läutete Sturm.

Iris öffnete ihm mit verweinten Augen.

„Papa hat noch immer nicht die Tür geöffnet.“

„Wo?“, fragte Fuß nur kurz.

Die junge Frau deutete nach oben. Er wusste, dass sich rechts der Treppe die ihre kleine Wohnung befand, also hielt er sich links und sah auch sofort den Rest der Familie vor einer Tür stehen. Elfriede fiel ihm sofort weinend in die Arme.

„Er hat sich eingeschlossen und meldet sich nicht. Ich hoffe, ihm ist nichts zugestoßen.“

Fuß machte Sven ein Zeichen, sich der Mutter anzunehmen, um selbst mit der Faust gegen die Tür klopfen zu können. „Bernd, lass den Quatsch und mach sofort auf!“, brüllte er.

„Ich habe es schon mit anderen Schlüsseln versucht, aber keiner passt“, meinte Günther, der etwas hilflos dreinschaute.

Fuß donnerte ein zweites und ein drittes Mal kräftig gegen die Tür, dann betrachtete er kurz das Schloss, stellte den kleinen Koffer ab und suchte sich das passende Werkzeug. Es dauerte nur wenige Sekunden, dann drehte er sich zu den Anwesenden um. „Ihr bleibt bitte hier!“

Er versuchte mit der Schuhspitze des linken Fußes vorsichtig die Tür aufzudrücken, doch sie klemmte. Erst als er zusätzlich den Ellenbogen zu Hilfe nahm, gab die Tür leicht knarrend den Blick in einen Teil des Zimmers frei. Im gleichen Moment merkte der Hauptkommissar, dass trotz seiner Bitte Elfriede sich dicht hinter ihn drängte. Er drehte sich schnell um und sagte barsch. „Ich habe euch gebeten, zurückzutreten und dort stehen zu bleiben, wo ihr seid.“

Günther zog Elfriede am Arm zurück und hielt sie fest umschlungen.

Von der Tür aus konnte Fuß von Bernd nichts sehen. Erst als er zwei Schritte in den Raum getreten war, entdeckte er den Winzer. Er lag, mit einem Schlafanzug bekleidet, bäuchlings auf seinem Bett. Das linke Bein hing herunter, der Pantoffel war ihm vom Fuß gefallen, beide Arme zum Kopf hin angewinkelt und die Hände in das Kopfkissen gekrallt. Kein Zweifel, Bernd war tot.

Fuß drehte sich schnell wieder um und trat auf den schmalen Flur zurück.

„Elfriede, du gehst bitte mit Iris und Günther nach unten“, befahl er und wurde gleich von einem gellenden Aufschrei der Angesprochenen unterbrochen. „Was ist mit Bernd?“

Fuß ergriff die beiden Hände, die ihm Elfriede entgegenstreckte. „Bitte, Elfriede, wir können Bernd nicht mehr helfen.“

Ein neuerlicher, noch lauterer Aufschrei folgte und ging dann in einen Weinkrampf über. Fuß machte Iris, die kreidebleich hinter ihrer Mutter stand, sowie Günther ein Zeichen. Er griff in seine Brusttasche und drückte Sven eine kleine Karte in die Hand.

„Ruf bitte sofort die Kollegen an, sie sollen jemand von der Spurensicherung schicken.“

„Spurensicherung!“, stieß Elfriede hysterisch hervor.

Mit leichter Gewalt schob Fuß die Frau samt Tochter und ihrem Freund den Flur entlang. „Beeil dich“, ermahnte er Sven. Erst als er sich sicher war, dass alle die Treppe hinuntergingen, kehrte er zu seinem Köfferchen zurück und zog sich ein Paar Latex-Handschuhe an und den Schuhschutz über. Darauf bedacht, möglichst nichts zu berühren, kehrte er in das Zimmer zurück und blickte sich in aller Ruhe um. Offenbar schliefen Elfriede und Bernd getrennt, denn es befand sich nur ein Bett in dem Raum. Außer einem großen Einbaukleiderschrank mit Schiebetüren und einer kleinen Kommode mit einem Spiegel darüber gab es in dem Zimmer neben dem Bett nur noch einen Nachttisch und einen Kleiderboy. An ihm hingen fein säuberlich Bernds schwarzer Anzug, das weiße Hemd und seine Krawatte, eben alles, was er am Abend zuvor getragen hatte. Vor dem Boy standen ordentlich nebeneinander seine schwarzen Schuhe.

Über der Tür befand ich ein kleines Kruzifix und an den Wänden hingen insgesamt drei Bilder mit Motiven vom Rhein. Die Sonnenrollos waren heruntergelassen, sodass das Zimmer, trotz scheinender Sonne, immer noch in leichtem Dämmerlicht lag.

Vorsichtig schritt Fuß auf den Nachttisch zu, auf dem neben Bernds Brille eine Zeitschrift lag und ein halbvolles Glas stand. Ein Gemisch von Tee- und Bittermandelgeruch stieg ihm in die Nase. Das Labor würde sicherlich wenig Probleme mit der Analyse haben. Bei der Zeitschrift handelte es sich um *Das deutsche Weinmagazin* Ausgabe 23 aus dem Jahr 2008. Aus dem oberen Heftrand schaute ein kleines Lesezeichen hervor. Fuß schlug vorsichtig das Magazin an dieser Stelle auf. Ein Artikel mit der Überschrift *Herbst 2008: Ein Herbst mit zwei Gesichtern* befand sich auf dieser Seite. Fuß schloss das Magazin wieder und zog vorsichtig die kleine Schublade des Nachttisches auf. Darin befanden sich ein paar Briefumschläge, verschiedene Ansichtskarten und obenauf ein abgegriffenes Taschenbuch *Der Seelenbräu* von Carl Zuckmayer. Fuß schloss die Schublade wieder und betrachtete die Leiche.

Bernd lag mit dem Gesicht in den Kissen. Was Fuß sofort auffiel, war, dass der Leichnam ziemlich tief in Kopfkissen und Plumeau lag, als habe jemand den Körper dort fest hineingedrückt. Das relativ normale Körpergewicht von Bernd hätte dies kaum verursachen können. Ohne den Anruf auf seinem AB wäre er deshalb sofort von einem Mord ausgegangen. Dem widersprach Bernds Anruf. Was hatte sich in der Nacht zugetragen?

Fuß hatte die Zimmertür wieder geschlossen und aus seinem kleinen Koffer vorsorglich ein Siegel genommen. Es sollte keiner unbemerkt den Raum betreten können, bevor die Kollegen von der Spurensicherung alles untersucht hatten.

Jetzt saß er zusammen mit Elfriede, Iris und den beiden jungen

Männern in der Probierstube. Die beiden Frauen weinten leise, während die Männer bleich vor sich auf den Tisch starrten.

„Ihr müsst mir jetzt ein paar Fragen beantworten, das geht nicht anders“, begann Fuß, der neben Elfriede Platz genommen hatte. „Wann habt ihr Bernd das letzte Mal gesehen?“

Iris meldete sich als Erste zu Wort. „Günther und ich haben ja bereits gegen ein Uhr das Fest verlassen, weil ich todmüde war. Wir haben uns noch von Papa verabschiedet …“ Weiter konnte sie nicht sprechen, ihr versagte die Stimme.

„Wir sind dann auch gleich ins Bett gegangen“, fuhr Günther fort. „Ich hatte den ganzen Tag mit den Vorbereitungen zu tun und bin deshalb auch sofort eingeschlafen.“

Die Augen des Hauptkommissars wanderten zu Sven. Als dieser den Blick bemerkte, hob er seinen Kopf und schüttelte ihn. „Ich weiß nicht, wie viel Uhr es war. Aber die letzten Gäste hatten sich verabschiedet. Ich habe dann noch Mama geholfen, überall die Lichter auszumachen und habe das Tor abgeschlossen. Dann bin ich auf mein Zimmer gegangen und ebenfalls sofort eingeschlafen. Es war für uns alle ein langer Tag.“

Fuß legte den Arm um Elfriedes Schulter. „Wie sieht es mit dir aus? Ihr schlaft getrennt?“

Elfriede nickte. „Seit etwa zwei Jahren. Ich habe doch so einen leichten Schlaf und Bernd schnarcht immer so fürchterlich und muss häufig in der Nacht aufs Klo …“

„Wann hast du Bernd das letzte Mal gesehen?“, unterbrach sie Fuß.

„Als ich in der Küche das Licht ausmachen wollte, stand Bernd vor der Anrichte und goss sich gerade einen Tee auf. Das hat er oft vor dem Schlafengehen getan, vor allem, wenn er am Abend viel getrunken hatte. Dann litt er nachts immer unter Durst …“ Sie begann wieder verstärkt zu weinen. Fuß drückte ihren Körper fester an sich und wartete bis Elfriede wieder imstande war zu reden.

„Wir haben uns dann noch einen Gute-Nacht-Kuss gegeben und sind gemeinsam nach oben gegangen. Er in sein Zimmer und ich bin erst ins Bad und dann in mein Schlafzimmer. Kurz vor dem Einschlafen habe ich ihn noch im Bad gehört.“

Fuß versuchte sich sofort die Situation vorzustellen. Offenbar waren also Günther und Iris als Erste im Bett, dann folgten Sven und Elfriede. Bernd zunächst noch im Bad, war dann wahrscheinlich ebenfalls in sein Zimmer gegangen, hatte sich aber noch nicht ins Bett gelegt. Er trank einen Schluck Tee, seinen letzten Schluck. Aber wann hatte

Bernd ihn angerufen und auf den Anrufbeantworter gesprochen? Bernds Stimme war unverkennbar. Fuß hätte sie unter Hunderten herausgehört. Alles schien auf Selbstmord hinzudeuten, wären da nicht zwei andere Faktoren, die dagegen sprachen: Bernd freute sich auf seine Weltreise mit Elfriede, von der er so begeistert am Abend am Alkener Tisch erzählt hatte. Und dann der tiefe Eindruck in das Kopfkissen und Plumeau, den Bernd nicht selbst verursacht haben konnte. Aber wie war dieser entstanden?

Das Läuten an der Haustür ließ ihn aus seinen Überlegungen wieder auftauchen.

„Ich gehe öffnen!", erklärte Sven und verließ die Probierstube. Sekunden später atmete Fuß erleichtert auf. Er hatte die Stimme seines Kollegen Wilfried Schäfer von der Spurensicherung erkannt. Mit ihm arbeitete er am liebsten zusammen, und das schon seit Jahren. Er stand auf und ging ihm entgegen.

„Mensch, Fuß, altes Haus!", freute sich auch Hauptkommissar Schäfer. Er hatte einen weiteren Kollegen mitgebracht, Obermeister Franz Erasmus.

„Ihr bleibt bitte in der Probierstube, bis ich zurückkomme", rief Fuß Sven hinterher und machte Schäfer und Erasmus ein Zeichen, ihm nach oben zu folgen.

„Ich habe provisorisch versiegelt, damit ihr einen Frischling bekommt", erklärte Fuß.

Schäfer und Erasmus zogen sich schnell ihre weißen Anzüge über. „Du warst aber schon drin?"

Fuß nickte. „Aber nur mit Handschuhen und Schuhüberzug."

Zu dritt betraten sie das Zimmer.

„Cyanwasserstoff!", stellte Schäfer sofort fest.

„Ich riech nichts!", widersprach Erasmus.

„Abgesehen von dem leichten Blausäuregeruch, was fällt euch sonst noch auf?", fragte Fuß seine Kollegen, die sich auch erst einmal im Raum umsahen.

„Keine Kampfspuren, alles ordentlich aufgeräumt …", stellte Erasmus fest und drehte sich dabei langsam um die eigene Achse.

Schäfer konzentrierte sich mehr auf den Leichnam. „Der wollte wohl gerade ins Bett steigen, aber …" Schäfer machte zwei Schritte auf das Bett zu. „Da hat ihn aber einer hineingedrückt!"

„Genau!", bekräftigte Fuß. „Und es gibt noch etwas, was du wissen solltest. Ich selbst war gestern auf seiner Geburtstagsfeier …"

„Deshalb bauen die das Zelt draußen ab?"

Fuß nickte. „Er hat uns erzählt, dass er für fünfundzwanzig Riesen für sich und seine Frau eine Weltreise gebucht hat. Davon weiß aber seine Familie noch nichts."

„Dann tritt man keine Reise in den Himmel an, nicht freiwillig", stimmte ihm Schäfer zu. „Die Livores sprechen da eine andere Sprache."

„Livores?", erkundigte sich Erasmus.

„Das sind die Leichenflecken, die Sie ganz deutlich bei dem Toten sehen können. Ein absolutes Indiz für den unnatürlichen Tod durch eine Cyanidvergiftung", erklärte Schäfer seinem jungen Kollegen.

„Moment!", Fuß packte Schäfer am Arm. „Da gibt es noch etwas Merkwürdiges. Er hat mir noch vor seinem Tod heute Nacht seinen Selbstmord auf meinem Anrufbeantworter angekündigt."

Schäfer schaute Fuß ungläubig an. „Und du bist sicher, dass der Tote der Anrufer war?"

„Absolut! ... Aber ich kann mir keinen Reim darauf machen. Tu was, damit ich das alles begreife."

„Alles klar. Hast du das Band gesichert?"

„Der Anrufbeantworter ist ausgeschaltet. Ich werde das Band sofort herausnehmen, wenn ich wieder zu Hause bin. Daran habe ich heute Morgen nicht gedacht. Ich bin doch von einem schlechten Scherz ausgegangen, bis ich dann erfahren habe, dass er die Tür nicht öffnet."

Fuß hatte sich wieder zu den vieren in die kleine Probierstube gesetzt. Die Stimmung war unverändert. Elfriede zitterte am ganzen Körper und schluchzte ununterbrochen. Günther hatte sich inzwischen neben sie gesetzt und versuchte sie, so gut es ging, zu trösten. Ähnlich wie ihrer Mutter ging es Iris, die sich an Sven lehnte und hemmungslos vor sich hin heulte und immer wieder flüsterte: „Papa, Papa, warum, warum nur?"

„Hat es irgendwelche Probleme gegeben? Finanzielle, familiäre?" Fuß versuchte behutsam mit den Geschockten und Trauernden ins Gespräch zu kommen. Alle schüttelten mehr oder weniger energisch den Kopf.

Sollte er von der Weltreise erzählen? Bernd hatte gesagt, niemand wisse bisher etwas von der Buchung. Vielleicht hatte er diese Geschichte auch nur erfunden und wusste zu diesem Zeitpunkt bereits genau, dass er am nächsten Tag tot sein würde. Dagegen sprach allerdings der tiefe Eindruck in die Kissen, den auch Schäfer sofort bemerkt hatte. Außerdem war der Winzer in den Augen von Fuß keiner gewesen, der sich umbrachte. Dafür hatte er viel zu gern gelebt.

„Ist gestern Abend irgendetwas vorgefallen, was ungewöhnlich oder auffällig war, ein Streit ... was weiß ich?“, versuchte Fuß erneut, etwas in Erfahrung zu bringen. Doch wieder wurden nur alle Köpfe geschüttelt.

„Warum hast du die Spurensicherung gerufen. Hatte er keinen Herzinfarkt oder Schlaganfall?“, fragte Elfriede schließlich und blickte den Hauptkommissar mit verquollenen, roten Augen an.

„Es sieht nicht so aus“, wich Fuß einer konkreten Antwort aus. Immerhin konnte er nicht ausschließen, dass einer der vier, die hier saßen, etwas mit dem Tod des Winzers zu tun hatte, obwohl er sich das nicht vorstellen konnte. Eher dachte er an einen Unbekannten, der sich vielleicht während der Feier im Haus versteckt hatte, um Bernd bei passender Gelegenheit das Gift in den Tee zu kippen.

„Bernd nahm vor dem Schlafengehen immer eine Abführtablette!“, sagte Elfriede plötzlich.

„Wo hat er diese aufbewahrt?“, fragte Fuß im Aufstehen.

„Oben, im Bad, bei den Medikamenten im Spiegelschrank“, antwortete die Witwe.

„Bleibt bitte hier in der Stube. Hauptkommissar Schäfer, mein Kollege, wird gleich noch von euch allen Fingerabdrücke nehmen, reine Routine ...“

Schon war der Hauptkommissar wieder auf dem Weg nach oben. Bereits auf der Treppe zog er seine Handschuhe wieder an. Das Bad lag gegenüber von Bernds Zimmer, direkt neben dem von Elfriede. Schnell hatte er im Spiegelschrank über dem Waschbecken die weißgelbe Schachtel *Ramend Abführkapseln* gefunden. Eine Rizinus-Variante, wie die Unterzeile *Rizinol 1000 mg* vermuten ließ. Er nahm die Packung und ging gegenüber in Bernds Zimmer, in dem Schäfer und Erasmus damit beschäftigt waren, zunächst alles zu fotografieren.

„Bitte eintüten!“, bat Fuß den neuen Kollegen. „Davon hat der Tote wahrscheinlich gestern Abend noch eine Kapsel eingenommen. Erasmus nahm die Packung und gab sie gleich in eine der kleinen Plastiktüten.

„Habt ihr schon etwas?“, fragte Fuß ganz nebenbei.

„Ich habe den Doc angerufen, der kann die Leiche abholen. Ansonsten ist alles sauber wie ein Babypopo. Wir haben allerdings Fingerabdrücke von der Türklinke innen, die wahrscheinlich nicht vom Opfer stammen. Und eine weitere Merkwürdigkeit: In der linken Schlafanzugtasche befand sich der Zimmerschlüssel."

„Er kann mit dem Ellenbogen, dem Fuß oder seinem Hinterteil die Tür zugedrückt haben, wenn er etwas in der Hand hatte", spekulierte Erasmus. „Er muss also nicht der Letzte gewesen sein, der die Türklinke berührt hat."

„Doch", widersprach Fuß. „Laut seiner Frau ist er auf sein Zimmer gegangen und kurze Zeit später ins Bad. Also muss er die Tür von innen geöffnet haben."

Erasmus wurde deutlich verlegen. Daran hatte er nicht gedacht.

„Außerdem waren auf dem Zimmerschlüssel keinerlei Fingerabdrücke, die wurden abgewischt", stieß Schäfer den Dolch noch tiefer in Erasmus, dem seine voreilige Bemerkung recht peinlich war.

„Habt ihr noch mehr Merkwürdigkeiten?", fragte Fuß leicht gereizt. Er hasste es, wenn so gar nichts Greifbares gab. Alles nur Fakten, die nicht zusammenpassten.

Er ließ die beiden weiterarbeiten und schlenderte den Flur entlang, ging an der Treppe vorbei in den gegenüberliegenden Teil der Etage. Hier gab es insgesamt vier Türen. Rechts, das wusste er, war Bernds Arbeitszimmer, ein Bad und dann das Zimmer von Sven. Er öffnete die einzige Tür auf der gegenüberliegenden Seite und blickte in das Wohnzimmer von Iris. Zwischen diesem und Bernds Schlafzimmer lag noch Iris' Schlafzimmer, nur vom Wohnzimmer aus zu begehen, ebenso wie die Küche auf der anderen Wohnzimmerseite. Er schloss die Tür wieder und ging in Bernds Arbeitszimmer. Bernd war ein sehr ordentlicher Mensch. Die Aktenordner standen in Reih und Glied, der Schreibtisch war aufgeräumt. Auf der Schreibunterlage waren ein paar handschriftliche Notizen, drei, vier Namen, ein paar Telefonnummern. Links stand der Computer und rechts war ein Gestell mit drei Ablagefächern. Er stöberte ein Fach nach dem anderen durch. Im obersten lag Korrespondenz mit Kunden, im zweiten noch nicht abgeheftete Bankbelege. Finanzielle Probleme schien es in dem Weingut nicht zu geben. Im untersten Fach lagen ein paar unbezahlte Rechnungen von Korklieferungen, Flaschenreinigung, Heizöl und Ähnlichem. Keine erschreckend hohen Beträge, wenn man Bernds Kontostand kannte.

Die Schreibtischschublade war verschlossen. Fuß zog sein Taschenmesser aus der Hosentasche. Nach kaum einer halben Minute ließ sich die Schublade öffnen.

Sofort fiel ihm der dicke große Umschlag mit der roten Aufschrift *Eberhardt* darunter in Blau *richtig reisen – in die ganze Welt* auf. Darin fand er tatsächlich die Buchungsbestätigung des Reiseunternehmens, farbige Prospekte von den meisten Zielorten und Hinweise für Impfungen und andere Dinge. Bernd hatte also nichts erfunden, die Reise war gebucht und, wie der angeheftete Überweisungsträger bewies, auch schon bezahlt. Fuß stand vor einem Berg von Rätseln. Neben den Reiseunterlagen lag noch eine braune Ledermappe mit Goldprägung *Dokumente*, einige Notizbücher und eine ältere Armbanduhr, die offenbar ihren Geist aufgegeben hatte. Mit viel Geschick verschloss er die Schublade wieder, behielt den Umschlag des Reisebüros allerdings bei sich. Da Bernd gesagt hatte, niemand wisse etwas davon, brauchten diese Unterlagen auch vorerst nicht bekannt zu werden.

Er ging zu Schäfer und Erasmus zurück und gab ihnen den Umschlag. „Bringt ihn bitte unauffällig aus dem Haus und legt ihn auf meinen Schreibtisch im Präsidium. Außerdem wartet man unten auf euch, damit ihr von allen die Fingerabdrücke nehmen könnt." Er schaute Erasmus an. „Vielleicht können Sie das jetzt zwischendurch machen." Dann stieg Fuß wieder die Treppe hinunter und blickte dabei auf seine Armbanduhr. Scheiße, ausgerechnet am Eröffnungstag der Straußwirtschaft musste das alles passieren. Erika war sicherlich schon am Toben.

Im Hof war inzwischen nichts mehr von dem Festzelt zu sehen. Lediglich die Gasstrahler standen noch an der seitlichen Mauer. Als Fuß im gleichen Moment den Wagen von Wendel Steffen vorfahren sah, der diese offenbar abholen wollte, beeilte er sich zu seinem Fahrzeug zu kommen. Er konnte jetzt nicht reden …

3.

Tatsächlich sprach Erikas Gesicht Bände. Die Straußwirtschaft war, wie erwartet, bis auf den letzten Stuhl besetzt. Hauptkommissar Fuß eilte wortlos an seiner Frau vorbei in den hinter dem Hof liegenden Lagerraum, band sich schnell seine Winzerschürze um und machte sich auf den Weg hinauf zur Terrasse, für die er zuständig war, wenn er keinen Dienst hatte.

Renate Zerwas, die immer aushalf, wenn Not am Mann war, kam ihm ganz aufgeregt auf der Treppe zur Terrasse entgegen.

„Gott sei Dank, mir tun schon die Beine und Füße weh vom dauernden Rauf und Runter."

Das Bild, das sich Fuß oben bot, übertraf alle seine Befürchtungen. Nicht nur, dass alle Plätze besetzt waren, auch an der kleinen Theke standen mindestens sechs oder acht Personen, die auf den nächsten freiwerdenden Stuhl warteten.

„Ich komme schon!", rief er etwas hilflos und riss die Arme hoch, als ihm sofort einige Gäste ihre leeren Weingläser entgegenhielten. „Einer nach dem anderen."

Er schnappte sich aus dem Kühlschrank gleich drei verschiedene Schoppenflaschen und arbeitete sich langsam von Tisch zu Tisch durch, um die durstigen Kehlen zu befriedigen. Doch schon nach dem dritten Tisch musste er neue Flaschen holen.

Als er gerade an einem Tisch in der Nähe der Treppe Wein nachschenkte, kam Erika mit hochrotem Kopf und zwei Winzerplatten die Stufen hinauf und zischte ihm wütend zu: „Hast ja lange genug mit Bernd seine Wiedergeburt gefeiert!"

Erst in diesem Moment wurde dem Hauptkommissar klar, dass seine Frau noch gar nichts von dem tatsächlichen Ableben des Winzerkollegen wusste. Fuß eilte ihr hinterher und packte sie am Arm, nachdem sie die Essen serviert hatte. „Komm!", sagte er nur kurz und zog sie etwas beiseite, es mussten nicht alle Gäste mithören. Erika wehrte sich, denn eigentlich wollte sie sofort wieder runter in die Küche, wo „der Papst boxte", wie sie zu sagen pflegte, wenn alle rotierten.

„Bernd ist tot!“, stieß er leise hervor und schaute sie eindringlich an.

Bei Erika war mit einem Schlag alle Wut verblasst. Sie war sprachlos, was bei ihr nur ganz selten vorkam.

Damit hatte sie nicht gerechnet.

„Wirklich Selbstmord?“, fragte sie, nachdem sie sich vom ersten Schreck erholt hatte.

Fuß atmete tief durch und blickte schon wieder zu den Gästen, die nach dem Füllen ihrer leeren Gläser riefen. „Ich glaube nicht daran.“ Er ließ Erika stehen und machte sich wieder an die Arbeit.

„Mein Gott!“, stöhnte Erika und hielt sich für einen Moment am Treppengeländer fest, das von der Terrasse zu ihrer Wohnung führte. Es waren noch keine 24 Stunden her, dass sie gemeinsam gefeiert hatten. Bernd war so aufgedreht und lebensfroh gewesen. Und jetzt? Langsam drehte sie sich um, die Röte war aus ihrem Gesicht verschwunden, sie sah die Gäste nicht mehr. Benommen machte sie sich auf den Weg zurück in die Küche.

Die Nachricht von Bernds Tod hatte sich durch Erika sehr schnell unter jenen Gästen verbreitet, die am Vorabend ebenfalls auf dem Weingut Gauss zum Geburtstag eingeladen gewesen waren. Sobald an dem großen Tisch im Hof Plätze frei wurden, fand man sich dort nach und nach zusammen. Nachdem die Küche geschlossen hatte und sich auch Fuß und seine Frau dazusetzen konnten, ergab sich rein zufällig fast die gleiche Sitzordnung wie am Vorabend. Nur Renate fehlte, sie bediente noch die letzten Gäste im oberen Raum der Straußwirtschaft.

„Ich kann es einfach nicht glauben“, wiederholte Thea Martini immer wieder. Jupp, ihr Mann, saß betroffen neben ihr und drehte unentwegt sein halbvolles Weinglas.

„Kann es sein, dass Bernd uns eine Krankheit verheimlicht hat?“ Galerist Ekki Priebe schaute in die Runde. Er hatte tröstend den Arm um seine Frau Emmy gelegt, der ständig Tränen über die Wangen liefen. Wie oft hatten sie an warmen Sommerabenden mit Bernd und Elfriede auf dem großen Balkon des Weingutes gesessen, mit Blick auf die Wingerte und über den Rhein.

„Als ich heute die Heizstrahler abgeholt habe, war nur der Freund von Iris zu sehen. Er hat keinen Ton zu mir gesagt“, berichtete Wendel und seine Frau fügte hinzu: „Ich hätte das unter den gegebenen Umständen auch nicht rausposaunt. Noch weiß man doch gar nichts.“

„Ich versteh nur eines nicht“, mischte sich Marion in das Gespräch. „Wie kann man für so viel Geld eine Weltreise buchen, mit hundert oder mehr Freunden seinen Geburtstag feiern und sich dann umbringen? Oder sehe ich das falsch?“

„Es ist ja gar nicht gesagt, dass er sich umgebracht hat“, korrigierte sie Franz-Josef, ihr Partner.

„Das werden wir alles klären müssen. Mein Freund Schäfer von der KTU hat alle Spuren gesichert. Übermorgen werden wir sie auswerten. Vielleicht liegt uns dann auch schon ein erster Bericht vom Gerichtsmediziner vor. Möglicherweise erfahren wir etwas über die Medien. Eben war schon der SWR hier und hat Fragen gestellt. Wer weiß, was man aus dem Umfeld in Boppard alles hören kann, wenn man die richtigen Leute fragt?“

„Läuft man dir jetzt schon privat hinterher?“, grinste Ekki.

Fuß schüttelte den Kopf. „Andreas Krisam vom SWR und ich kennen uns schon lange, auch privat. Da geht man schon mal den kürzesten Weg, um etwas zu erfahren. Aber viel konnte ich ihm leider nicht sagen.“

„Und was ist mit dem Band vom Anrufbeantworter?“, wollte Barbara Schreiber wissen, die als Letzte zusammen mit ihrem Mann Roman zu vorgerückter Stunde in die Straußwirtschaft gekommen war, da er noch schnell den Bericht über den Tod von Gauss für die Rhein-Zeitung fertig schreiben musste. Auch er hatte bereits, allerdings per Telefon, „den kürzesten Weg“ gesucht.

Fuß sprang auf. „Das hätte ich jetzt glatt vergessen. Ich muss das Band noch sichern.“

Behände eilte er die Treppe hoch zu seinem Büro. Oben angekommen lehnte er sich über die kleine Brüstung. „Kommt doch mal rauf und hört euch das Band an. Ich bin zwar sicher, dass es Bernds Stimme ist, aber ihr könnt auch mal mithören.“

Sofort standen alle auf und folgten Fuß in sein Büro. Als sich dort alle versammelt hatten, schaltete der Hauptkommissar den Anrufbeantworter ein und startete das Band. Aufmerksam lauschten alle was Bernd darauf gesprochen hatte.

Franz-Josef Hammes meldete sich anschließend als Erster zu Wort. „Das ist der Bernd, hundert Pro!“ Die meisten stimmten ihm sofort zu. Erika Steffen und Günther Zerwas baten Fuß, das Band nochmals anhören zu dürfen. Danach stimmten sie ebenfalls zu, dass es eindeutig die Stimme von Bernd Gauss war.

„Neunzehn Minuten nach sieben ... SWR 1 Rheinland-Pfalz ... Guten Morgen. Ich bin Michael Lueg. Sie haben es heute schon in den SWR-Nachrichten gehört: Einer der bekanntesten Winzer am Mittelrhein ist am Wochenende, in der Nacht nach seinem fünfzigsten Geburtstag, unter merkwürdigen Umständen tot aufgefunden worden", vermeldete der Moderator. „In Koblenz ist mein Kollege Andreas Krisam, der sich einmal bei den ermittelnden Beamten und im Polizeipräsidium umgehört hat. Was weiß man denn bisher bei der Polizei?"

„Ich hatte bereits gestern die Möglichkeit", meldete sich Reporter Krisam vom Studio Koblenz aus, „mit dem zuständigen Hauptkommissar zu sprechen, der zufällig auch Gast der Geburtstagsfeier von Bernd Gauss war. Er antwortete mir auf meine Frage, ob es sich hierbei um ein Verbrechen handeln könne ..." Krisam startete seine Aufzeichnung vom Vortag. „Im Moment kann ich dazu noch nichts Konkretes sagen. Tatsache ist, dass Gauss am Geburtstagsabend keinerlei Anzeichen einer Erkrankung erkennen und ebenso wenig eine bevorstehende Selbsttötung vermuten ließ. Ich habe ihn aufgrund eines privaten Anrufs der Familie als Erster gefunden. Es ergeben sich daraus widersprüchliche Erkenntnisse, die jetzt von den Gerichtsmedizinern und im Labor geklärt werden müssen."

Krisam stoppte die Zuspielung und schaltete wieder auf sein eigenes Mikrofon. „Heute Morgen habe ich noch mit dem Sprecher des Polizeipräsidiums, Ralf Schomisch, telefoniert und er sagte ..." Erneut drückte er den Startknopf der vorbereiteten Zuspielung. „Der Kripo Koblenz liegt bereits seit gestern ein Tonband vor, in dem der Tote seinen Suizid ankündigt. Das Band geht heute zum LKA nach Mainz, um eine Stimmenanalyse vorzunehmen und sicherzustellen, dass keine Manipulation oder Ähnliches vorliegt. Mit dem Obduktionsergebnis, das natürlich auch zur Klärung beitragen wird, ist im Laufe der Woche zu rechnen."

„Ja, soweit also, was mir die Polizei bisher sagen konnte. Ich habe zwar gestern in Boppard selbst keine Angehörigen des Toten sprechen können, aber die Nachbarn, die ich befragt habe, waren, ebenso wie Hauptkommissar Fuß, einstimmig der Ansicht, dass Bernd Gauss keiner war, der labil oder schwermütig gewesen sei und schlossen deshalb einen Selbstmord aus."

„Also muss man von Mord ausgehen?", erkundigte sich Michael Lueg von Mainz aus.

„Es sieht so aus.“

„Wir werden Sie natürlich weiter auf dem Laufenden halten. Das war Andreas Krisam aus Koblenz zum Tod von Bernd Gauss, einem bekannten Winzer vom Mittelrhein. Mein Name ist Michael Lueg“ Er startete den nächsten Musiktitel *Piano Man* von Billy Joel, lehnte sich in seinem Moderatorensessel zurück und schaute auf den Monitor. Nach diesem Musiktitel stand der kurze Zwischenbericht der Verkehrsredaktion auf dem Sendeplan. Steffi Stronczyk würde sich dann direkt aus dem Verkehrsstudio melden.

Am Nachmittag saßen sie zusammen im Büro von Hauptkommissar Fuß: Seine neue Mitarbeiterin, Kriminalhauptmeisterin Liane Esser, die die Nachfolge von Walter Wagner angetreten hatte, der vor einem Jahr bei einem Einsatz ermordet worden war, und Wilfried Schäfer von der Spurensicherung.

„Was Neues?“, fragte Fuß und blickte seinen Kollegen an.

„Glaub mir, Erasmus und ich haben alles auf den Kopf gestellt“, stöhnte Schäfer. „Nichts, was uns der Antwort näher bringt, ob es Mord oder Selbstmord war. Dass im Tee Blausäure war, ist klar. In den noch vorhandenen *Ramend Abführkapseln* wurde allerdings kein Zyankali gefunden. Am Teeglas waren nur die Fingerabdrücke des Toten. Außerdem gibt es noch den Zimmerschlüssel aus der Schlafanzugjacke des Toten und schließlich das Band von deinem AB. Das alles spricht für Selbstmord. Die fremden Fingerabdrücke an der Innenklinke seiner Schlafzimmertür, der tiefe Eindruck seines Körpers in die Kissen und die geplante, wahrlich verdammt teure Weltreise, deuten auf Mord hin.“

„Ich würde mir gern einmal die Räumlichkeiten anschauen und bei einer Befragung anwesend sein“, bemerkte Liane Esser. „Ich kenne weder den Toten noch seine Familie. Bin also völlig unbeeinflusst. Vielleicht überseht ihr etwas.“

Fuß warf seiner neuen Mitarbeiterin einen etwas ungehaltenen Blick zu. War es Arroganz, Selbstüberschätzung oder die unbefangene Neugier, die die junge Frau zu dieser Bemerkung veranlasst hatte? In diesem Moment musste Fuß wieder an Wagner denken, der sicherlich eine solche Äußerung nicht gemacht hätte.

„Wie kommst du mit Erasmus klar?“, zwinkerte Fuß seinem Kollegen zu.

Schäfer verstand sofort den Hintergrund der Frage, denn auch Erasmus war ein Neuzugang im Team der Spurensicherung. „Die nächste Generation muss noch einiges lernen“, antwortete er grinsend.

Natürlich hatte Liane Esser sofort bemerkt, dass diese Frage und Antwort eine Anspielung auf ihre Bemerkung war. Sie würde sich wohl noch an Fuß und Schäfer gewöhnen müssen, dachte sie und schwieg.

„Dann werden wir wohl warten müssen, bis sich die Gerichtsmedizin meldet. Auf jeden Fall werde ich nochmals nach Boppard fahren und die Familienmitglieder einzeln befragen. Vielleicht gibt es dabei Widersprüche. Ich brauche nur den Türschlüssel von dir", wandte sich Fuß an seinen Kollegen Schäfer. Anschließend drehte er sich zu seiner neuen Mitarbeiterin um. „Und Sie schreiben eifrig mit und passen gut auf."

Peng! Das hatte gesessen. Zumindest empfand Liane Esser es so.

„Solltest du nicht eine Hausdurchsuchung beantragen. Immerhin könnte es sein, dass das Gift irgendwo zu finden ist."

Fuß schüttelte den Kopf. „Bei der derzeitigen mageren Ausbeute machen da die Staatsanwaltschaft und der Richter nicht mit."

Es klopfte an der Tür. Helmut Zirfas, der zweite Pressesprecher im Präsidium Koblenz, steckte den Kopf zur Tür herein. „Da treffe ich ja alle auf einen Schlag", meinte er erfreut und trat ein. „Wir werden dauernd angerufen. Habt ihr schon etwas Futter für die Pressemeute?"

„Nix!", fuhr Fuß sofort hoch. „Die sollen nicht schon wieder Spekulationen in die Welt setzen. Wir haben nichts und es gibt nichts."

„Im Ernst?", fragte Zirfas, belustigt darüber, wie schnell man Fuß wütend machen konnte.

Fuß überging die Frage. „Und keiner soll sich einfallen lassen, jetzt schon eine Pressekonferenz anzuberaumen. Solange wir nichts von der Gerichtsmedizin und dem LKA bezüglich des AB-Bandes hören, wissen wir nichts. Und dann auch nur in wohl dosierten Mengen."

Fuß und Esser wurde von Sven geöffnet. Der große junge Mann, mit den schwarzen Locken, die er von seiner Mutter geerbt hatte, sah bleich und unausgeschlafen aus. Er führte die beiden in die Probierstube.

„Sie wollen sicherlich meine Mutter sprechen?"

„Wo Sie gerade hier sind, fangen wir doch mit Ihnen an", antwortete Fuß und deutete auf die Eckbank. „Nehmen Sie doch kurz Platz."

Liane Esser nahm sofort einen Block aus ihrer Umhängetasche, um sich Notizen zu machen, wie Fuß es ihr befohlen hatte.

„Darf ich Ihnen etwas zum Trinken anbieten?"

Fuß winkte ab und auch seine Kollegin schüttelte den Kopf.

„Ich möchte noch einmal, möglichst mit allen Details, von Ihnen den Ablauf des Abends hören, bis zu dem Zeitpunkt, als Sie zu Bett gegangen sind."

Sven faltete die Hände vor sich auf dem Tisch, schloss kurz die Augen und versuchte sich zu konzentrieren. Als er wieder aufblickte, konnte Fuß sehen, dass er Tränen in den Augen hatte. Der Rückblick an diesen Abend und diese Nacht schien ihn doch sehr zu berühren. Immerhin waren es die letzten Stunden mit seinem Vater.

„Zuerst habe ich mit Mama am Eingang des Zeltes gestanden und die Gäste begrüßt. So etwa von sieben bis kurz vor halb neun. Ich bin dann zu Günther an die Theke gegangen und habe ihn für kurze Zeit abgelöst und als er wiederkam, habe ich ihm weiterhin geholfen. Das ging ja am laufenden Band … Flaschen öffnen, Bier zapfen, Gläser spülen und das Büfett immer wieder nachlegen."

„Wie lange haben Sie Herrn Brenner abgelöst?"

„So genau weiß ich das nicht, aber es wird eine knappe Stunde gewesen sein."

„Und wie lange waren Sie insgesamt mit der Theke und dem Nachfüllen beschäftigt?"

Sven dachte einen Moment nach und spitzte dabei die Lippen. „Ich habe zwar nicht auf die Uhr geschaut, aber ich würde sagen, es war etwas nach Mitternacht. Die ersten Gäste waren schon im Aufbruch."

„Sind Sie nicht zwischenzeitlich mal an die Tische gegangen oder … zur Toilette …"

„An die Tische nicht, dafür war keine Zeit. Aber zur Toilette bin ich zweimal gegangen. Einmal bevor ich Günther ablöste und einmal als ich kurz nach Mitternacht aufhörte."

„Ist Ihnen dabei irgendwer im Haus begegnet?"

„Nein", kam sofort die Antwort.

„Wieso sind Sie sich da so sicher?", wollte Fuß wissen.

„Sie haben recht. Für die Gäste stand zwar draußen der Toilettenwagen, aber als ich das erste Mal auf der Toilette war, kam mir Frau Priebe entgegen. Die Freunde meines Vaters kennen sich hier im Haus aus. Und dann habe ich einen etwas korpulenten Mann aus dem Haus kommen sehen. Ich weiß nicht, wie er heißt, aber ich habe ihn schon mal bei Papa gesehen. Ich glaube, der ist ein Kunde von uns."

„Sonst noch jemand?"

Sven verneinte.

„Gut, also nachdem Sie an der Theke aufgehört haben, sind Sie auf die Toilette gegangen und dann?"

„Inzwischen saß Papa mit Mama, meiner Schwester und ein paar engen Freunden zusammen. Ich habe mich dazugesetzt."

„Daran kann ich mich erinnern", bestätigte Fuß. „Ich saß auch an dem Tisch." Der Kriminalkommissar versuchte sich ins Gedächtnis zu rufen, wann Sven wieder gegangen war. Er hatte natürlich nicht darauf geachtet. Deshalb fragte er ihn: „Wie lange sind Sie dort sitzen geblieben?"

Ein kurzes Lächeln huschte über das bleiche Gesicht. „Sie waren mit Ihrer Frau und Familie Hammes schon gegangen. Ich würde sagen, es war halb drei."

„Bis dahin haben Sie ununterbrochen an diesem Tisch gesessen?"

„Ununterbrochen", bestätigte Sven. „Steffens und Martinis waren die Letzten, die gegangen sind. Papa hat sie zum Ausgang begleitet und ich habe mit Mama angefangen, überall die Lampions und Lichter auszumachen. Dann habe ich vom Schlüsselbrett den Torschlüssel genommen und das Tor abgeschlossen. Mama und Papa hörte ich noch in der Küche sprechen. Ich bin aber gleich nach oben in mein Zimmer gegangen und sofort ins Bett."

„Ihr Zimmer liegt neben dem Arbeitszimmer Ihres Vaters?"

„Nein, dazwischen liegt noch ein kleines Bad, das eigentlich zur Wohnung von Iris gehört, das ich aber mitbenutze, wenn ich hier bin."

„Letzte Frage. Haben Sie mitbekommen, wann Ihre Schwester und ihr Freund gegangen sind?"

„Die sind viel früher gegangen. Da waren noch etliche Gäste da. Vielleicht erinnern Sie sich noch, die beiden kamen an unseren Tisch und haben sich von Papa verabschiedet."

Fuß konnte sich nicht daran erinnern. Vielleicht war er gerade in ein Gespräch vertieft gewesen. Er warf einen fragenden Blick zu Liane Esser, die sofort nickte. Sie hatte alles mitgeschrieben.

„Gut, dann würde ich Sie bitten, dass Sie Ihre Schwester rufen."

Sven stand auf und verließ die Probierstube.

„Sie machen mir morgen bitte eine genaue zeitliche Gegenüberstellung aller Aussagen", bat Fuß die junge Kollegin. „Haben Sie so etwas schon einmal gemacht?"

Bevor Liane antworten konnte, betrat bereits Iris den Raum, sodass sie nur noch rasch nickte.

Nicht nur die Augen von Iris waren geschwollen, sondern das ganze Gesicht schien aufgedunsen. Rund um die Augen war die Haut zusätzlich rot verfärbt. Sie nahm auf einem Stuhl Platz, sodass Fuß seinen

Platz wechseln musste, um ihr bei der Befragung ins Gesicht blicken zu können.

„Ich möchte mit Ihnen noch einmal den Samstagabend durchgehen. Bitte möglichst mit allen Details, die Ihnen einfallen."

Iris schluckte erst einige Male, bevor sie zu sprechen begann.

„Am Tag zuvor bin ich wegen Verdachts auf eine leichte Lebensmittelvergiftung ins Krankenhaus eingeliefert worden …"

Fuß unterbrach Iris. „Lebensmittelvergiftung?"

„Es war nicht so schlimm, denn ich konnte morgens schon wieder entlassen werden. Ich hatte mich deshalb vor dem Fest noch etwas hingelegt und bin eingeschlafen und erst gekommen, als die Feier schon angefangen hatte."

„Wann genau sind Sie gekommen?"

„Papa muss wohl in sein Arbeitszimmer gegangen sein. Es liegt direkt gegenüber von meinen Zimmern. Dadurch bin ich überhaupt erst wach geworden. Das war gegen acht Uhr. Ich habe mich dann noch schnell frisch gemacht und werde wohl gegen halb neun im Zelt gewesen sein."

„Und dann?"

„Ich habe Günther an der Theke helfen wollen, aber im gleichen Moment kam schon mein Bruder. Deshalb habe ich mich mehr auf das Büfett konzentriert und leere Platten gegen volle ausgetauscht."

„Wo waren denn die neuen, ich meine, der Nachschub der Platten?"

„Unten im Weinkeller, weil es dort recht kühl ist."

„Und dann?"

„Danach habe ich etwas gekellnert, bin von Tisch zu Tisch gegangen und habe leere Weinflaschen gegen volle ausgetauscht und Biergläser gespült. Nach einer Stunde war ich kaputt und habe mich dann an verschiedenen Tischen rumgetrieben, überwiegend bei unseren Nachbarn. Zum Schluss habe ich noch mit Iris Marx zusammengesessen, der Wirtin der *Historischen Weinwirtschaft* in Oberwesel."

„Sind Sie zwischenzeitlich mal aus dem Zelt, zum Beispiel wieder ins Haus gegangen?"

Iris musste eine Weile überlegen. „Abgesehen von dem Weinkeller war ich ein- oder zweimal in der Küche, um mir Spülmittel zu holen."

„Ist Ihnen jemand begegnet, aus der Familie oder von den Gästen?"

„Nicht, dass ich mich erinnern würde, nein."

„Gestern haben Sie ausgesagt, dass Sie dann mit Ihrem Freund zusammen in Ihre Wohnung gegangen sind."

„Ja, es war so gegen ein Uhr. Günther kam an den Tisch, wo ich mit

Frau Marx saß und meinte, es sei Zeit ins Bett zu gehen. Er hat sich noch ein paar Minuten zu uns gesetzt und dann sind wir hinaufgegangen."

„Und Sie sind sofort in Ihre Wohnung und ins Bett?"

„Ja. Ich war hundemüde und bin auch sofort eingeschlafen. Irgendwann bin ich zwar wach geworden. Ich glaube, mein Vater war wohl nochmals im Büro, ich hatte ein Geräusch gehört. Aber sicher bin ich mir da nicht. Vielleicht habe ich das auch nur geträumt."

„Und Ihr Freund?"

„Er ist mit mir ins Bett gegangen."

Fuß nickte zufrieden. „Dann schicken Sie ihn mir bitte mal."

Die junge Frau zögerte einen Moment, dann stand sie auf. „Es wird etwas dauern. Er ist oben, ich muss ihn erst rufen."

Der Hauptkommissar erhob sich von seinem Stuhl und begann in dem kleinen Raum auf und ab zu gehen. Liane Esser beobachtete, wie er immer und immer wieder kaum merklich den Kopf schüttelte und etwas vor sich hin brummte.

„Kann ich irgendetwas helfen zu klären?"

Fuß blieb stehen und blickte sie erstaunt an. An ihre leicht naiv klingende Art musste er sich noch gewöhnen. Er wusste aber, dass sie es ernst meinte, deshalb fragte er: „Haben Sie bisher eine Ungereimtheit entdeckt?"

„Das nicht, aber es gibt doch immer noch Lücken."

„Lücken, Lücken … Lücken gibt es immer. Es sei denn, man hat eine Überwachungskamera und Aufzeichnungen. Und selbst die kann man manipulieren, wenn man es geschickt macht", meinte er.

Die Tür wurde geöffnet und Günther Brenner trat ein.

„Setzen Sie sich!", befahl Fuß und wartete, bis der junge Mann saß und seinen Blick auf ihn richtete. „Nun erzählen Sie mir mal, wie Sie den Samstagabend verbracht haben, möglichst genau."

Brenner schien nicht lange überlegen zu müssen, vielleicht hatte er inzwischen auch schon mit Sven oder kurz mit Iris gesprochen.

„Ich hatte Bernd angeboten, die Theke zu machen. Da gibt es nicht allzu viel zu berichten. Von Beginn an war die Hölle los. Ich hatte vorgeschlagen, Bedienungspersonal zu engagieren, aber Elfriede war dagegen. Sie wollte, dass das die Familie macht. Es sollte persönlich wirken und nicht wie in einer Wirtschaft."

„Sie zählen sich also zur Familie", schmunzelte Fuß.

„Nun, Iris und ich sind …"

„Ich weiß“, unterbrach ihn Fuß sofort. „Sollte auch nur ein Scherz sein. Also weiter.“

„Eigentlich ist damit alles schon gesagt. Ich stand bis ein Uhr hinter der Theke …“

„Stopp, stopp“, protestierte Fuß. „Sie können mir doch nicht erzählen, dass Sie von, sagen wir, neunzehn Uhr bis ein Uhr nachts ununterbrochen an der Theke waren.“

„Ununterbrochen nicht“, gab Günther zu.

„Also, dann bitte etwas genauer.“

Brenner zuckte unwillig die Schultern. „Also natürlich war ich öfters im Keller neue Weinflaschen holen …“

„Wie oft?“

„Fünf, sechs, sieben Mal. So genau habe ich nicht mitgezählt.“

„Waren Sie außer im Weinkeller auch mal im Haus oder im Freien. Sie rauchen doch?“ Fuß hatte die gelbe Innenseite von Zeige- und Mittelfinger an beiden Händen bemerkt.

„Also zum Rauchen bin ich wirklich nicht gekommen. Aber ich war einmal auf dem Klo und habe auch eine kurze Pause eingelegt. In der Zeit hat Sven die Theke gemacht.“

„Wie lange war Ihre Pause und wo haben Sie diese verbracht?“

„Ich bin kurz in unsere …, also in Iris’ Wohnung gegangen und habe mich ein paar Minuten aufs Ohr gelegt. Immerhin hatten wir den ganzen Tag an der Deko und der Beleuchtung geschuftet.“

„Wie lange haben Sie sich von der Theke entfernt?“

Wieder zuckte Brenner mit den Schultern. „Weiß ich nicht. Kann eine halbe Stunde oder etwas mehr gewesen sein. Länger auf keinen Fall.“

„Ist Ihnen im Haus jemand begegnet?“

„Ich bin ja nur die Treppe rauf und nachher wieder runtergegangen. Was dazwischen war, weiß ich nicht. Allerdings sind etliche Gäste während ich an der Theke arbeitete, zu diesem Nebenausgang des Zeltes rausgegangen. Ob die aber ins Haus gegangen sind, kann ich nicht sagen.“

„Und wie war das dann zum Schluss“

„Nachdem kaum noch etwas lief, habe ich ein paar Flaschen von jeder Sorte auf die Theke gestellt, einen Korkenzieher dazugelegt und habe mich noch zu Iris und ein paar Leuten an einen Tisch gesetzt. Nach fünf Minuten sind wir dann hinaufgegangen.“

„Sie sind gleich ins Bett?“

„Gleich, richtig. Zuerst Iris, dann ich. Sie war schon halb am Schlafen."

„Haben Sie in der Nacht irgendwelche Geräusche im Haus gehört?"

„Ich nicht, aber Iris behauptet, etwas gehört zu haben."

Fuß knetete wie üblich sein Gesicht, wenn er nachdachte. Eine Angewohnheit, über die sich manche amüsierten.

„War's das?", fragte Günther Brenner.

Fuß streckte beide Arme aus und deutete auf die Tür zum Flur. „Wenn Sie dann bitte Frau Gauss zu uns schicken würden."

Der junge Mann stand auf und klopfe zum Abschied mit der Faust auf den Tisch.

„Ist das der Schwiegersohn?", wollte Liane wissen, nachdem Brenner die Probierstube verlassen hatte.

„Vielleicht in spe!", brummte Fuß, räkelte sich auf seinem Stuhl und gähnte herzhaft. „Wenn die Witwe jetzt nichts Neues bringt, war der ganze Besuch hier wieder umsonst, befürchte ich."

„Kann sich nicht einer der Gäste versteckt haben und hat dann diesen Winzer umgebracht?"

„Möglich ist alles. Aber dann brauchen wir ein Motiv und einen Anhaltspunkt. Beides konnte uns bisher keiner liefern."

„Was ist mit dem Dicken und dieser Frau …" Liane blätterte im Block zurück. „… Priebe?"

Fuß hatte das leise Klopfen von Elfriede Gauss überhört. Sie stand plötzlich in der Tür und starrte fast geistesabwesend in den Raum.

„Später!", antwortete Fuß rasch, stand auf, nahm die Frau an der Hand und begleitete sie zur Eckbank. „Elfriede, wie geht es dir heute?"

„Schlecht, wie du dir denken kannst", antwortete sie mit leiser, zittriger Stimme.

„Ich mach es auch kurz", begann Fuß mit der Befragung und setzte sich dicht neben sie. „Die ersten zwei Stunden hast du, zunächst zusammen mit deinem Sohn, unentwegt die Gäste begrüßt, zum Schluss nur noch alleine."

„Dann bin ich von Tisch zu Tisch gegangen und habe mich, wie Bernd, um die Gäste gekümmert. Ein paarmal haben wir auch zusammengesessen. Beim Doktor Bersch, unserem Bürgermeister, zum Beispiel und dann bei Doktor Fuchß und Herrn Gröber vom Wirtschaftsministerium in Mainz und … bei euch am Tisch haben wir uns ja auch getroffen … und an dem Tisch, an dem unsere Koblenzer Gäste saßen, Karin und Dieter Spahl, Marianne und Leo Wingen, die beide von uns Wein beziehen und natürlich der Manni Gniffke mit seiner Frau … aber …“, sie schaute den Hauptkommissar mit ihren verweinten Augen an, „mir ist der Abend wie weggewischt.“

„Elfriede, ich muss dir noch ein paar Fragen stellen.“ Er legte seinen Arm um sie und reichte ihr ein Taschentuch. Nachdem sie sich die Tränen aus dem Gesicht gewischt hatte, fuhr er fort. „Ich weiß, dass du mit Sven dann die Lichter ausgemacht hast und in die Küche gegangen bist. Bernd war gerade dabei Tee aufzugießen.“

Elfriede nickte.

„Und dann?“

„Er hat noch gesagt, dass es ein wunderschöner Abend war und wir haben uns kurz in den Armen gelegen. Wir sind zusammen nach oben gegangen. Ich war dann noch im Badezimmer und habe auf dem Weg in mein Zimmer an seine Tür geklopft. Das war immer das Zeichen, dass das Bad frei ist. Als ich im Bett lag, habe ich ihn auch dort gehört. Mehr weiß ich nicht.“

„Hast du gehört, wann er in sein Zimmer gegangen ist?“

Elfriede schüttelte ihren Kopf. „Bernd war immer so leise, weil er wusste, dass ich sofort einschlafe und er wollte mich nicht wecken.“

Fuß blickte wieder zu Frau Esser, die noch eifrig schrieb. Er drückte der Witwe einen Kuss auf die Wange.

Auf dem Weg zum Auto flüsterte Liane Esser dem Hauptkommissar zu: „Ich dachte, Sie wollten noch einmal in das Zimmer des Toten gehen …“

„Haben Sie nicht gesehen, wie es um die Familie steht?“, knurrte er. „Man kann auch alles übertreiben. Außerdem ist es gut, wenn wir einen triftigen Grund haben, noch einmal hinzugehen. Auf diese Art und Weise sehen wir, was sich in der Familie entwickelt. Immerhin kann keiner ausschließen, dass ein Familienmitglied indirekt oder auch direkt mit dem Ableben zu tun hat. Wenn ich das nicht neutral sehen würde, müsste ich sofort den Fall abgeben. Und das will ich nicht, weil Bernd mein Freund war. Aber das muss man nicht an die große Glocke hängen. Es reicht schon, wenn bekannt wird, dass ich zu den Gästen der Feier gehört habe. Außerdem ist der Raum versiegelt, also gehen wir morgen noch einmal hin.

4.

Elfriede Gauss, die alleine zu Hause war, öffnete ihnen am nächsten Tag. Fuß erklärte ihr, er wolle nochmals Bernds Zimmer unter die Lupe nehmen. Irgendetwas müssten sie alle bisher übersehen haben. Diese Formulierung hatte er sich wohl überlegt, sie zeigte jedoch keine Wirkung, worüber er nicht ganz unglücklich war.

„Ich bereite gerade das Mittagessen vor. Wollt ihr mit uns essen? Es gibt allerdings nur Reste. Iris und Günther sind beim Bestatter wegen der Drucksachen und Sven musste heute unbedingt nach Geisenheim, um wegen Bernds Tod einiges zu regeln. Denn er wird jetzt wohl den Betrieb sofort übernehmen müssen."

„Lass dich nicht aufhalten. Wir sind auch gleich wieder weg", erklärte Fuß.

„Wisst ihr schon etwas Genaueres?", kam sofort die zu erwartende Frage.

„Noch nicht." Der Hauptkommissar nahm die Witwe in seinen Arm und drückte sie fest an sich. „Wir tun, was wir können. Und wenn du Hilfe brauchst, weißt du, dass du viele Freunde hast; auch wegen der Weinberge."

Elfriede, der wieder Tränen in den Augen standen, nickte. „Ich muss wieder in die Küche, die Kinder kommen gleich." Sie löste sich aus der Umarmung und die beiden Kripobeamten stiegen die Treppe hinauf in den ersten Stock.

Der Hauptkommissar entfernte das Siegel. Die Tür hatte Schäfer nicht abschließen können, da der Schlüssel, den er bei Bernd Gauss in der Schlafanzugtasche gefunden hatte, bereits als Beweisstück sichergestellt worden war.

Fuß und Esser betraten den Raum und schlossen vorsorglich die Tür wieder hinter sich. Die Kissen des Bettes ließen immer noch erkennen, wo die Leiche gelegen hatte, und auch der eine Schuh lag immer noch vor dem Bett auf dem Boden. Man hatte den Toten offenbar sehr behutsam abtransportiert. Typisch für Schäfer. Er sorgte immer dafür, dass Tatorte so lange wie möglich in dem Zustand erhalten blieben, wie man sie vorgefunden hatte. Diese Methode hatte sich bei später notwendig gewordenen Nachforschungen häufig bewährt.

„Seh'n Sie etwas, was ich nicht seh?", fragte Fuß mit leicht spöttischem Unterton.

Liane Esser schaute sich hilflos im Zimmer um. Es war alles ungewöhnlich aufgeräumt und sauber, sah man einmal von den Grafitspuren ab, die Schäfer und Erasmus hinterlassen hatten. Sie ging auf den Einbauschrank zu und öffnete eine der Schiebetüren. Auch hier herrschte absolute Ordnung.

„War der Tote so ein Pedant?", fragte sie erstaunt.

„Ich glaube weniger Bernd, eher seine Frau", antwortete Fuß und öffnete die Nachttischschublade, in der sich allerdings nur noch das abgegriffene Buch von Carl Zuckmayer befand. Wahrscheinlich hatte Schäfer die Karten und Umschläge in der Hoffnung mitgenommen, darin einen Anhaltspunkt für ein Motiv oder Ähnliches zu finden.

„Das Schlafzimmer seiner Frau liegt schräg gegenüber. Gehen Sie doch mal in das Zimmer, schließen Sie beide Türen hinter sich und horchen, ob Sie die Geräusche hören können, die ich hier mache."

Sofort verließ die junge Mitarbeiterin den Raum und begab sich in Elfriedes Gauss' Schlafzimmer. Fuß wartete ein paar Sekunden, dann klatschte er in die Hände, stampfe mit dem Fuß auf dem Boden auf und kippte den Kleiderboy, der mit einem dumpfen Schlag auf dem Teppichboden landete. Dann rief er in drei sich steigernden Lautstärken nach seiner neuen Assistentin, die kurz darauf den Raum wieder betrat.

„Und?"

„Sie haben mich gerufen."

„Wie oft?"

„Zweimal."

„Und sonst haben Sie nichts gehört?"

„Nichts", versicherte Liane.

„Dann ist das Haus gut schallisoliert", stellte Fuß fest. „Wenn man davon ausgeht, dass Elfriede sofort eingeschlafen ist, hat sie wahrscheinlich nicht gehört, was sich hier im Zimmer möglicherweise abgespielt hat."

„Sollten wir, nachdem im Moment nur Frau Gauss im Haus ist, nicht einmal in dieser Etage nach dem Zyankali suchen?", schlug Liane Esser vor.

„Ohne Beschluss?"

Die Kriminalhauptmeisterin lächelte Fuß an. „Sie sind doch mit der

Familie befreundet, da wird es doch wohl keinen Ärger geben, wenn die Formalitäten nicht ganz exakt eingehalten werden, oder?"

Fuß zögerte einen Moment und knetete dabei wieder sein Gesicht. „Also gut, aber mit der notwendigen Zurückhaltung."

„Wo fangen wir an?"

„Sie wissen bereits, wo das Schlafzimmer von Frau Gauss ist. Ich werde mich in der Wohnung der Tochter, dem Zimmer des Sohnes und Bernds Büro etwas umschauen. Zehn Minuten, länger nicht. Wir treffen uns wieder hier."

Fuß machte sich auf den Weg zur Wohnung von Iris. Er fand die Tür unverschlossen. Nachdem auch diese Tür beim Öffnen leicht knarrte, lauschte er erst kurz, ob Elfriede etwas gehört hatte, dann betrat er das kleine Wohnzimmer. Er schaute sich etwas erstaunt um, denn niemals wäre er bei dem Anblick auf die Idee gekommen, den Wohnraum einer jungen Frau zu betreten. Alles sah so gediegen, altbacken und unheimlich ordentlich aus.

Fuß hatte Erfahrung, wo Täter im Allgemeinen Dinge versteckten. So begann er rasch die Couch und die Sessel seitlich der Lehnen zu untersuchen. Dann nahm er sich eine Reihe von Vasen vor und griff hinter ein paar Bücher, die sich in einem Hängeregal befanden. Es folgten die Stereoanlage und einige Dekoartikel in der Vitrine. Schließlich begab er sich in die kleine Küche und nahm sich als Erstes das Regal mit den Gewürzen vor. In diesem Moment begann sein Handy zu piepsen. Frau Esser meldete sich. Sie schien sehr aufgeregt zu sein, denn ihre Stimme überschlug sich.

„Chef, kommen Sie schnell zurück, bitte. Ich warte in Gauss' Schlafzimmer auf Sie!", dann war die Verbindung unterbrochen.

Fuß sorgte schnell wieder für Ordnung in dem Gewürzregal und machte sich auf den Rückweg. in Bernds Schlafzimmer.

Liane Esser hielt ihm sichtlich erregt vor Finderglück ein kleines Fläschchen mit leicht gelblicher Flüssigkeit entgegen, dessen Schraubverschluss sie in der anderen Hand hielt.

Tatsächlich, der Geruch bestätigte es, der Inhalt war eindeutig Cyanwasserstoff. „Wo haben Sie es gefunden?"

„In einem Paar gefütterter Winterstiefel im Kleiderschrank von Frau Gauss", antwortete Liane und bemühte sich ihre Erregung zu unterdrücken.

„Und warum haben Sie keine Handschuhe angezogen?", fragte Fuß grimmig. „Soll ich Sie jetzt als Mörderin überführen?"

Fast hätte Liane Esser vor Schreck das Fläschchen fallen lassen. Fuß zog aus seiner Jackeninnentasche eine kleine Plastiktüte hervor und griff nach dem Fundstück.

„Schrauben Sie vorsichtig wieder den Deckel drauf", meinte er kopfschüttelnd. „Vielleicht lässt sich noch etwas retten."

Nachdem die junge Polizistin mit zitternden Fingern den Deckel festgeschraubt hatte, tütete Fuß das Fläschchen geschickt ein, ohne es selbst zu berühren.

„Glauben Sie, dass Frau Gauss ..." Weiter kam Liane nicht.

„Kommen Sie!", befahl Fuß und zog den Zimmerschlüssel, den er von Schäfer nach der erfolglosen Überprüfung auf Fingerabdrücke und DNA erhalten hatte, aus der Tasche. Beide verließen den Raum und Fuß wollte die Tür zu Bernds Zimmer abschließen. Zu seinem Erstaunen passte der Schlüssel jedoch nicht in das Schlüsselloch. Fuß versuchte es ein zweites Mal, wieder vergebens.

„Das ist gar nicht der Schlüssel zu dieser Tür", sagte er nachdenklich und versuchte, dafür eine Erklärung zu finden. Bernd hatte also etwas ganz anderes abgeschlossen und ein bisher unbekannter Dritter, wahrscheinlich der Mörder oder die Mörderin, wie es jetzt immer mehr aussah, hatte seine Tür von außen abgeschlossen und den richtigen Schlüssel mitgenommen. Dadurch ergab sich natürlich ein völlig anderes Bild.

„Verhaften wir jetzt Frau Gauss?", fragte Liane Esser leise.

Fuß warf ihr einen deutlich enttäuschten Blick zu.

„Wir fahren", antwortete er nur kurz.

„Wollen Sie die Tür nicht versiegeln?", fragte die junge Assistentin erstaunt, als Fuß sich in Richtung Treppe bewegte.

„Wozu noch?", kam die etwas mürrische Antwort.

Unten ließ er Frau Esser an der Haustür stehen und machte sich auf die Suche nach Elfriede. Sie war immer noch in der Küche mit den Vorbereitungen des Mittagessens beschäftigt.

„Und?", fragte sie, als Fuß in der Küchentür stand.

„Nichts", log er. „Wir werden die Obduktion abwarten müssen." Er drückte die Witwe erneut an sich und gab ihr einen Kuss auf die Wange. „Ich rufe an, wenn sich was Neues ergibt."

In der Küchentür drehte er sich noch einmal um und zog den Schlüssel aus der Tasche.

„Ach, übrigens, der Schlüssel, den Bernd bei sich hatte, passt nicht auf seine Tür." Er beobachtete genau die Reaktion der Witwe. Doch

Elfriede schaute ihn nur verständnislos an. Sie begriff nicht so schnell, was dieser Umstand bedeutete. „Was soll's? Du kannst ja schon mal selbst ausprobieren, auf welche Tür der Schlüssel passt. Vielleicht hilft uns das weiter."

Er kam zurück, legte den Schlüssel auf den Küchentisch und verließ dann den Raum. Elfriede, die immer noch nicht begriffen hatte, nahm den Schlüssel und hängte ihn im Flur an das Schlüsselbrett.

Frau Esser hatte von sich aus den Platz hinter dem Lenkrad übernommen. Die ersten Kilometer in Richtung Koblenz verliefen schweigend. Doch dann fasste sie sich ein Herz.

„Warum haben Sie Frau Gauss nicht verhaftet? Schäfer hat doch ihre Fingerabdrücke an der Innenklinke der Tür gefunden, was wir bisher nicht erklären konnten. Aber jetzt scheint doch alles klar. Sie hat als Letzte die Klinke angefasst, von außen die Tür abgeschlossen, den Schlüssel verschwinden lassen und ist im Besitz des Cyanwasserstoffs."

„Nicht so wie etwas scheint, muss es auch gewesen sein!", brummte Fuß unwillig. Er wollte einfach nicht glauben, was sich allmählich zu bestätigen schien. Irgendetwas in ihm wehrte sich vehement dagegen.

Der Rest der Fahrt verlief wieder in tiefem Schweigen. Jeder hing seinen eigenen Gedanken nach. Liane Esser, die junge und in der praktischen Alltagsarbeit noch recht unerfahrene Kriminalbeamtin, wurmte es, dass sie gleich beim ersten Einsatz mit ihrem neuen Chef so gepatzt hatte. Wie lange hatte sie darum gekämpft, den Posten von Walter Wagner übernehmen zu können. Dabei war ihr bewusst, dass sie es zumindest am Anfang neben dem „großen Fuß", und das bezog sie nicht nur auf seine über 1,90 Meter Körpergröße, keine leichte Position haben würde. Aber sie war ehrgeizig, das hatte sie schon auf der Polizeischule bewiesen. Außerdem ging Fuß der Ruf voraus, dass er in vielen Dingen ein Querdenker war und manchmal nicht unbedingt die üblichen Wege der Ermittlungen beschritt, vor allem, wenn es um Richtlinien und Verordnungen ging, die nicht praxisgerecht waren und in denen er keinen Sinn sah. Andererseits gab es auch sehr viele Kollegen, die ausgesprochen positiv über ihn und seine Methoden sprachen. Und nun hatte sie es geschafft, an seiner Seite arbeiten zu dürfen und versagte, wie sie sich eingestehen musste.

Hauptkommissar Fuß gingen während der Fahrt ganz andere Gedanken durch den Kopf. Den Patzer seiner jungen Kollegin hatte er schon längst wieder vergessen. Er versuchte die bisher bekannten Fakten in eine logische Reihe zu bekommen. Und vor allem, was für ein Motiv gab es? Alle Spuren deuteten tatsächlich auf Elfriede hin. Man hatte bei ihr das Gift gefunden, durch das Bernd möglicherweise getötet worden war. Ihre Fingerabdrücke waren an der Türklinke innen, also musste sie die letzte Besucherin gewesen sein und sie war in der Küche zugegen, als sich Bernd den Tee aufgoss. Sicherlich hätte sie genügend Zeit und Gelegenheit gehabt, dabei heimlich das Gift in den Tee zu geben. Blieb nur die Frage nach dem Motiv. Vielleicht würde das Testament, sofern es eines gab, etwas erkennen lassen. Dass eine zweite Frau in Bernds Leben eine Rolle spielte und Eifersucht das Motiv war, konnte Fuß ausschließen. Dann hätte er sicherlich die Weltreise nicht mit Elfriede geplant. Und auf der Buchungsbestätigung standen eindeutig „Elfriede und Bernd Gauss“ als Reisende. Die Übernahme des Weingutes durch Bernds Frau war absurd, da sie wenig Ahnung vom Weinanbau hatte. Sie war und blieb die kaufmännische Seele des Unternehmens. Wo steckte also das Motiv? Nur eines stand seit dem Fund des Fläschchens für Fuß absolut fest: Bernd hatte keinen Selbstmord verübt. Davon war er trotz des Anrufes auch nie ausgegangen. Das große Problem war nur eben dieser Anruf bei ihm auf dem Anrufbeantworter. Wenn Elfriede ein Motiv und ihren Mann tatsächlich umgebracht hatte, wie war dieser Anruf von Bernd zustandegekommen? Unter Zwang? Das konnte er sich wirklich nicht vorstellen.

Plötzlich fiel ihm ein, dass Iris davon gesprochen hatte, sie glaubte ihren Vater noch einmal im Büro gehört zu haben. Das könnte ein Hinweis sein, dass Bernd tatsächlich vom Büro aus den Anruf getätigt hatte. Angenommen, er wusste, dass er vergiftet worden war, warum rief er dann nicht einen Notarzt, sondern tat so, als habe er vor, sich selbst umzubringen. Wie viel Zeit war überhaupt vergangen zwischen der Einnahme des vergifteten Tees und dem Eintreten des Todes? Hierüber würde er mit seinem Freund, Doktor von Essen, oder dessen Frau, einer Apothekerin, reden, wenn die beiden in die Straußwirtschaft kamen. Fuß rutschte ungeduldig auf dem Beifahrersitz herum. Nein, nein, irgendetwas stimmte an all dem nicht. Er traute Elfriede die Tat ebenso wenig zu, wie Bernd den Selbstmord. Es musste ein Dritter außerhalb der Familie gewesen sein. Er würde sich von Elfriede die Gästeliste geben lassen und dann einen nach dem anderen durchleuchten müssen. Davor graute ihm bereits jetzt, denn es waren über hundert Personen.

Vom Polizeipräsidium aus rief er sofort Elfriede an und bat, ihm diese Liste aufzustellen. Dann rief er in der Gerichtsmedizin in Mainz an. Fuß verdrehte die Augen, als sich sein Lieblingsfeind, Doktor Wehlen, dort meldete. Der Mann, der einen immer mit Fachchinesisch zuschüttete und kein Ende fand, sein Wissen in leicht überheblichem Ton preiszugeben.

„Liegt schon ein erstes Ergebnis vor?", erkundigte sich Fuß, nachdem er sich gemeldet und mitgeteilt hatte, um welche Leiche es sich handelte.

Sofort plusterte sich der Gerichtsmediziner am anderen Ende auf. „Was glauben Sie, mein Lieber? Sie sind nicht der Einzige, der uns Leichen schickt. Und dann heißt es bei uns, eine nach der anderen. Die Toten laufen uns ja nicht weg." Es folgte ein „Ha-ha-ha" in Dreiklang-Harmonie. „Aber ich kann Sie beruhigen, der Mann liegt bereits auf dem Tisch. Morgen oder übermorgen werden wir dann wissen, woran er gestorben ist."

„Danke, mein Verehrtester", säuselte Fuß, machte vor dem Telefon eine leichte Verbeugung und legte schnell den Hörer auf.

„Sie gehen aber reizend mit den Leuten in Mainz um", stellte Liane amüsiert fest.

„Wenn Sie Wehlen mal persönlich gesprochen haben, wissen Sie auch warum", knurrte Fuß und legte die Füße auf seinen Schreibtisch. Ein typisches Zeichen dafür, dass er konzentriert nachdenken und nicht gestört werden wollte. Aber auch dies hatte Liane Esser erst lernen müssen.

Wie immer in solchen Situationen begann Fuß sein Gesicht zu kneten und sich nochmals den fraglichen Abend und die darauf folgende Nacht vorzustellen. Mehr als hundert Gäste hielten sich in dem Zelt auf. Wahrscheinlich hatte jeder der Gäste die Möglichkeit, unbemerkt das Wohnhaus des Winzers zu betreten. Allerdings konnte man davon ausgehen, sollte sich darunter der Mörder befunden haben, dass dieser sich dort gut auskennen musste. Folglich reduzierte sich der Kreis der möglichen Verdächtigen um jene Gäste, die zum ersten Mal oder bisher nur einmal kurz auf dem Weingut gewesen waren.

Da sich das Gift im Tee befand und das Fläschchen in einem Stiefel von Elfriede gefunden wurde, musste sich der Täter oder die Täterin also zum einen in der Küche, aber auch in Elfriedes Schlafzimmer auskennen und wissen, dass sich Bernd vor dem Zubettgehen Tee zubereitete, wenn er abends reichlich getrunken hatte. Dieser Personenkreis konnte nicht allzu groß sein. Da die Familienmitglieder aufgrund ihrer weitgehend übereinstimmenden und damit glaubwürdigen Aussagen und mangels Motiv fast auszuschließen waren, blieb nur ein enger Personenkreis übrig. Bei diesem Gedanken lief es Fuß kalt den Rücken runter, denn die meisten dieser Personen kannte er persönlich sehr gut, mit vielen war er sogar befreundet. Er ließ einige Gesichter an sich vorüberziehen, konnte sich dabei aber nicht vorstellen, dass einer von ihnen ein Mörder oder eine Mörderin war.

Irritiert von dieser Vorstellung nahm er ruckartig die Füße vom Schreibtisch, sodass Liane Esser erschrocken von ihrer Arbeit am Computer aufblickte. Er griff zum Telefon und rief Jana Dufkova zu Hause an. Die Polizeipsychologin und Profilerin beim LKA in Mainz, mit der er bereits in mehreren Fällen zusammengearbeitet hatte und die mit dem ermordeten Kollegen Wagner liiert gewesen war. Die beiden wollten sogar heiraten. Jana befand sich nach ihrer Entbindung noch im Mutterschaftsurlaub.

„Ich brauche mal wieder deine Hilfe", begann er, nachdem sie kurz ein paar private Worte gewechselt hatten. Er berichtete Jana kurz von dem aktuellen Fall, einiges davon hatte sie bereits aus der Mainzer Rhein-Zeitung erfahren. Sie versprach, an einem der nächsten Abende nach Alken kommen zu können, da Wagners Eltern nach Mainz kämen, um ihren Enkel zu besuchen.

Ein uniformierter Polizeibeamter brachte, nachdem Fuß aufgelegt hatte, bereits ein Fax von Elfriede mit der Einladungsliste. Einige Namen waren mit dem Vermerk „nicht gekommen" gestrichen. Fuß ging langsam die dreiseitige Liste durch und machte kleine Häkchen hinter den Namen der Personen, die als Täter mit Sicherheit nicht infrage kamen.

Das Telefon von Frau Esser surrte. Sie hob ab. Am anderen Ende schien das Labor zu sein, wie für Fuß aus dem kurzen Gespräch zu entnehmen war. Mit einem etwas enttäuschten Gesicht legte die junge Kollegin auf.

„An dem Fläschchen waren nur meine Fingerabdrücke, es sei aber mit Sicherheit vorher abgewischt worden."

Fuß sagte nichts. Der Blick, den er ihr über den Schreibtisch zuwarf, reichte.

„Ich denke das nächste Mal an die Handschuhe", versprach sie.

5.

Am Abend war in der Straußwirtschaft wieder die Hölle los. Fuß hatte ausnahmsweise pünktlich Feierabend machen können. Die schon fast sommerlichen Temperaturen lockten auch viele Touristen in den kleinen Moselort und auch unter ihnen hatte es sich schnell herumgesprochen, wo es besonders gemütlich zuging.

Obwohl Fuß alle Hände voll zu tun hatte, war er froh, irgendwann seinen Freund Thomas von Essen und seine Frau zu erblicken, die sich an den Tisch einer blonden Frau mit kurzen Haaren und Brille gesetzt hatten. Fuß wusste nur, dass sie Uschi hieß, aus Wuppertal stammte und schon seit einigen Jahren kam. Als er dem Arzt und seiner Frau den Wein brachte, entschuldigte er sich bei der Blonden. „Ich kann nichts für meine Gäste, aber Hunsrücker sind auch nur Menschen und die darf man nicht verdursten lassen.“ Dann wandte er sich mit einem verstohlenen Blick zu der Tischnachbarin an das Ehepaar: „Ich hoffe, ihr bleibt etwas länger. Ich muss einiges von euch wissen.“ Und schon musste er sich wieder um andere Gäste kümmern.

Gegen zwanzig Uhr wurde es draußen zum Sitzen reichlich kühl und deshalb auf der Terrasse etwas ruhiger. Einige hatten sich ihre Jacken oder Mäntel angezogen, andere sich in die Gasträume begeben. Auch Uschi aus Wuppertal hatte ihren Platz verlassen und Fuß nahm die Gelegenheit wahr, sich kurz zu Familie von Essen zu setzen.

„Erzählt mir etwas über Blausäure und ihre Wirkung“, bat Fuß.

Thomas und Choon Ok von Essen schauten sich kurz an, dann antwortete die Apothekerin.

„Cyanwasserstoff, auch Blausäure genannt, ist das Nitrille der Ameisensäure, eine farblose bis leicht gelbliche, wasserlösliche Flüssigkeit mit dem charakteristischen Geruch von Bittermandeln. Allerdings kann nur etwa die Hälfte der Menschen diesen Geruch wahrnehmen, was deshalb besonders gefährlich ist, da eine Vergiftung auch schon durch Einatmung erfolgen kann. Es kommt dabei zu einer sogenannten inneren Erstickung …“

„Nicht allzu ausführlich“, wehrte Fuß ab. „Wie lange dauert es, bis man daran stirbt?“

„Nicht immer so schnell, wie man oft in Filmen sieht. Es dauert schon ein paar sehr schmerzhafte Minuten. Die tödliche Dosis beim Menschen beträgt etwa sechzig Milligramm, dabei tritt der Erstickungstod allerdings dann in wenigen Sekunden ein.“

Wie war aber Elfriede an das Zeug gekommen? Hatte es ihr Günther Brenner beschaffen können, der, soweit Fuß wusste, als Pharmavertreter unterwegs war. Wohl kaum?! Selbst wenn sie ihm eine plausible Begründung hätte liefern können, wozu sie dieses Gift brauchte.

Von einem lauten, jodelartigen Aufschrei wurde Fuß aus seinen Gedanken gerissen. Erschrocken drehte er sich um und entdeckte eine ältere Frau, die aufgrund ihrer spontanen lauten Gefühlsausbrüche, wenn sie etwas getrunken hatte, allgemein nur „Juhuchen“ genannt wurde.

Er stand auf, bedankte sich kurz bei Thomas und Choon Ok und rief mit seiner kräftigen Stimme in die Runde. „Die Terrasse wird jetzt geschlossen, sonst bekommt ihr noch Frostbeulen. Weitertrinken nur noch in den Räumen unten.“

Am nächsten Morgen suchte Fuß als Erstes den Polizeipräsidenten Horst Eckhardt auf. Er hatte Glück und wurde gleich zu ihm vorgelassen. Das Ergebnis der kurzen Unterredung war, dass ab sofort einige Beamte im Fall Gauss für die Befragung der Gäste abgestellt werden konnten.

In seinem Büro markierte Fuß die Leute in der Gästeliste, die er selbst kannte und befragen wollte und bat Liane den Rest unter regionalen Gesichtspunkten auf die einzelnen Polizeiinspektionen aufzuteilen, um möglichst schnell vorgehen zu können und den Kollegen weite Wege zu ersparen.

Eine halbe Stunde später hatte sie die übrigen Gäste unter sich und den kurzfristig abzustellenden Kollegen aufgeteilt. Fuß warf einen flüchtigen Blick darüber.

„Einverstanden?“, wollte Liane wissen.

Fuß brummte etwas Unverständliches vor sich hin, was aber zur Freude von seiner Kollegin irgendwie positiv klang. Er hatte die Nacht schlecht geschlafen, zu sehr hatte ihn der Fall Gauss beschäftigt. Es wurde Zeit, irgendwo den Anfang eines roten Fadens zu finden.

„Was mir aufgefallen ist, dass offenbar außer den Kindern der Familie Gauss keine Verwandten auf dem Fest waren. Hat das etwas zu bedeuten?“

„Das können Sie nicht wissen“, antwortete Fuß. „Bernds Eltern sind beide tot und er war ein Einzelkind. Deshalb hat er auch alles geerbt. Und Elfriedes Eltern sind bei einem Autounfall ums Leben gekommen, als sie noch ein kleines Kind war. Sie ist in einem Waisenhaus groß geworden.“

„Vielleicht ist sie deshalb in manchen Dingen so merkwürdig.“

Fuß antwortete nicht, darüber wollte er sich im Moment keine Gedanken machen.

„Dann mach ich mich mal auf den Weg, die Listen an die einzelnen Inspektionen zu faxen.“

Fuß nickte und gähnte herzhaft. Erst als Frau Esser das Büro verlassen hatte, realisierte er bewusst, was sie gesagt hatte. Er hatte sich vorgenommen in Koblenz bei den Namen „Gniffke“ und „Wingen“ mit seinen Befragungen zu beginnen. Da musste er nicht weit gehen. Familie Gniffke lebte am Münzplatz und Wingens hatten ihr Café und Bistro nicht weit davon entfernt in der Pfuhlsgasse. Er blickte auf die Uhr. Vielleicht sollte er doch erst zu Wingens gehen und dabei einen starken Kaffee trinken, der ihn etwas munterer machte.

Fuß hatte Glück. Sowohl Marianne als auch Leo Wingen hielten sich im Café auf. Beide zeigten sich bestürzt über Bernds Tod.

„Sie wollen mir doch nicht erzählen, dass der Bernd sich selbst umgebracht hat“, bestätigte Leo sofort auch die Meinung von Fuß. „Bernd war so ein lebensfroher Mensch. Nein, ich glaube das einfach nicht.“

Marianne Wingen brachte eine Tasse Kaffee an den kleinen Tisch, an dem ihr Mann und Fuß Platz genommen hatten.

„Wie geht es denn Elfriede?“, erkundigte sie sich. „Wenn ich mich hier loseisen kann, werde ich sie morgen oder übermorgen mal besuchen gehen.“

Fuß zog die Schultern hoch. „Sie scheint mir sehr gefasst.“

„Wenn das nicht nur Fassade ist. Sie kennen doch auch Elfriede. Immer nur lächeln …“, gab Marianne Wingen zu bedenken.

„Wie können wir Ihnen helfen?“, unterbrach Leo seine Frau.

Fuß war froh, so schnell auf den Punkt zu kommen.

„Ganz einfach, haben Sie etwas beobachtet oder ist Ihnen etwas in Erinnerung, was Ihnen unter den jetzt bekannten Umständen merkwürdig vorkommt oder mit dem Tod in Zusammenhang stehen könnte?“

Beide blickten eine Weile vor sich hin, während Fuß genüsslich den heißen Kaffee schlürfte.

„Also ich“, begann Frau Wingen, „fand Bernd wie immer. Er saß eine Weile bei uns am Tisch, dann kam auch Elfriede. Nein, es schien alles wie immer.“

„War einer von Ihnen mal im Haus oder hat beobachtet, wie jemand ins Haus ging?“

„Also ich war einmal auf der Toilette, unten, neben der Probierstube“, antwortete Wingen und Fuß erinnerte sich, dass Sven etwas von einem korpulenten Mann berichtet hatte.

„Haben Sie jemanden dabei getroffen?“

Leo zögerte, doch dann war er sich sicher. „Bernds Sohn ist mir begegnet, dieser …“

„Sven“, ergänzte Fuß und Wingen nickte. Er wendete sich zu Marianne. „Und Sie, waren Sie auch einmal im Haus?“

„Sogar zweimal. Einmal bin ich in die Küche gegangen und habe mir einen Lappen besorgt, weil an unserem Tisch ein Glas Rotwein umgefallen war, und dann bin ich später noch mal auf der Toilette gewesen. Aber beide Male habe ich niemanden gesehen oder getroffen.“

„Das war es dann eigentlich schon“, stellte Fuß fest und trank den Rest Kaffee mit einem Zug aus. „Dann mach ich mich mal wieder auf den Weg.“ Er verabschiedete sich und versprach, die beiden auf dem Laufenden zu halten.

Als Nächstes suchte er Familie Gniffke auf. Mit dem Aufzug fuhr er im Haus Metternich nach oben, wo diese ihre Wohnung hatten, und wurde dort ebenso herzlich begrüßt wie bei Wingens. Auch Gniffkes waren von dem Freitod mehr als überrascht und auch übereinstimmend der Meinung, dass dies recht unwahrscheinlich sei.

„Mir hann jo gar net su persönlich met denne Leid gered, su wie Sie vielleicht. Ich hann awer gleich zo meiner Frau gesot, dat glawe ich net.“

„Was sollte Herr Gauss auch für einen Grund haben?“, fragte Kreszenz Gniffke. „Es sei denn, er hätte wegen der allgemeinen Krise wirtschaftliche Probleme gehabt oder auf sich zukommen sehen. Aber so schnell wirft man sein Leben doch nicht weg.“

Auch hier stellte Fuß die gleichen Fragen wie beim Ehepaar Wingen.

„Nä“, antwortete Manfred Gniffke sofort. „Ich kenne mich en demm Karbachel iwwerhaubt net aus, weil ich doch noch nie doh dren wor. Ich hann, wie die annere Leid och, dä Lokuswache benotzt. On gesehn hann ich och nix. Doh wore jo su vill goode Leidcher, met denne mer sich emol en Roh onnerhalle kond, doh hat ich kein Aue fier ebbes anneres zo beobachde.“

„Ich war vor dem Fest auch noch nie in dem Haus“, versicherte Kreszenz Gniffke. „Aber als ich auf die Toilette gehen und mir nach dem Essen die Hände waschen wollte, ist Frau Gauss, die bereits seit einiger Zeit an unserem Tisch saß, mit mir ins Haus gegangen. Sie hat mir gezeigt, wo die Toilette ist. Und als ich zurückging, ist sie mir wieder begegnet. Sie kam aus der Küche, als ich gerade daran vorbeiging. Ich meine, sie hatte etwas in der Hand und ist dann die Treppe hinaufgestiegen. Wann sie allerdings wieder heruntergekommen ist, weiß ich nicht. Sie kam auf jeden Fall nicht mehr an unseren Tisch.“

Der Hauptkommissar starrte Kreszenz Gniffke überrascht an. „Wissen Sie ungefähr, wann das gewesen war?“

Sie schüttelte den Kopf. „Schwer zu sagen. Aber es war sicherlich zwischen halb neun und neun.“

In Fuß’ Kopf drehte sich alles. Elfriede hatte nichts davon gesagt. War das der endgültige Beweis, dass sie doch die Mörderin war?

Recht wortkarg verabschiedete er sich von den Gniffkes.

Iris Gauss öffnete Fuß die Haustür. Ihre Augen waren immer noch gerötet. Fahrig fuhr sie sich durch ihre langen rehbraunen Haare.

„Gibt es etwas Neues?“, fragte sie und schloss hinter dem Hauptkommissar die Tür.

„Vielleicht“, stöhnte Fuß, dem dieser Besuch äußerst unangenehm war. Alles hing jetzt von einer glaubwürdigen Aussage von Elfriede ab. „Ist Ihre Mutter zu sprechen?“

Iris nickte wortlos und ging voran. Fuß folgte ihr. Elfriede saß mit Sven und einem älteren Herrn im Wohnzimmer des Weingutes. Sie stellte Fuß Doktor Pfeiffer vor, den langjährigen Rechtsanwalt der Familie Gauss, der vor einigen Jahren auch zusammen mit Elfriede und Bernd das Testament ausgearbeitet hatte. Doktor Pfeiffer stand auf, was ihn aber nicht viel größer werden ließ, und reichte Fuß mit leicht verkniffenem Lächeln die Hand.

„Frau Gauss hat mich gerufen, damit jetzt alles seinen ordnungsgemäßen Weg gehen kann“, teilte er Fuß mit monotoner Stimme mit.

Sicherlich hatte schon mancher Richter mit dem Schlaf gekämpft, wenn Pfeiffer sein Plädoyer hielt, ging es Fuß durch den Kopf, als er die Stimme hörte, und er unterdrückte ein Grinsen.

„Das trifft sich gut", meinte Fuß und nahm gegenüber dem Anwalt an dem großen Eichentisch Platz. „Allerdings sollten wir das Gespräch in einem kleineren Kreis führen."

Sven verstand sofort den Hinweis und machte seiner Schwester ein Zeichen, ihm zu folgen. Nachdem die Geschwister den Raum verlassen hatten, zog Fuß seinen kleinen Notizblock hervor und blätterte darin.

„Elfriede, du hast ausgesagt, dass du unter anderem bei den Koblenzern am Tisch gesessen hast. War da nicht noch mehr? Ich meine, hast du nur dort gesessen oder hat sich noch etwas anderes ergeben?"

Sie schaute Fuß verständnislos an. Oder war es mehr Erschrockenheit in ihren Augen? Fuß beobachtete die Witwe sehr genau.

„Soll das ein Verhör werden?", mischte sich Doktor Pfeiffer ein, „dann sollten Sie Frau Gauss über ihre Rechte aufklären."

Fuß warf einen kurzen Blick zu dem Anwalt. „Es handelt sich nur um eine ganz normale Zeugenbefragung …"

„Lassen Sie nur, Herr Doktor Pfeiffer", winkte Elfriede mit einer fahrigen Handbewegung und unüberhörbar erregter Stimme ab. „Aber, was meinst du damit, ob sich noch etwas anderes ergeben habe?" Ihre plötzliche Nervosität war so offensichtlich, dass selbst der Rechtsanwalt die Stirn in Falten legte und neugierig auf eine Klärung von Fuß wartete.

„Ich gebe dir ein Stichwort: Kreszenz Gniffke!"

Sichtlich erleichtert hielt Elfriede ihre Hand vor die Brust. „Mein Gott, ja, das hatte ich vergessen. Sie bat mich, ihr unser Bad zu zeigen, weil sie sich die Hände waschen wollte, glaube ich."

„Du hast sie also ins Haus begleitet …?"

„Ja, sicher. Ich bin dann selbst noch kurz in die Küche gegangen und habe dort das Licht ausgemacht, weil irgendwer es brennen gelassen hatte."

„Und dann?" Fuß Stimme ließ zunehmend erkennen, dass er dienstlich gekommen war. Er schaute Elfriede mit einem warnenden Blick an.

Die Witwe warf einen kurzen Blick zu ihrem Rechtsanwalt und zuckte leicht mit dem Mundwinkel. Sie zögerte einen Moment, dann griff sie an ihre Stirn. „Ja, vielleicht habe ich mich in der Küche auch ein paar Sekunden länger aufgehalten. Ich erinnere mich jetzt, dass ich etwas aufgeräumt habe, aber dann bin ich wieder in den Hof gegangen."

„Direkt in den Hof?", fragte Fuß jetzt äußerst scharf und kurz angebunden.

„Ja, sicherlich. Wohin hätte ich denn sonst gehen sollen?"

„Da bist du ganz sicher?"

Elfriede Gauss zuckte mit den Schultern. „Ja sicher, was soll deine Frage?"

Fuß klappte das kleine Notizbuch zu, schloss für einen Moment die Augen und begann sein Gesicht zu kneten. Dann schaute er wieder auf und Elfriede direkt in die Augen.

„Tut mir leid, aber ich muss dich bitten, zu einer ausführlichen Befragung mit aufs Präsidium zu kommen."

Die Witwe schaute erschrocken zwischen dem Hauptkommissar und ihrem Anwalt hin und her.

„Gibt es dafür einen besonderen Grund?", fragte der Anwalt.

„Es gibt widersprüchliche Aussagen, die genauer geklärt werden müssen", wich Fuß einer konkreten Antwort aus.

„Aber, ich kann doch jetzt nicht alles hier stehen und liegen lassen …", begann Elfriede.

Fuß legte seine Hand auf ihre, mit der sie sich auf dem Tisch abstützte. „Es wäre mir lieber, du kommst jetzt mit, als dass ich dich zu einer offiziellen Vernehmung abholen lassen müsste."

„Vielleicht sogar mit einem Haftbefehl?!", schrie Elfriede auf. „Glaubst du jetzt plötzlich, ich habe Bernd …"

„Wenn ich das glauben würde, wäre ich bereits mit einem Haftbefehl gekommen."

Fuß hatte sich als Erstes im Präsidium nochmals telefonisch bei Frau Gniffke vergewissert, dass sie sich ihrer gemachten Aussage sicher war und diese gegebenenfalls auch vor Gericht wiederholen würde.

„Ich muss Sie leider bitten, morgen hier vorbeizukommen, damit wir Ihre Aussage protokollieren können. Sie erscheint mir sehr wichtig", beendete Fuß das Telefonat, das er vom Schreibtisch eines benachbarten Kollegen geführt hatte, während Liane Esser mit Elfriede Gauss in seinem Büro auf ihn wartete.

Als er es betrat, machte er Liane ein Zeichen, ihn und Elfriede allein zu lassen. Die junge Kripobeamtin zog hinter Elfriedes Rücken eine beleidigte Grimasse und schloss die Tür deutlich zu laut. So laut, dass Elfriede Gauss auf ihrem Stuhl zusammenzuckte.

Fuß nahm hinter seinem Schreibtisch Platz und betrachtete sie mit durchdringendem Blick. Er konnte in den Augen der Frau deutlich ihre Angst erkennen und übersah auch nicht das leichte Zittern ihrer Hände, das sie ständig zu verbergen versuchte.

„Also“, begann er, „du bleibst dabei, dich nicht länger im Haus aufgehalten zu haben?“

„Ja!“, kam es fast trotzig und gequält aus Elfriedes Mund. Doch im gleichen Moment wich sie seinem Blick aus und schaute an ihm vorbei auf den Wandkalender, der rechts neben dem Aktenschrank hing. In diesem Moment hatte Fuß instinktiv das Gefühl, dass Elfriede Gauss ihn belog und Frau Gniffkes Aussage zutraf, dass sie im Haus geblieben und die Treppe hinaufgegangen war. Aber was bedeutete das schon? Vielleicht war alles wirklich unbedeutend und harmlos. Nur warum verschwieg sie, dass sie die Treppe hinaufgegangen war? Es hatte keinen Zweck, er musste die Katze aus dem Sack lassen, um weiterzukommen. Er stand auf, ging auf Elfriede zu und baute sich vor ihr auf, sodass sie nicht mehr an ihm vorbeischauen konnte.

„Elfriede“, begann er langsam und mit eindringlicher Stimme, „es gibt eine glaubwürdige Zeugin, die dich gesehen hat, wie du die Treppe hinaufgegangen bist.“

„Zeugin?“, schreckte Elfriede erneut auf. „Ach ja, jetzt erinnere ich mich sogar, du kannst nur Frau Gniffke meinen. Sie hat sogar recht, ich bin tatsächlich … das heißt, ich wollte tatsächlich nach oben gehen und mir etwas Wärmeres anziehen. Ich bin dann aber sofort wieder auf halber Treppe umgekehrt, weil ich mich erinnerte, dass eine Weste von mir noch vom Nachmittag unten an der Garderobe hing.“

Fuß starrte die Frau an. Entweder sagte sie die Wahrheit oder sie war eine brillante Schauspielerin und in schnellen Ausreden geübt. Sollte er sie jetzt mit dem Fund des Cyanwasserstoffs konfrontieren? Nein, diesen Joker wollte er vorerst noch im Ärmel behalten, zumal er immer noch nicht so recht glauben konnte, dass Elfriede ihren Mann umgebracht hatte. Das alles machte doch keinen Sinn. Fuß fühlte sich in dem Hin und Her seiner Erkenntnisse, gepaart mit seinen Gefühlen, plötzlich recht unwohl. Am liebsten würde er den Fall wegen Befangenheit abgeben, aber bei dem Personalmangel bei der Kripo war dies wohl kaum möglich. Außerdem fühlte er sich Bernd gegenüber verpflichtet.

Er beugte sich zu Elfriede hinunter und blickte ihr direkt in die Augen.

„Elfriede, wenn du mir etwas sagen willst oder musst, dann sage es hier und jetzt. Morgen ist es vielleicht schon zu spät."

Obwohl ihre Gesichtsfarbe sich deutlich ins Rot verfärbte, schüttelte sie energisch den Kopf. „Ich weiß nicht, was in dich gefahren ist. Warum willst du mir mit aller Gewalt den Mord an Bernd anhängen? Was habe ich dir getan?"

Mit einem lauten Seufzer und angesichts auftretender Rückenprobleme richtete sich Fuß wieder auf.

„Also gut. Wie du willst. Du bleibst also dabei, sofort wieder heruntergekommen zu sein."

Elfriede nickte wortlos und blickte sofort an ihm vorbei, als sie dazu Gelegenheit bekam.

Fuß trat ans Fenster und warf einen Blick auf den Verkehr, der sich um diese Uhrzeit auf beiden Fahrbahnen mühsam am Polizeipräsidium vorbeiquälte. Dabei ließ er noch einmal schnell alle inzwischen bekannten Fakten an sich vorüberziehen. Plötzlich drehte er sich um.

„Wo hast du eigentlich den richtigen Schlüssel zu Bernds Schlafzimmer?"

Sofort richtete Elfriede wieder den Blick auf den Hauptkommissar und schaute ihn überrascht an.

„Wie meinst du das? Ich ziehe doch keine Schlüssel von den Türen ab. Soweit ich weiß, ist Bernds Zimmer zurzeit abgeschlossen, also muss er bei der Polizei sein."

„Falsch, die Zimmertür ist offen. Der Schlüssel, den wir bei Bernd gefunden haben, passt nicht auf seine Zimmertür und deshalb habe ich ihn dir doch bereits zurückgegeben. Wo ist also der Schlüssel, der wirklich zu seiner Tür gehört?"

Elfriede vergrub wütend ihr Gesicht in beiden Händen. „Du machst mich noch ganz verrückt", begann sie zu klagen. „Woher soll ich denn wissen, wo dieser verdammte Schlüssel ist." Sie riss die Hände wieder herunter und schrie: „Bernd ist tot, begreifst du das nicht?! Bernd ist tot, man hat meinen Mann getötet und du hast nichts Besseres zu tun, als mich zu verdächtigen ...?!"

Die Stimme versagte ihr und sie brach in lautes, fast hysterisches Heulen aus, wobei sie erneut ihr Gesicht in den Händen vergrub.

Fuß wusste für einen Moment nicht, wie er reagieren sollte. Er blieb mit dem Rücken zum Fenster stehen und betrachtete die aufgebrachte Frau. Egal wie er jetzt reagierte, egal was er jetzt sagte, er war sich sicher, irgendwie das Falsche zu tun.

Zum Glück klopfte es in diesem Moment an seine Bürotür und Liane Esser steckte wieder den Kopf herein.

„Chef, … können Sie mal einen Moment kommen?“, bat sie und verdrehte dabei die Augen.

Sichtlich befreit, sich aus dem Moment der Beklemmung lösen zu können, gab er Liane ein Zeichen, einzutreten. Er selbst verließ rasch den Raum. Draußen stand zu seiner Überraschung Doktor Pfeiffer, den er noch vor kaum zwei Stunden auf dem Weingut angetroffen hatte.

„Sie entschuldigen …“, begann der Rechtsanwalt mit gedämpfter Stimme. Offenbar wusste er, dass hinter der Tür Elfriede Gauss saß und wollte nicht, dass sie seine Stimme erkannte.

Fuß bat ihm zu folgen. Die übernächste Bürotür stand offen, die beiden Kollegen waren offensichtlich unterwegs. Der Kommissar deutete auf einen Stuhl, nahm selbst hinter einem der Schreibtische Platz und schaute Doktor Pfeiffer erwartungsvoll an.

„Ich habe etwas Zeit gebraucht nachzudenken“, begann der Anwalt, und Fuß konnte erkennen, dass es seinem Gegenüber nicht leicht fiel, über das zu sprechen, was jetzt kommen würde. „Aber ich glaube, in der jetzigen Situation könnte es wichtig sein.“

Fuß machte eine Handbewegung, die irgendwie sein Verständnis für mögliche Gewissenskonflikte des Anwalts belegen sollte.

„Vor einer Woche war Herr Gauss bei mir in meiner Kanzlei. Er erkundigte sich, was zu machen sei und wie lange es alles in allem dauern würde, wenn er Teile seines Testaments ändern würde.“

Erstaunt beugte sich Fuß zu dem Anwalt vor. Kam jetzt das Motiv ans Tageslicht. „Weiter!“, drängte Fuß ungeduldig und spürte, wie sein Pulsschlag sich plötzlich erhöhte.

„Sie müssen wissen, das Ehepaar Gauss hat vor einigen Jahren zusammen mit mir das Testament aufgesetzt. Es liegt jetzt bei einem Notar und, soweit ich weiß, eine Kopie in einem Bankfach.“

„Was wollte er ändern?“, kürzte Fuß den Weg zu der möglicherweise wichtigen Information ab.

Doch zu seiner Enttäuschung zog Doktor Pfeiffer nur die Schultern hoch. „Genaues hat er mir nicht gesagt, aber es schien sich um eine größere Änderung zu handeln. Herr Gauss hat mir nur gesagt … und ich versuche ihn wörtlich zu zitieren … ‚Es hat da unvorhersehbare Umstände in meinem Umfeld gegeben und darauf möchte ich reagieren.‘“

„So hat er es formuliert?“, platzte Fuß heraus.

Doktor Pfeiffer nickte. „Fast wörtlich.“

„Und das Umfeld, wie Sie sagten, hat er nicht genauer definiert?“

Wieder zuckte Doktor Pfeiffer mit den Schultern. „Leider nein. Es konnte sich auf die Familie ebenso beziehen wie auf die wirtschaftliche Situation oder eine andere, subjektive Erkenntnis von Herrn Gauss.“

„Hatten Sie das Gefühl, die Angelegenheit war eilig oder sahen Sie die Frage mehr als eine mittelfristige Überlegung an?“

„Ich hatte nicht den Eindruck, dass es Herrn Gauss drängte und so richtig fest entschlossen schien er auch noch nicht zu sein, sonst hätte er sicherlich sofort seine Änderungswünsche geäußert. Denn Gauss war in der Regel ein Mann der schnellen und dennoch wohl überlegten Entscheidungen.“

„Haben Sie wenigstens eine Idee, worum es sich gehandelt haben könnte?“, nahm Fuß einen zweiten Ablauf.

Doch Doktor Pfeiffer schüttelte nur den Kopf und blickte zu Boden. Fast schien es, als bereue er bereits, gekommen zu sein. Etwas unentschlossen erhob er sich von seinem Stuhl.

„Vielleicht hat das alles gar nichts mit seinem Tod zu tun. Ich dachte nur, Sie sollten es zumindest wissen.“

„Wenn es sich um Mord handelt, wovon wir derzeit ausgehen müssen, bin ich sicher, dass es da Zusammenhänge gibt“, stellte Fuß nüchtern fest. „Können Sie mir etwas über den bisherigen Inhalt des Testamentes sagen?“

Doktor Pfeiffer lächelte sichtlich gequält. „Ich brauche Ihnen wohl nichts zu der anwaltlichen Schweigepflicht zu sagen. Vielleicht bin ich ja schon mit meinem Hinweis zu weit gegangen. Aber in der jetzigen Situation …“

„Aber vielleicht können Sie mir sagen, ob das Testament über das allgemein zu erwartende Übliche hinausgeht?“

Doktor Pfeiffer zog die Stirn in Falten und dachte eine Weile nach. Dann meinte er. „Im weitesten Sinne Ihrer Frage kann ich diese ruhig mit Nein beantworten.“ Er drehte sich um und verließ den Raum durch die immer noch offen stehende Tür.

Fuß begann sein Gesicht zu kneten. Wenn das Testament dem Üblichen in dieser Familienkonstellation entsprach, dann mussten die Änderungswünsche tatsächlich erhebliche Abweichungen beinhaltet haben. Das war die einzig logische Überlegung hierzu. Nur, was hatten diese Änderungswünsche für einen Grund. Sollte der Mord die Testamentsänderung verhindern? War damit das Motiv auch für einen Mord gefunden? Aber immer noch stand Bernds Anruf auf Anrufbeantworter allem entgegen. Oder war es gar Bernd, der alles, wer weiß aus welchem Grund, inszeniert hatte und es war doch Selbstmord? Plötzlich hatte Fuß das Gefühl, alle bisherigen Erkenntnisse noch einmal unter diesem Aspekt betrachten zu müssen.

Er sprang nervös auf und ging eiligen Schrittes in sein Büro zurück, wo sich inzwischen Liane zu Elfriede gesetzt hatte. Als Fuß die Bürotür öffnete, unterbrach die junge Polizistin sofort ihren Satz und fühlte sich ertappt. Er sollte nicht das Gefühl gekommen, dass sie sich angemaßt hatte, seine Vernehmung fortzuführen. Nein, sie hatte wirklich nur Belangloses mit ihr gesprochen und dazu beigetragen, dass sie sich wieder einigermaßen beruhigt hatte.

„Frau Esser, fahren Sie bitte Frau Gauss wieder nach Hause zurück", sagte Fuß und streckte Elfriede seine Hand entgegen, die ihn mit verweinten Augen ansah. „Ich gehe davon aus, dass du weiterhin jederzeit zu erreichen bist."

Elfriede Gauss stand auf, nickte nur ganz kurz und folgte Liane Esser aus dem Büro.

Nachdem sich die Tür hinter den beiden geschlossen hatte, nahm Fuß hinter seinem Schreibtisch Platz und schloss die Augen.

Ging man einmal von der Ernsthaftigkeit des Anrufs von Bernd aus, in dem er seinen Selbstmord ankündigte, so blieb als größter Widerspruch die Tatsache, dass er eine Weltreise gebucht hatte. Das einzige Argument, diesen Widerspruch auszuhebeln war, die Buchung lag bereits einige Tage oder sogar Wochen zurück und es war zwischenzeitlich oder kurzfristig etwas eingetreten, das schwerwiegender war. Dafür sprach grundsätzlich auch die neue Erkenntnis, das Testament ändern zu wollen. Dem widersprach allerdings seine Begeisterung am Vorabend, als er seinen Freunden von der heimlich gebuchten Weltreise berichtete. Das wiederum konnte aber auch dazu dienen, etwas anderes zu tarnen oder zu verbergen. Wie war noch der Wortlaut des Anrufs? Verhindere bitte alle Nachforschungen, vor allem, wegen der Lebensversicherung … Was Bernd mit dieser Bemerkung gemeint hatte, lag klar auf der Hand. Bei Selbstmord würde keine Lebensversicherung zahlen. Vielleicht hatte Bernd deshalb auch die Blausäure bei seiner Frau versteckt, in der Hoffnung, dass niemand sie dort suchen würde.

Elfriede hatte Fuß berichtet, sie hätten sich am Abend nochmals umarmt und Bernd habe sich für alles bedankt. War das eine Geste des Abschieds. Vielleicht war zu diesem Zeitpunkt schon die Blausäure in seinem Tee. Oder er hatte sie aus seinem Büro geholt. Immerhin glaubte Iris, ihren Vater nochmals in der Nacht dort gehört zu haben. Soweit war alles durchaus logisch und passend, nur der Anlass blieb weiterhin ein Rätsel. Gegen diese Version sprach eigentlich nur der Umstand, dass sowohl er als auch sein Kollege Schäfer sofort das Gefühl gehabt hatten, jemand habe Bernd in die Kissen gedrückt, der Schlüssel in seinem Schlafanzug, der nicht auf seine Tür passte, und die Fingerabdrücke von Elfriede auf der Innenklinke der Tür.

Fieberhaft überlegte Fuß, ob es für diese drei Fakten eine einfache Erklärung geben könne. Das mit den Kissen konnte natürlich auch eine subjektive Fehleinschätzung sein, vielleicht hatte sich auch Bernd im letzten Moment derart auf sein Bett geworfen, dass diese tiefe Lage auf natürliche Weise entstand. Dass die letzten Fingerabdrücke auf der Klinke von Elfriede stammten, dafür konnte es jede Menge Erklärungen geben. Bernd brauchte nur beim Betreten seines Schlafzimmers die Tür auf irgendeine andere Art und Weise zugeschubst zu haben. Nur für den falschen Schlüssel gab es keine spontane Erklärung.

Fuß beschloss, bei seinem nächsten Besuch zu prüfen, ob der Schlüssel auf irgendein anderes Türschloss im Haus passte. Dies zu prüfen, daran hatte er bisher nicht gedacht.

6.

Hauptkommissar Fuß glaubte seinen Augen nicht zu trauen als er mit einem Tablett voller frisch gespülter Gläser aus der Küche kam und Jana Dufkova unter den Gästen der Straußwirtschaft erblickte, die ihm sogleich freudestrahlend zuwinkte.

„Warum hast du nicht angerufen?“, wunderte sich Fuß.

„Ich weiß doch, dass ich Erika dann wieder zusätzliche Arbeit aufgebürdet hätte. Nein, ich habe mich bei Renate einquartiert und bestehe darauf, bei ihr zu übernachten.“

Fuß stellte rasch sein Tablett auf der Theke ab und nahm seine Mainzer Kollegin in die Arme.

„Ich habe dir doch gesagt, ich komme. Ich kann dich doch nicht alleine lassen, wenn du Probleme hast.“ Sie drückte ihm unter dem Gegröle einiger Gäste einen dicken Kuss auf die Wange.

„So wat hätt' ich auch mal gern!“, rief einer der Gäste laut in den Raum, woraufhin ihm Jana lachend zuzwinkerte.

„Ich muss noch eine Weile auf der Terrasse bedienen. Komm mit, es ist sicherlich noch ein Stuhl frei“, versicherte Fuß, nahm sein Tablett und eilte voraus.

Dort wurde Jana auch von einigen Gästen mit „Hallo“ begrüßt. Immerhin hatte sie mit vielen Freunden des Hauptkommissars schon etliche Male zusammengesessen und kannte die meisten Gesichter, die ihr jetzt entgegenstrahlten.

„Setz dich zu Barbara und Roman an den Tisch, da sind noch zwei Stühle frei“, bat Fuß und eilte zu der kleinen Freilufttheke, um seine Gläser einzuräumen.

Auch am Tisch der Schreibers wurde Jana freudig begrüßt und sofort nach dem Nachwuchs befragt. Noch bevor Fuß ihr einen Schoppen bringen konnte, war man aber schon beim Thema Bernd Gauss angelangt. Immerhin konnte der Journalist Jana bereits einige Fakten berichten, die sie noch nicht wusste.

„Haben Sie diesen Gauss auch gekannt?“, wollte Jana wissen.

„Nur sehr flüchtig“, gestand Roman Schreiber. „Er war einige Male hier, hat auch schon an unserem Tisch gesessen, aber außer einem recht unverbindlichen Gespräch …“ Er schüttelte den Kopf.

„Er machte immer einer sehr lebensbejahenden Eindruck“, mischte sich seine Frau ein. „Ich kann mir nicht vorstellen, dass er sich umgebracht hat.“

„Und wie waren seine Frau und seine Kinder? Haben Sie die auch einmal kennengelernt?“

Barbara und Roman schauten sich an, dann meinte der Journalist: „Die Frau war immer sehr stolz auf ihre Kinder, hat viel von ihnen erzählt, soweit wir das mitbekommen haben. Seit einiger Zeit gibt es auch so etwas wie einen Schwiegersohn …“ Er zuckte mit den Schultern. „Mehr kann man eigentlich nicht dazu sagen. Eigentlich eine ganz normale Familie.“

Jana schien mit den bisherigen Informationen noch nicht ganz zufrieden. „Wann haben Sie das Ehepaar denn das letzte Mal gesehen?“

„Auf der Geburtstagsfeier nur ganz flüchtig. So richtig miteinander zusammengesessen und unterhalten haben wir uns in der letzten Saison. Die Straußwirtschaft hat ja erst am Wochenende wieder geöffnet.“

„Und hatten Sie das Gefühl, in der Familie hatte sich etwas verändert gegenüber früheren Zeiten?“

Wieder schauten sich die Angesprochenen an, als wollten sie sich über Augenkontakt beratschlagen. Diesmal antwortete Roman.

„So genau haben wir nicht hingeschaut. Aber ich erinnere mich, dass ich im Herbst einmal das Gefühl hatte, dass Herr Gauss nicht mehr ganz so aufgeschlossen war …“

„Bedrückte ihn etwas?“, hakte Jana sofort ein.

„Bedrücken kann man nicht unbedingt sagen, aber er war schweigsamer als sonst. Aber vielleicht hatte er auch nur einen schlechten Tag.“

„Waren an dem Tag auch die Kinder dabei?“

Wieder ein kurzer Blick zwischen den Eheleuten.

„Ich bin mir sicher, dass alle drei dabei waren, also auch der Freund der Tochter“, antwortete Barbara und Roman nickte zustimmend.

Jana hatte ihrer großen Umhängetasche rasch einen kleinen Block entnommen und begann, sich ein paar Notizen zu machen.

„Du wirst doch nicht jetzt schon anfangen zu arbeiten?“, lachte Fuß, als er mit zwei Weinflaschen vorbeikam und Familie Schreiber die leer getrunkenen Gläser nachfüllte.

„Ich bin nicht zum Urlaubmachen gekommen“, entgegnete Jana. „Ich bin nur auf Abruf hier. Walters Eltern sind zu Besuch und versorgen Maximilian vorübergehend. Deshalb muss ich möglichst bald wieder in Mainz sein, es bleibt mir also nicht viel Zeit.“

Knapp zwei Stunden später saßen Fuß und Jana alleine auf der Terrasse. Der Hauptkommissar hatte ihr einen Pullover gebracht und selbst eine Jacke angezogen, denn es war im Laufe des Abends der Jahreszeit entsprechend kühl geworden.

„Hast du das Tonband aus deinem AB noch hier?“

Fuß schüttelte den Kopf. „Das ist bei euren Spezialisten in Mainz. Aber die haben sich bisher noch nicht gemeldet.“

„Dann werde ich das gleich morgen überprüfen. Vielleicht erreiche ich ja, dass wir etwas schneller an das Ergebnis kommen. Hast du etwas dagegen, wenn ich morgen einmal mit dir zu dieser Familie Gauss fahre?“

„Wieso sollte ich? Gerade deshalb habe ich dich angerufen.“ Fuß zögerte einen Moment, lehnte sich in seinem Stuhl weit zurück und begann, den fast wolkenlosen Himmel zu betrachten. „Ich bin in diesem Fall natürlich etwas befangen. Ich kenne die Familie seit Jahren, habe die Kinder aufwachsen sehen und bin mir deshalb bei allem unsicher, ob man mir die Wahrheit sagt oder nicht. Normalerweise würde ich keinem einen Mord zutrauen und erst recht Bernd keinen Selbstmord. Bisher habe ich immer nach einem Mörder gesucht, aber heute habe ich einmal gedanklich durchgespielt, ob ich nicht doch von einem Selbstmord ausgehen muss, der irgendwie von Bernd so vorbereitet wurde, dass man ihn nicht als solchen erkennt, aber auch logischerweise niemandem einen Mord nachsagen, geschweige denn beweisen kann. Vor allem stellt sich die Frage nach dem Warum?“

Jana nahm einen letzten Schluck aus ihrem Glas, stellte es auf den Tisch und schob es etwas von sich, um ihren Block vor sich legen zu können.

„Könnte es sich um einen Versicherungsbetrug handeln?“

Fuß richtete sich erschrocken auf. „Warum? Sein Weingut ist eines der erfolgreichsten, ich habe seine Kontoauszüge gesehen … finanziell gibt es da keine Probleme. Was soll da eine zu erwartende Versicherungssumme abdecken?“

„Ich dachte nur, weil er sich auf dem Band, wie du gesagt hast, in diese Richtung geäußert hat.“

„Aber doch nur, damit es zur Auszahlung kommt und die Versicherung nicht verfällt“, vermutete Fuß. „Aber auch das ist etwas, was nicht zu Bernd passt. Und noch etwas lässt mich bei meiner Selbstmordüberlegung, außer dem falschen Schlüssel, seit gestern zweifeln: Was hat es mit seinem Vorhaben auf sich, das Testament zu ändern?“

Ein Lächeln huschte über Janas Gesicht. „Dafür hätte ich eine Erklärung, allerdings nur für die Selbstmordtheorie.“

„Lass hören!“, bat Fuß und lehnte sich wieder zurück.

„Gehen wir einmal davon aus, es gibt einen ganz anderen Grund für einen Selbstmord, beispielsweise eine unheilbare Krankheit.“

Fuß wollte Jana widersprechen, aber sie legte rasch ihre Hand auf seinen Arm als Zeichen, sie nicht zu unterbrechen.

„Er weiß, dass er nur noch kurze Zeit zu leben hat, will deshalb vorher noch aus einem bisher unbekannten Grund sein Testament ändern, weil irgendwer dort bedacht ist, der es seiner Meinung nach nicht oder nicht mehr verdient hat. Seine Anwalt hat ihm gesagt, da muss dies und jenes gemacht werden und das dauert ... Die Zeit hat Gauss nicht mehr. Also inszeniert er seinen Selbstmord so, dass der Verdacht auf denjenigen fällt, den er aus dem Testament entfernen wollte, und glaubt, diesen Menschen so zu treffen und zu bestrafen.“

„Ist das nicht ein wenig weit hergeholt?“, stöhnte Fuß.

„Überhaupt nicht“, versicherte Jana. „Du solltest doch wissen, auf welche absurden Ideen Menschen aus unterschiedlichen Gründen kommen können. In diesem Fall wäre es der Faktor Zeit, der ihn drängte.“

„Dann könnte die Person nur seine Frau sein, denn viele Dinge deuten auf sie als mögliche Täterin hin.“

„Vielleicht. Aber denk daran, du hast eben selbst gesagt, dass du befangen bist in deiner Beurteilung.“

Für kurze Zeit trat Schweigen ein und beide lauschten in die Stille der beginnenden Nacht. Irgendwo in der Ferne bellte ein Hund. Als Jana im Licht der gegenüberstehenden Straßenlaterne sah, dass die Augen des Hauptkommissars zugefallen waren und sein Kopf sich langsam zur Brust hin neigte, ergriff sie wieder seinen Arm.

„Wir sollten morgen weiter darüber nachdenken“, meinte sie leise und erhob sich.

Auch Fuß, der plötzlich wieder hellwach war, stand auf und nahm die beiden leeren Gläser.

„Alles klar. Soll ich dich noch bis zu deinem Zimmer bei Zerwas begleiten?“

Jana lachte lauthals. „Bin selber groß und stark!"

Aus dem offenen Spalt der Tür von der Terrasse der Weinwirtschaft zum privaten Schlafzimmer kam ein deutliches „Tsssch" von Erika, die immer auf das Einhalten der Nachtruhe wegen der Nachbarn bedacht war.

Am nächsten Morgen fuhren Fuß und Jana gleich von Alken aus nach Boppard zum Weingut Gauss. Elfriede saß noch mit Günther am Frühstückstisch, während Iris bereits das Haus verlassen hatte. Sohn Sven war über Nacht in Geisenheim geblieben, wo er tags zuvor wegen seiner kurzzeitig eingeschränkten Teilnahme am Studiengang und der Übernahme des Weingutes einige Dinge regeln musste.

Fuß stellte Jana lediglich als Kollegin vor, ohne darauf hinzuweisen, welche Funktion die Psychologin bei der Polizei ausübte.

„Ich muss noch einmal kurz in Bernds Schlafzimmer. Frau Dufkova wird an dem Fall mitarbeiten und möchte sich gern einmal mit dir unterhalten", erklärte er Elfriede.

„Fall!?", empörte sie sich. „Man kommt sich hier wie ein Verbrecher vor."

„So oder so ist hier im Haus auch ein Verbrechen geschehen. Immerhin handelt es sich um einen unnatürlichen Tod", entgegnete Jana unerwartet schroff. „Und Sie als seine Frau müssten doch in erster Linie an der schnellen Aufklärung Interesse haben."

Fuß musste staunen. So aggressiv hatte er Jana, soweit er sich erinnern konnte, noch nicht erlebt. Er drehte sich rasch um, damit man sein heimliches Grinsen nicht sehen konnte. Dann wendete er sich wieder Elfriede zu. „Bitte gib mir noch einmal den Schlüssel, den ich dir zurückgegeben habe. Ich will jetzt endlich wissen, auf welche Tür dieser passt."

Die Witwe ging in den Flur zum Schlüsselbrett und brachte ihm wortlos den Schlüssel.

Während Jana sich mit Elfriede und Günther unterhielt, stieg Fuß wieder die Treppen hinauf und ging oben angelangt den Flur nach links. Als Erstes begann er mit der Badezimmertür. Der Schlüssel steckte von innen. Er öffnete die Tür und prüfte den Schlüssel. Er schloss einwandfrei. Der Versuch mit seinem mitgebrachten Schlüssel aus der Schlafanzugjacke von Bernd die Tür zu verschließen, brachte keinen Erfolg. Fuß ging weiter zur Schlafzimmertür von Elfriede, wo er sein

Experiment wiederholte. Auch hier funktionierte der Schlüssel, der sich im Schloss befand, aber nicht der mitgebrachte. Nachdenklich schlenderte er den Flur zurück zur anderen Hausseite und begann bei Bernds Arbeitszimmer mit seinem Versuch. Hier erlebte er ebenso wie beim nachfolgenden Badezimmer und Schlafzimmer von Sven, dass die an der Tür befindlichen Schlüssel einwandfrei schlossen, der mitgebrachte aber nicht passte.

An der Tür zu den Zimmern von Iris steckte der Schlüssel außen. Die Tür war abgeschlossen, Fuß konnte sie aber mit dem Schlüssel öffnen. Mit einem Knarren wurde der Blick frei in das kleine Wohnzimmer, das eigentlich so gar nicht dem Stil einer jungen Frau entsprach, was Fuß auch dieses Mal wieder gleich ins Auge stach. Auch hier probierte er den Schlüssel mit dem gleichen Ergebnis wie bisher. Was für einen Schlüssel hatte also Bernd in der Tasche seines Schlafanzugs, der auf keine der Türen passte, die sich auf dieser Etage befanden?

Enttäuscht über das negative Ergebnis machte er sich auf den Rückweg.

„Ich glaube", empfing ihn Jana, „ich habe mir inzwischen ein grobes Bild von der Situation machen können."

Fuß trat an den Tisch, auf dem noch die Reste des Frühstücks standen. „Dafür habe ich aber noch eine Frage." Er zog den Schlüssel aus der Tasche und legte ihn auf den Tisch. „Diesen Schlüssel hatte Bernd in seiner Schafanzugjacke. Er passt aber bekanntlich nicht auf seine Zimmertür" Er schaute Elfriede an. „Kannst du mir bitte sagen, auf welche Tür dieser Schlüssel hier auf dem Tisch passt?"

Elfriede schaute zwischen dem Schlüssel und Fuß hin und her. „Keine Ahnung. Die Tür war an dem Morgen, an dem du Bernd gefunden hast, abgeschlossen und im Schloss steckte kein Schlüssel. Er muss sich also eingeschlossen haben. Wieso der Schlüssel aus seiner Jacke nicht passt, kann ich nicht erklären."

Fuß atmete deutlich hörbar tief durch, fast klang es wie das Fauchen eines Drachens. Allmählich wurde er das Gefühl nicht los, dass Elfriede ihm ständig die Unwahrheit sagte oder sich bewusst unwissend und naiv stellte.

„Dieser Schlüssel passt nicht auf Bernds Zimmertür! Er passt in der ganzen oberen Etage auf keine Tür", wiederholte er diesmal laut und eindringlich. „Und ich möchte jetzt wissen, auf welche Tür dieser Schlüssel passt."

„Das ist wirklich merkwürdig", stimmte der bis dahin schweigend neben Elfriede sitzende Günther dem Hauptkommissar zu. „Vielleicht hat Iris oder Sven …“

Fuß merkte, wie ihm das Blut in den Kopf stieg. Recht unbeherrscht reagierte er auf die sich andeutende Theorie des jungen Mannes. „Sie haben mir an dem Morgen selbst gesagt, man habe bereits mit verschiedenen Schlüsseln vergeblich versucht, die Tür zu öffnen. Also kommen Sie mir jetzt nicht mit ‚Vielleicht hat Iris oder Sven'!“

„Darf ich mal etwas fragen?“, mischte sich Jana in das Gespräch und fuhr fort, ohne eine Antwort abzuwarten. „Wie viel Schlüssel je Zimmertür gibt es eigentlich in diesem Haus?“

Elfriede zog die Schultern hoch. „Soweit ich weiß, immer nur einen.“

„Dann müsste der Schlüssel also auf eine Tür hier im Parterre passen.“ Sie schaute Fuß an. „Von irgendeiner Tür muss doch der Schlüssel stammen und kann uns dann sicherlich Auskunft geben, wo sich Herr Gauss noch kurz vor seinem Tod aufgehalten hat.“

Mit einem leichten Knurren stimmte Fuß dem Vorschlag zu, obwohl es keinen Hinweis dafür gab, dass Bernd sich in der Nacht noch groß im Parterre aufgehalten hatte.

Zu viert machten sie die Runde. Doch weder auf die Tür der Küche, des Wohn- und Esszimmers, des Bades und der Gästetoilette noch der Probierstube passte der Schlüssel. Der Verkaufsraum und die Tür zum Keller waren mit einem BKS-Schloss versehen und schieden somit grundsätzlich aus.

„Fehlanzeige!“, stellte Fuß nüchtern fest. Eine gewisse Verzweiflung war deutlich herauszuhören.

„Dann muss er doch auf die Schlafzimmertür von Bernd passen!“, sagte Elfriede trotzig. „Eine andere Möglichkeit gibt es doch einfach nicht!“

Wütend packte Fuß Elfriede am Arm und zerrte sie hinter sich her zur Treppe. „Dann überzeug dich selbst“, brüllte er.

Jana und Günther folgten den beiden. Oben angekommen blieb Fuß mit hochrotem Kopf vor der Schlafzimmertür von Bernd Gauss stehen und hielt Elfriede den Schlüssel hin. „So, dann schließ bitte mal die Tür ab!“

Mit zitternder Hand nahm die Frau den Schlüssel entgegen und steckte ihn ins Schloss. Dann war ein leises Klacken zu hören.

Fuß hielt für einen kurzen Moment den Atem an, drängte Elfriede unsanft zur Seite und versuchte es selbst. Tatsächlich, die Tür ließ sich leicht mit dem Schlüssel zu- und aufschließen. Hinter ihm begann Elfriede hemmungslos zu weinen.

Jana, die die Situation mit Verwunderung verfolgt hatte, nahm die Frau rasch in den Arm. „Es wird sich alles erklären lassen“, versicherte sie ihr leise.

„Eine Unverschämtheit, was Sie der Familie unterstellen!“, brüllte Günther los und ging auf Fuß zu. Fast hatte es den Anschein, als wolle er den Hauptkommissar tätlich angreifen. Doch Fuß schob den jungen Mann mit dem linken Arm energisch beiseite, ging an Jana und Elfriede vorbei und eilte die Treppe hinunter.

Im Wagen wartete er auf Jana, die noch einige Minuten im Weingut geblieben war. Als sie eingestiegen war, schaute sie Fuß an, dessen Gesicht inzwischen wieder an Farbe verloren hatte und eher blass und müde wirkte.

„Was war das denn?“, fragte sie vorsichtig, denn sie konnte sich vorstellen, was im Kopf des Kollegen vor sich ging.

„Irgendwie habe ich das Gefühl, wir werden von allen verarscht!“, fluchte Fuß. „Ich bin doch nicht blöd! Der Schlüssel hat neulich nicht gepasst. Er muss also inzwischen ausgetauscht worden sein. Ich bin mir jetzt ganz sicher, einer in der Familie hat die Finger bei der ganzen Sache im Spiel.“

„Vielleicht warst du in Eile oder nervös durch etwas anderes …“

„Jetzt unterstell mir bitte nicht so etwas!“, reagierte Fuß unwirsch und sofort kam wieder Farbe in sein Gesicht. „Ich war weder in Eile, noch unkonzentriert. Der Schlüssel hat nicht …“

„Beruhige dich“, ermahnte ihn Jana. „Es gibt aber keine andere Lösung. Du hast selbst gesehen, der Schlüssel passt einwandfrei. Man muss auch mal einen Fehler eingestehen können.“

Fuß warf Jana einen kurzen, aber vielsagenden Blick zu und startete den Motor ohne eine Antwort zu geben.

Fuß rief von seinem Büro als Erstes seinen Kollegen Schäfer an, der den Schlüssel gefunden und eingetütet hatte. Doch seine Hoffnung, der Hauptkommissar hätte den Schlüssel im Schloss ausprobiert, zerschlug sich schnell. Auch Schäfer war aufgrund der vorgefundenen Situation natürlich davon ausgegangen, dass es sich bei dem Schlüssel nur um den der Schlafzimmertür handeln konnte. Enttäuscht legte Fuß den Hörer auf und begann, seine Notizen noch einmal durchzublättern. Doch auch hier fand er nichts, was ihn der Lösung des Rätsels näher brachte.

Als er das Protokoll mit der Aussage von Frau Gniffke auf seinem Schreibtisch entdeckte, begann er, dieses zu lesen. Liane Esser hatte es am Morgen aufgenommen und der Inhalt stimmte mit dem überein, was die Zeugin auch ihm schon mündlich mitgeteilt hatte.

Schließlich folgte er Jana und Liane, die sich auf eine Tasse Kaffee in die Kantine des Präsidiums zurückgezogen hatten, um sich etwas näher kennenzulernen.

„Und? Habt ihr inzwischen eine Lösung gefunden?"

Die Antwort von Liane Esser traf Fuß erneut. „Es gibt nur eine Lösung. Sie haben sich tatsächlich aus irgendeinem Grund geirrt."

Fuß schaute seine neue Kollegin grimmig an. Musste sich aber eingestehen, dass selbst er bei nüchterner Überlegung zu keinem anderen Ergebnis gekommen wäre. Er holte sich ebenfalls eine Tasse Kaffee und setzte sich zu den beiden Frauen an den Tisch.

„Sie waren doch dabei, als ich versucht habe, die Tür abzuschließen. Sagen Sie frei heraus: War ich in diesem Moment erregt, unkonzentriert oder noch mit anderen Dingen gleichzeitig beschäftigt?"

„Eigentlich nicht", antwortete Liane nach kurzer Überlegung. „Wir hatten zwar gerade das Fläschchen mit dem Gift gefunden, aber ich erinnere mich nicht, dass Sie deshalb irgendwie beeinträchtigt waren. Höchstens weil ich …" Sie brach ab und wurde leicht rot im Gesicht.

„Richtig, weil Sie das Fläschchen ohne Handschuhe angefasst hatten", knurrte Fuß, worauf Liane einen verlegenen Blick zu Jana warf. Musste Fuß diese Tatsache ausgerechnet jetzt zur Sprache bringen? Aber sie hatte ja selbst damit angefangen.

Jana tat, als habe sie die Bemerkung gar nicht gehört. „Ich habe kurz mit den Kollegen von der Technik in Mainz gesprochen. Sie faxen uns noch heute das Ergebnis der Untersuchung des Tonbands aus dem Anrufbeantworter. Vielleicht ergeben sich hieraus neue Ansätze für weitere Ermittlungen."

„Vielleicht könntest du auch einmal in der Gerichtsmedizin anrufen, du kennst doch mein gestörtes Verhältnis zu Doktor Wehlen. Und er freut sich sicherlich, wenn er dir etwas mitteilen und mir damit eins auswischen kann."

„Mach ich", versprach Jana und leerte ihre Tasse.

Der Tag sollte für Fuß ähnlich deprimierend weitergehen, wie er begonnen hatte. Kurz nach Mittag traf als Erstes das Fax mit der Stimmenanalyse an. Fuß überflog kurz die technischen Details und konzentrierte sich dann auf den letzten Abschnitt, der eine zusammenfassende Auskunft darstellte. Da es kein Vergleichsmaterial gab, konnten die Kollegen nur feststellen, dass es sich um eine ältere, männliche Stimme handele, mit leicht rheinischer Klangfärbung. Es wurde auch auf ein paar typische aussprachliche Momente hingewiesen, die diese Annahme untermauerten. Derjenige habe sich mit hoher Wahrscheinlichkeit in einem normalen Zimmer befunden, wurde weiter festgestellt, und er habe vermutlich den Text abgelesen. Diese Schlussfolgerung zog man aus der Tatsache, dass der Sprachrhythmus oder, wie sie schrieben, die Sprachmelodie etwas beeinträchtigt wirkte. Das führten sie aber auf die Situation und die Aufregung des Sprechers zurück, der ja unmittelbar vor seinem Suizid stand.

Verständlich, dass der Inhalt der Analyse die Laune des Hauptkommissars nicht verbesserte. Doch der eigentliche Tiefschlag erfolgte kurze Zeit später.

Zum Glück war es Liane, die den von Jana erbetenen Rückruf von Doktor Wehlen entgegennahm und den Hörer gleich an die Psychologin weiterreichte. Schon am Gesichtsausdruck von Jana konnte Fuß ablesen, dass auch die Obduktion nichts Neues brachte. Im Gegenteil, sie sollte alle bisherigen Überlegungen vollends über den Haufen werfen.

„Bernhard Gauss wurde nicht vergiftet. Man hat im Körper kein Gift gefunden", berichtete Jana nach dem Telefonat. „Er ist erstickt worden. Der ausführliche Obduktionsbericht ist unterwegs."

Fuß glaubte für einen Moment, von Jana auf den Arm genommen zu werden. Erst nachdem sie ihm versichert hatte, dass es sich um keinen Scherz handele, versuchte er die geänderte Situation zu erfassen.

„Aber, wieso war dann diese Blausäure im Tee?", war der einzige Satz, den er hervorbringen konnte. Dann rief er zum zweiten Mal an diesem Tag Hauptkommissar Schäfer an. Der versprach, sobald wie möglich zu kommen, um die völlig neue Sachlage zu besprechen. Auch Schäfer war von dem Ergebnis der Obduktion völlig überrascht.

„Du warst doch selbst von der Vergiftung überzeugt und hast mir von diesen … Flecken berichtet, die auf die Vergiftung mit Blausäure hinweisen", warf Fuß seinem Kollegen vor, als dieser etwa eine halbe Stunde später in seinem Büro auftauchte.

„Die Livores, die du ansprichst, treten immer bei Erstickungstod auf. Und am Umstand des Erstickungstodes hat sich ja auch nichts geändert. Natürlich bin ich von Cyanwasserstoff ausgegangen, ebenso wie du, nachdem es nach Bittermandeln roch“, wehrte sich Schäfer. „Wir haben uns beide dadurch verführen lassen, sofort an Blausäure zu denken. Okay, war ein Fehler, aber eines ist doch nun klar, dieser Mann wurde umgebracht, Selbstmord kann jetzt ausgeschlossen werden. Das heißt, die Täterin oder der Täter wollte uns bewusst an der Nase herumführen.“

„So ist es!“, stimmte ihm Fuß zu. „Und es beweist, dass derjenige nicht allzu viel Ahnung hat und sehr naiv vorgegangen ist.“

„Dann kann das Ergebnis meines Gesprächs mit Frau Gauss, für die weiteren Ermittlungen von Bedeutung sein.“ Jana, die gegen die Fensterbank gelehnt zugehört hatte, ging auf den Schreibtisch zu und setzte sich auf den daneben stehenden Stuhl. „Ich halte Frau Gauss für eine gespaltene Persönlichkeit. Einerseits ist sie einfach gestrickt, was nicht heißt, dass sie dumm wäre. Aber ich schätze, dass alles in ihr und um sie herum in einer recht schlichten Wahrnehmungsgabe stattfindet. Andererseits hat sie keine festen Grenzen zwischen Sein und Schein, mischt Wunsch mit Realität, einfach ausgedrückt, sie schafft sich eine eigene Welt mit eigenen Regeln.“

„Du traust ihr also einen Mord zu?“, unterbrach sie Fuß.

„Unter gewissen Umständen, ja!“

„Und was könnte ihr Motiv sein?“ Fuß stand auf und begann unruhig zwischen Schreibtisch und Fenster von Wand zu Wand zu gehen.

„Zum Beispiel die von ihrem Mann beabsichtigte Testamentsänderung, falls sie davon wusste. Die Folgen dieser Änderung müssen für sie eine große Wirkung nach außen bedeuten und passen deshalb nicht in ihr Weltbild. Was werden die anderen sagen? Deshalb musste sie handeln.“

„Begreif ich nicht!“, gestand Hauptkommissar Fuß. „Ein Mord hat doch auch eine negative Wirkung nach außen.“

„Nicht in ihrem Sinn. Ein Mord, den allem Anschein nach ein Außenstehender begangen hat, und dahin soll uns ja die Sackgasse der falschen Spur führen, ist für sie wie ein unabwendbares Naturereignis. Also kommt der Angriff auf ihre heile Welt von außen, das zählt für sie nicht. Dagegen kann man sich nicht schützen, das kann jeden treffen und trifft deshalb nicht ihre Vorstellungen.“

„Du hältst sie also für eine multiple Persönlichkeit?“, stöhnte Fuß und unterbrach plötzlich seine Wanderung.

„Nicht im eigentlichen Sinne. Nach außen ist sie immer die Gleiche. Sie ist nur innerlich gespalten. Ein anderes Beispiel: Ich habe sie zusammen mit diesem jungen Mann gesprochen, offenbar der Freund ihrer Tochter. Ein perfektes Familienleben bedeutet für sie heile Welt. Dazu gehört auch ein geordnetes Verhältnis zwischen ihrer Tochter und diesem jungen Mann. Ich habe das Gefühl, dass sie diesem jungen Mann eher kritisch, vielleicht sogar ängstlich gegenübersteht. Aber sie tut nach außen genau das Gegenteil. Sie behandelt ihn liebevoll wie ihr eigenes Kind“, erklärte Jana.

„Und Sie glauben, diese innerliche Spaltung kann wirklich zu einem Mord führen?“, gab Schäfer zu bedenken.

„Unter gewissen Umständen mit Sicherheit. Und diese Umstände müssen geklärt werden. Man sollte möglichst versuchen herauszufinden, welche Änderungen im Testament vorgenommen werden sollten.“

Für einige Sekunden hätte man im Raum eine Stecknadel fallen hören können. Jeder war in seine Gedanken vertieft, bis alle durch das Läuten des Telefons darin unterbrochen wurden.

Liane Esser hob ab.

„Ein Herr Spahl ist unten, du hättest ihn gebeten, vorbeizukommen.“

Fuß nickte. „Ich habe ihn in seiner Weinstube nicht angetroffen und deshalb ... Er soll raufkommen.“

Dieter Spahl, ebenfalls Gast der Geburtstagsfeier, blickte als Erstes auf seine Uhr, als er das Büro des Hauptkommissars betrat.

„Tut mir leid, aber ich sage es lieber gleich: Ich habe nicht viel Zeit“, meinte er.

„Wir sind auch sicherlich ganz schnell fertig“, versicherte Fuß und bot dem Besucher den Stuhl an, auf dem vor wenigen Sekunden noch Jana gesessen hatte. Ich habe eigentlich nur zwei Fragen. Frau Esser, meine Kollegin, wird gleich mitschreiben, sodass wir sofort ein Protokoll haben.“

„Es geht wohl um Bernhard Gauss?“

„... und den Geburtstagsabend“, ergänzte Fuß rasch. „Ist Ihnen an diesem Abend irgendetwas aufgefallen, was mit dem Mord an Herrn Gauss in Verbindung stehen könnte?“

„Sie wollen doch damit nicht sagen, dass einer der Gäste ...“

„Wir können nichts ausschließen“, wurde Spahl sofort von Fuß unterbrochen. „Wir ermitteln in alle Richtungen. Also denken Sie bitte trotz Zeitdruck in aller Ruhe einmal nach. Vielleicht eine Bemerkung, ein Gerücht oder eine Beobachtung … auch schon vor der Geburtstagsfeier?“

Spahl fuhr sich durch seine silbergraue Igelfrisur und reckte sich auf seinem Stuhl.

„Ich habe mit Karin, also mit meiner Frau, natürlich über Bernd gesprochen, nachdem wir von seinem Tod erfahren haben. Wir sind beide völlig erschüttert. Er war so ein liebenswerter und zuverlässiger Mann, auch Elfriede, eigentlich die ganze Familie … Nein, es gibt für mich, und da spreche ich auch für meine Frau, keinen Hinweis auf ein Motiv oder Ähnliches.“

„Waren Sie an jenem Abend einmal im Haus oder haben jemanden ins Haus gehen sehen?“

Spahl richtete seinen Blick auf den Boden und spitzte die Lippen. Nach einer Weile schüttelte er den Kopf.

„Ich habe mich den ganzen Abend sehr angeregt mit den Leuten an unserem Tisch unterhalten, alles Koblenzer Altstädter. Nein, ich habe nichts beobachtet.“

„Haben Sie Elfriede Gauss gesehen?“, wollte Jana wissen.

„Natürlich, mehrmals. Sie hat uns ja direkt am Eingang begrüßt und saß auch eine Weile mit uns am Tisch. Und dann ist sie mir einmal begegnet, als ich mir noch etwas zu essen geholt habe. Da kam sie gerade aus dem Haus und empfahl mir noch so kleine Fleischbällchen und eine leicht scharfe Soße dazu, für die sie sehr schwärmte.“

„Wann war das?“

„Das kann ich Ihnen ziemlich genau sagen“, strahlte Dieter Spahl. „Mich hatte nämlich eine meiner beiden Bedienungen auf dem Handy angerufen. Sie wollte wissen, ob sie schon gehen könne, weil es ein ruhiger Abend war. Ich habe deshalb auf die Uhr geschaut, es war kurz nach halb zehn. Ich habe ihr gesagt, sie solle noch den üblichen Theater- und Kinoschub abwarten, danach würde eine Bedienung reichen.“

„Haben Sie das Telefonat geführt, bevor Sie ans Büfett gingen oder danach?“

„Ich stand gerade am Büfett, als das Handy piepste.“

Fuß blickte zu Liane hinüber. „Das war es dann schon, Herr Spahl, vielen Dank. Frau Esser hat mitgeschrieben, sie vervollständigt noch das Protokoll am Computer und Sie unterschreiben es bitte. Wenn Sie kurz draußen Platz nehmen würden.“

„Und?", fragte Fuß, als er kurze Zeit später wieder alleine mit Jana und Liane in seinem Büro saß.

„Ich habe mal die Uhrzeiten aus den Protokollen verglichen", meldete sich sofort die Kriminalhauptmeisterin zu Wort. „Da gibt es eine erhebliche Diskrepanz zwischen den Aussagen von den Zeugen Gniffke und Spahl einerseits und Frau Gauss. Frau Gniffke hat ausgesagt, sie habe etwa um halb neun Frau Gauss gesehen, wie sie die Treppe nach oben gegangen sei. Elfriede Gauss hat ausgesagt, sofort wieder das Haus verlassen zu haben, aber Herr Spahl hat sie erst eine Stunde später gesehen, wie sie aus dem Haus kam."

Fuß stocherte mit einem Kugelschreiber auf seiner Schreibtischunterlage herum. „Also, Spahl ist sich ganz sicher, was die Uhrzeit betrifft und um eine ganze Stunde wird sich Frau Gniffke sicherlich nicht vertan haben."

„Dann hat die gute Frau Gauss möglicherweise gelogen", schlussfolgerte Jana. „Sie ist vielleicht die ganze Zeit im Haus geblieben und hätte also eine Stunde Zeit gehabt, den Selbstmord vorzubereiten."

Fuß war mit Janas Schlussfolgerung allerdings nicht einverstanden. „Was will sie eine ganze Stunde vorbereitet haben?"

„Ich denke da vor allem an die Testamentsänderung. Vielleicht gab es irgendwelche Unterlagen zu beseitigen oder andere Beweise für etwas, was wir noch nicht wissen. Die Gelegenheit war doch äußerst günstig. Alle waren durch die Feier abgelenkt. Da konnte sie doch in aller Ruhe suchen und vernichten. Ich glaube, ihr solltet einen Durchsuchungsbeschluss beantragen und vor allem das Büro des Toten unter die Lupe nehmen. Ich denke, da werdet ihr das Motiv finden."

Fuß schien etwas unschlüssig, doch schließlich stimmte er Jana zu.

7.

Elfriede Gauss las mit zitternden Händen mehrere Male die ersten Zeilen des Schriftstücks, das ihr der Hauptkommissar an der Haustür überreicht hatte. Dann blickte sie ihn mit bitterer Miene an.

„Warum tust du uns das an?", fragte sie ihn und ihre Augen funkelten wütend. In diesem Moment hätte Elfriedes Gesichtsausdruck den Hauptkommissar davon überzeugen können, dass eine Mörderin vor ihm stand. So hatte er sie noch nie erlebt und gesehen.

„Eine reine Formsache", versuchte er sie zu beruhigen und machte gleichzeitig den mitgekommenen fünf Beamten ein Zeichen, das Haus zu betreten. „Das Arbeitszimmer von Herrn Gauss befindet sich im ersten Stock, wenn Sie die Treppe raufkommen, rechts, auf der rechten Seite, erste Tür."

Dann folgte er Elfriede zum Wohnzimmer, wo sie ihm die Tür vor der Nase zuschlug. Trotzdem öffnete er die Tür und trat ein. Elfriede hatte sich von ihm abgewandt in einen Sessel gesetzt und angefangen zu weinen. Fuß erinnerte sich, dass Jana versucht hatte, ihnen das gespaltene Innere dieser Frau zu beschreiben. Was ging in diesem Moment wohl in Elfriede vor?

Leise durchquerte Fuß den Raum und setzte sich neben sie in einen kleinen Sessel. Außer dem leisen Schluchzen waren nur das Ticken einer großen Standuhr und das dumpfe Rumoren in der oberen Etage zu hören, wo seine Kollegen begonnen hatten, das Büro auf den Kopf zu stellen.

Jana hatte an diesem Morgen beschlossen in ihrer Pension auszuschlafen und Liane Esser war von Boppard aus weiter nach Oberwesel gefahren, um einen weiteren Geburtstagsgast, Iris Marx, zu befragen.

Plötzlich drehte sich Elfriede zu Fuß um. „Du hältst mich also endgültig für die Mörderin?", fragte sie mit gebrochener Stimme.

Fuß sah, dass ihre Augen nicht mehr funkelten, sondern wieder rot und verquollen waren. Nur das Zittern war geblieben. War es Erregung oder Angst?

„Was weißt du von einer Änderung des Testaments, die Bernd vorhatte?"

Elfriede zuckte unübersehbar zusammen und Fuß bereute es fast, die Frage gestellt zu haben. Aber jetzt schien ihm alles egal.

„Unser Testament liegt bei einem Notar und, soviel ich weiß, eine Kopie bei Doktor Pfeiffer, da gibt es keine Änderung", behauptete Elfriede.

„Doktor Pfeiffer hat mich aber darüber informiert", antwortete Fuß ganz ruhig, „dass Bernd vor kurzer Zeit bei ihm war und eine Änderung angekündigt hat."

„Ich weiß von keiner Änderung! Das hätte mir Bernd gesagt ... und Doktor Pfeiffer auch. Wozu auch, es ist ein gemeinsames Testament, von einer Änderung müsste ich etwas wissen."

Damit hatte Elfriede recht, allerdings konnte dieser Umstand ein Beweis dafür sein, dass sich die Änderung gegen Elfriede richtete. Fuß würde sich bei Pfeiffer diesbezüglich erkundigen müssen.

Der Hauptkommissar wusste selbst nicht, warum er in diesem Moment das Thema wechselte. Vielleicht weil er insgeheim befürchtete, dass es zwangsläufig zu einer Festnahme kommen würde.

„Was machen die Kinder?"

Elfriede drehte sich wieder von ihm weg. „Sven ist immer noch in Geisenheim, Iris auf der Arbeit und Günther ebenfalls."

Es klopfte an der Zimmertür und ein uniformierter Beamter trat ein.

„Herr Hauptkommissar, oben ist eines der Zimmer abgeschlossen."

„Das ist Iris' Wohnbereich", antwortete Elfriede sofort und stand auf. „Müssen Sie auch da hinein?"

„Der Durchsuchungsbeschluss bezieht sich auf das ganze Haus", belehrte sie der Beamte mit einem Hilfe suchenden Blick zu Fuß.

Fuß stand auf und ging zum Sessel, in dem Elfriede saß. „Hast du einen Schlüssel für die Zimmer von Iris, sonst müssten meine Kollegen die Tür öffnen lassen oder aufbrechen?"

Teilnahmslos stand die Witwe auf. „Kommen Sie!"

Der Uniformierte folgte Elfriede, während Fuß an eines der drei großen Fenster trat und in den Hof des Weingutes blickte. Wenn dort nicht zwei Polizeifahrzeuge und sein Zivilfahrzeug ständen, würde alles einen sehr friedlichen Eindruck machen, ging es ihm durch den Kopf. Doch plötzlich fiel ihm etwas ein ...

Es dauerte eine Weile bis Elfriede wieder im Wohnzimmer erschien.

„Konntest du meinen Kollegen die Tür öffnen?", fragte er.

„Ich habe für Iris' Bereich einen zweiten Schlüssel, der immer …"

„Plötzlich gibt es für Türen in diesem Haus doch einen zweiten Schlüssel", unterbrach er sie wütend und schlug mit der Faust auf den Tisch. „Verdammt noch mal, warum werde ich denn hier immer belogen, was habt ihr denn zu verbergen?"

Elfriede war von Fuß' Gefühlsausbruch völlig überrascht. Für einen Moment hatte es den Anschein, als wolle sie aus dem Zimmer laufen. Doch dann setzte sie sich wieder in ihren Sessel.

„Du musst mir glauben, das habe ich völlig vergessen, weil Iris' Reich die einzige Tür im Haus ist, die abgeschlossen wird. Deshalb habe ich für den Notfall vor einiger Zeit eine Kopie des Schlüssels anfertigen lassen. Das ist alles."

„Und von welchen Zimmern wurde für den Notfall noch ein Zweitschlüssel angefertigt?", fragte Fuß unvermindert heftig.

„Keines!"

„Wenn ich noch einmal einen Widerspruch feststelle …", begann Fuß, wurde aber von Elfriede unterbrochen.

„Kannst du mir wenigstens sagen, was ihr sucht? Bernds Zimmer hast du schon Millimeter für Millimeter durchsucht, selbst mein Schlafzimmer und jetzt auch noch das ganze Haus?!"

Fuß blickte Elfriede überrascht an. Woher wusste sie, dass Liane ihr Zimmer durchsucht hatte. Niemand hatte ihr etwas davon gesagt. Also hatte sie bemerkt, dass das Fläschchen mit der Blausäure fehlte. Er schloss für einen Moment die Augen. Damit war ein Anfangsverdacht gegeben und es war unvermeidbar Elfriede festzunehmen.

Der Hauptkommissar fuhr im Aufzug des Präsidiums erst hinauf in die Presseabteilung zu Schomisch und Zirfas. Er wollte unter allen Umständen verhindern, dass die Presse bereits jetzt von der Verhaftung von Elfriede Gauss erfuhr. Immer noch hoffte er, dass sich alles klären und in Wohlgefallen auflösen würde.

Im Büro wartete Liane Esser ungeduldig auf ihn.

„Stimmt es?", begrüßte sie ihn.

„Wieso wissen Sie schon davon?", fragte Fuß verärgert. Wer hatte da schon gequatscht?

Liane wurde rot im Gesicht und blickte verlegen an Fuß vorbei. „Ich habe halt einen Blick auf Ihren Schreibtisch geworfen."

Fuß stutzte, sie sprachen offenbar von zwei verschiedenen Dingen. Er ging hastig um seinen Schreibtisch herum und entdeckte die Telefonnotiz eines Kollegen, der einen Anruf von Erika entgegengenommen hatte.

Für KHK Fuß: Deine Frau erinnert daran, dass Jana heute Geburtstag hat!

Jetzt wurde ihm auch klar, warum Jana vorgegeben hatte, ausschlafen zu wollen. Ein Stein fiel ihm vom Herzen. Die Befürchtung, man wisse schon in einem größeren Kreis, dass Frau Gauss in Haft genommen worden war, löste sich in Wohlgefallen auf. Natürlich informierte er Liane über die Verhaftung, allerdings mit der klaren Anweisung, darüber vorerst zu schweigen. Dann warf er einen Blick in seinen Taschenkalender. Tatsächlich hatte er zu Jahresbeginn dort Janas Geburtstag eingetragen, aber bisher völlig übersehen.

„Stimmt!", bestätigte er Liane. „Sie kommen heute Abend bitte auch nach Alken, das werden wir natürlich feiern. Was sagt Frau Marx?"

„Eigentlich nichts Besonderes. Ich habe alles schon mal schriftlich festgehalten." Sie reichte Fuß ein Blatt. „Ob wir ein offizielles Protokoll anfertigen müssen, weiß ich nicht."

Fuß überflog die wenigen Zeilen. Iris Marx hatte eigentlich nur bestätigt, mehrmals am Abend den Tisch gewechselt und zum Schluss mit Iris und Günther noch ein Glas getrunken zu haben. An Auffälliges erinnerte sie sich nicht und hatte auch das Haus nicht betreten. Allerdings gab sie an, erst kurz vor 22 Uhr gekommen zu sein, weil sie vorher in ihrem eigenen Restaurant benötigt wurde.

„Was machen die Befragungen durch die Kollegen?"

„Ich habe noch nicht alle vorliegen", stellte Liane Esser fest. „Aber sobald sie vollständig sind, werde ich eine Zusammenfassung anfertigen."

„Dann warten wir mal ab, was die Hausdurchsuchung ergibt. Die Kollegen haben etliche Kartons mitgenommen."

„Dann kommt sicher eine Menge Arbeit auf uns zu", stöhnte die junge Kollegin.

„Und ich muss ganz schnell nach Mainz." Fuß zwinkerte ihr zu und ehe sie eine Frage stellen konnte, hatte er bereits das Büro verlassen.

Erika hatte den großen Tisch im überdachten Hof der Straußwirtschaft durch einen weiteren Tisch verlängert und reichlich mit Blumen, Girlanden und Kerzen geschmückt. Aus der Küche schwebte der herrliche Duft eines Döppekuchens, einer Spezialität von Erika.

Jana Dufkova, in einem eleganten, dunkelblauen Hosenanzug, hatte als Geburtstagskind an der hinteren Kopfseite des Tisches Platz genommen. Zwei Stühle rechts von ihr hatte man freigelassen, denn Fuß und Liane waren noch nicht eingetroffen.

„Wahrscheinlich glaubt mein Alter wieder Überstunden machen zu müssen. Das ist ein Hobby von ihm", tönte Erika, während sie einige Flaschen mit verschiedenen Weinsorten auf dem Tisch verteilte. „Und wenn er nicht bald kommt, essen wir alleine!"

„Jetzt sei nicht so streng", wehrte Jana ab. „Der Fall Gauss hat es wirklich in sich."

„Stillhalten, aushalten, Maul halten", zitierte Erika sich selbst. „Letzteres klappt bei mir nie!"

In diesem Moment sprang Jana mit einem Freudenschrei auf und deutete in Richtung Eingangstür. Fuß schob ein Mädchen vor sich her, gefolgt von Liane, die einen Kinderwagen hinter sich her zog.

„Das ist ja eine Überraschung!", rief Jana aus, eilte ihrer Tochter entgegen, die ihren kleinen Bruder auf dem Arm trug und schloss beide überglücklich in die Arme.

„Du kannst doch nicht ohne deine Kinder feiern", strahlte Fuß, der die beiden spontan in Mainz abgeholt hatte, damit sie mit ihrer Mutter den Geburtstag feiern konnte.

Jana nahm nun auch den Hauptkommissar in die Arme und gab ihm einen Kuss.

Inzwischen hatte man die Sitzordnung am Tisch so geändert, dass Sabrina und der Kinderwagen auf der einen Seite von Jana Platz fanden und Liane und Fuß auf der anderen. Nach einem ersten Anstoßen und ein paar Dankesworten von Jana für die Ausrichtung der kleinen Feier, schleppten Erika und Renate zwei große Bräter voll Döppekuche herbei, die mit großem „Hallo!" begrüßt wurden.

Dass nach einer guten Stunde die Bräter leer waren, lag nicht an einer unzureichenden Menge, sondern an dem köstlichen Geschmack, der alle veranlasste, kräftig zuzulangen.

Erst weit nach Mitternacht löste sich allmählich der Kreis der Geburtstagsgäste auf. Sabrina war bereits lange auf einer Bank liegend eingeschlafen und auch Maximilian, dem Erika ganz stolz hatte ein Fläschchen geben dürfen, schlief seelenruhig in seinem Kinderwagen. Fuß trug Sabrina behutsam in eines der kleinen Gästezimmer, während Jana, begleitet von Renate und ihrem Mann, sich mit Maximilian in ihr Pensionszimmer verabschiedete. Erika hatte auch Liane überredet, in Alken zu übernachten, zumal sie mit Fuß im Auto gekommen war und mit einem Taxi hätte nach Koblenz zurückfahren müssen.

Das Frühstück im Hause Fuß verlief, entsprechend des kurzen Schlafs, recht still. Außerdem wussten der Hauptkommissar und die Hauptmeisterin, dass eine Menge Arbeit im Präsidium auf sie wartete und das drückte zusätzlich etwas aufs Gemüt. Nicht nur die Vernehmung von Elfriede Gauss musste fortgeführt werden, sondern auch die Unterlagen, die bei der Hausdurchsuchung mitgenommen worden waren, musste man durchforsten. Sabrina schlief zu diesem Zeitpunkt noch tief und fest. Erika hatte mit Jana gemeinsam beschlossen, die beiden Kinder von Günther Zerwas oder Ekki Priebe nach Mainz fahren zu lassen und Maximilian wieder in die Obhut der Großeltern zu geben.

Elfriede Gauss saß blass an dem kleinen Tisch des Vernehmungsraums, vor ihr das Tonbandgerät, das Fuß aber bisher noch nicht eingeschaltet hatte. Man wartete auf Jana, die noch rasch ihrer Tochter vor deren Rückkehr nach Mainz Guten Morgen sagen und sich von Maximilian verabschieden wollte, aber gebeten hatte, trotzdem an der Vernehmung teilnehmen zu können. In einer Ecke hatte Liane Esser Platz genommen, um die Vernehmung zu verfolgen.

Fuß blickte Elfriede Gauss an. „Sobald das Band mitläuft, werde ich dich siezen müssen“, erklärte er ihr.

Ein kurzes Klopfen und Jana trat ein. Im Gegensatz zu Fuß und Liane sah sie frisch und ausgeschlafen aus in ihren Jeans und der hellblauen Leinenbluse. Als sie neben dem Kommissar Platz genommen hatte, schaltete Fuß das Tonbandgerät ein und sprach als Erstes die üblichen Informationen über Tag, Uhrzeit, anwesende Personen und die vorgeschriebene Belehrung auf das Band.

„Frau Gauss“, begann er dann offiziell, „schildern Sie uns zunächst einmal Ihr Familienleben und das Verhältnis zu Ihrem Mann.“

Elfriede schaute Fuß verunsichert an, zumal er sie plötzlich siezte. Aber, das hatte er ihr angekündigt. Auf ein aufmunterndes Zeichen von Fuß hin begann sie dann zu erzählen. Sie schilderte ihr Ehe- und Familienleben, wie Jana es vorausgesagt hatte, in Hellblau und Rosarot. Alles war eitel Sonnenschein, sowohl in ihrer Ehe als auch in der ganzen Familie. Ihr Mann habe sich prächtig mit den Kindern und auch dem zukünftigen Schwiegersohn verstanden und das Geschäft mit dem Wein habe sich in den letzten Jahren ständig zum Positiven entwickelt. Nach gut zehn Minuten schloss sie mit der Feststellung: „Mein Mann und ich waren stolz auf das, was wir erreicht haben."

„Kommen wir jetzt einmal zu den letzten Tagen und Wochen", Fuß schlug den Aktenordner auf, den er vor sich liegen hatte. „Sagt Ihnen der Name Doktor Pfeiffer etwas?"

Sofort antwortete Elfriede ohne Zögern und nannte den Anwalt einen langjährigen Berater in allen Rechtsfragen, sowohl privat als auch geschäftlich.

„Hat dieser Anwalt auch Ihr mit Ihrem Mann gemeinsames Testament aufgesetzt?"

Elfriede Gauss bejahte diese Frage und fügte hinzu, dass das Testament auch zusätzlich von einem Notar geprüft und in dessen Gegenwart unterschrieben worden sei.

„Ist Ihnen bekannt, dass Ihr Mann etwa zehn Tage vor seinem Tod Doktor Pfeiffer aufgesucht, ihm eine Änderung angekündigt und sich erkundigt hat, was alles für diese Änderung des Testaments vorzubereiten sei?" Fuß schaute Elfriede bei der Frage direkt in die Augen. Zu seinem Erstaunen hielt sie seinem Blick stand und antwortete laut und deutlich mit „Nein!".

Fuß schaute sie eine Weile abwartend an. Nachdem diesem klaren Nein keine Einschränkung oder Korrektur folgte, fuhr er fort.

„Gab es Ihrer Meinung nach einen Anlass, warum Ihr Mann das Testament ändern wollte?"

„Nein!", kam es wie aus der Pistole geschossen. „Ich bestreite, dass diese Behauptung der Wahrheit entspricht."

Fuß überging diese Bemerkung, denn die Information stammte von Doktor Pfeiffer persönlich und entsprach somit der Realität.

„Kommen wir jetzt zu dem Tag der Geburtstagsfeier Ihres Mannes. Bitte beschreiben Sie einmal kurz den Tagesablauf und möglichst exakt die Vorgänge am Abend."

Elfriede legte die Hände auf dem Tisch ineinander und richtete ihren Blick darauf. Dann begann sie, offensichtlich mit äußerster Konzentration, den Tag zu beschreiben. Erwähnte die Fahrt ins Krankenhaus, die sich im Nachhinein als überflüssig erwiesen hatte, ebenso wie den Nachmittag, an dem sie zusammen mit ihrem Sohn und Günther Brenner das Zelt dekoriert hatte. Ihre Aussage war zügig und präzise. Dann kam sie zu den Abendstunden.

„Ich hatte mit meinem Sohn Sven vereinbart, alle Gäste gleich am Zelteingang zu begrüßen. Sven ließ die Leute sich in ein ausgelegtes

Gästebuch eintragen, während ich immer versuchte, die Ankommenden in die jeweilige Richtung zu leiten, in der sich mein Mann befand, der häufig im Zelt unterwegs war."

„Wann haben Sie damit begonnen?", unterbrach Fuß sie kurz.

„Etwas vor achtzehn Uhr. Das Ganze ging dann bis nach zwanzig Uhr. Von da ab habe ich mich um die Gäste gekümmert und bin von Tisch zu Tisch gegangen, um mit jedem ein persönliches Gespräch zu führen, wie sich das gehört, damit man den Eindruck hat, der Gastgeber kümmert sich persönlich um einen."

„Darauf legen Sie großen Wert?", erkundigte sich Jana.

„Darauf lege ich großen Wert!", wiederholte Elfriede betont.

Durch die Zwischenfrage von Jana entstand eine kurze Pause, bis schließlich der Hauptkommissar die Frage stellte, ob und wann sie das Festzelt verlassen habe.

Wieder schien sich Elfriede zu konzentrieren, bevor sie die Beschreibung des Abends aus ihrer Sicht fortsetzte, sprach plötzlich aber etwas stockend.

„Ich war einige Male kurz im Haus. Wann das genau war, weiß ich heute nicht mehr. Mal war ich auf der Toilette, mal in der Küche was holen oder habe einen Gast ins Haus begleitet und gezeigt, wo sich das Gäste-WC befindet. Ich habe dem keine Bedeutung beigemessen."

„Können Sie sich wenigstens noch an den einen oder anderen Aufenthalt im Haus erinnern?", hakte Fuß nach und schaute Elfriede wieder direkt an.

„Nein … oder vielleicht doch. Einmal bin ich meinem Mann begegnet, er kam von oben, wahrscheinlich war er in seinem Arbeitszimmer gewesen."

Das war für Fuß neu. Trotzdem ließ er sich nichts anmerken. „Und Frau Gniffke?", versuchte Fuß dem Gedächtnis von Frau Gauss auf die Sprünge zu helfen.

Sie blickte auf und begann mit einem lang gezogenen, leisen „Jaaa! … ich erinnere mich, sie wollte sich, glaube ich, die Hände waschen, richtig. Ich führte sie zu unserem Bad. Währenddessen bin ich in die Küche gegangen …"

„Was haben Sie dort gemacht?", fiel ihr der Kommissar ins Wort.

Elfriede Gauss blickte ihn kopfschüttelnd an. „Das weiß ich jetzt nicht mehr."

„Aber wir wissen, dass Sie anschließend die Treppe nach oben gegangen sind, dafür gibt es Zeugen."

„Das habe ich bereits zu Protokoll gegeben. Ich wollte mir eine Jacke holen. Auf der Treppe fiel mir ein, dass eine meiner Westen noch unten an der Garderobe hing und bin sofort wieder heruntergekommen und ins Zelt gegangen."

Jana beugte sich leicht zu Elfriede vor, die bei der Frage sichtlich nervös wurde. „Wieso haben Sie die Weste dann aber nicht im Zelt getragen?"

„Ich … wer behauptet das?"

„Antworten Sie!", forderte Jana sie auf.

„Ich bilde mir ein, die Weste bereits im Haus angezogen zu haben. Vielleicht habe ich sie auch nur über den Arm gelegt und später angezogen …"

„Aber es standen doch genügend Heizstrahler im Zelt und die Menge der Gäste hat das Zelt auch mit aufgeheizt", stellte Fuß fest, der sich in diesem Moment sehr genau daran erinnerte, dass er selbst irgendwann deshalb seine Jacke ausgezogen hatte.

„Es hat an manchen Stellen gezogen und ich bin darin sehr empfindlich", gab Elfriede Gauss leicht trotzig zu verstehen.

Fuß und Jana wechselten einen kurzen Blick, dann stellte der Hauptkommissar die nächste Frage.

„Was geschah nach dem Ende der Feier?"

„Aber, das habe ich doch alles schon einmal zu Protokoll gegeben", versuchte Elfriede die Antwort zu umgehen.

„Dann wiederholen Sie es bitte noch einmal für mich." Jana lehnte sich wieder in ihren Stuhl zurück und streckte ihre langen Beine unter dem Tisch aus.

Elfriede gab ein missmutiges Stöhnen von sich. „Also gut. Mein Sohn und ich haben die Lichter ausgemacht, ich bin dann in die Küche gegangen. Dort traf ich auf Bernd, meinen Mann, der sich gerade Tee zubereitete. Gemeinsam sind wir nach oben gegangen. Er hat sich bei mir nochmals für die schöne Feier bedankt und ich bin in mein und er in sein Zimmer gegangen. Das war's."

„Bei Ihrer ersten Befragung haben Sie ausgesagt, Sie seien ins Bad gegangen", widersprach ihr Fuß mit einem Blick in seine Unterlagen.

„Natürlich, aber erst habe ich mich im Schlafzimmer ausgezogen. Dann bin ich ins Bad gegangen, habe auf dem Rückweg meinem Mann durch Klopfen an die Tür ein Zeichen gegeben, dass er nun das Bad benutzen konnte, und bin endgültig zu Bett gegangen."

Abgesehen von der offensichtlichen Lüge mit der Weste, die Jana durch einen Bluff herausgefunden hatte, stimmte im Großen und Ganzen die Aussage von Elfriede mit ihren bisherigen Angaben überein. Es war nicht zu erwarten, dass sich das ändern würde. Trotzdem versuchte es Fuß ein letztes Mal. „Haben Sie danach noch etwas von Ihrem Mann gehört oder gesehen?“

„Gehört ja, aber nur im Halbschlaf. Er ist kurz darauf ins Bad gegangen. Mehr habe ich nicht gehört.“

Fuß begann sein Gesicht zu kneten, was Jana zu einem kaum sichtbaren Lächeln veranlasste. Sie kannte diese Macke von ihm.

„Sie wissen, wenn Sie jetzt ein volles Geständnis ablegen, kann das vor Gericht für Sie von Vorteil sein, gegenüber der Situation, dass wir in der Gerichtsverhandlung Ihre Aussage widerlegen können und Sie auf diese Weise überführen.“

Elfriedes Hände verkrampften sich, auch ihr Gesicht wurde plötzlich maskenhaft und blass.

Jana beobachtete die Veränderung der Frau mit großer Aufmerksamkeit.

„Ich habe allem nichts mehr hinzuzufügen ... außer ... Ich habe nichts mit dem Tod meines Mannes zu tun.“

„Wie Sie wissen, haben wir auch Ihr Schlafzimmer durchsucht. Sie werden auch wissen, was wir dort gefunden haben.“

Elfriede schaute den Hauptkommissar erstaunt an und zum ersten Mal hatte er das Gefühl, dass dieses Erstaunen ehrlich zu sein schien.

„Ich wüsste nicht, was du dort Aufregendes gefunden haben könntest“, antwortete sie recht gefasst und vergaß dabei, dass sie und Fuß sich während der Bandaufzeichnung siezten.

„Nun, Sie haben gestern eindeutig zugegeben, zu wissen, dass wir Ihr Zimmer durchsucht haben, obwohl dies bereits vor einigen Tagen ohne Ihr Wissen geschah, weil wir Gefahr in Verzug sahen. Woher wussten Sie also von der Durchsuchung?“

„Ich merke doch, wenn jemand an meinen Sachen war. Wenn der Blusenkragen verknickt ist und meine Röcke und Kleider plötzlich zusammengeschoben im Schrank hängen ...“

Fuß drehte den Kopf leicht zur Seite und warf einen verstohlenen Blick zu Liane, die wohl wenig Rücksicht auf die pedantische Ordnung von Elfriede gehabt hatte. Dann wandte er sich wieder seinem Gegenüber zu.

„Und was ist mit den Schuhen?“

„Da war das Gleiche. Aber ich würde jetzt gerne wissen, wonach man gesucht hat und was man gefunden hat“, forderte Elfriede auf.

Fuß zog aus seiner Jackentasche eine kleine Plastiktüte mit dem Fläschchen, das Liane in den Winterstiefeln gefunden hatte, und stellte es wortlos auf den Tisch.

Elfriede beugte sich vor und betrachtete das Fläschchen. „Sind das meine Augentropfen? Die muss man aber im Badezimmer gefunden haben.“

Fuß blickte zu Jana. Er wusste nicht, was er sagen sollte und hoffte, dass sie für ihn einspringen würde, was sie auch reaktionsschnell tat.

„Wann benutzen Sie diese Tropfen?“

„Nur ab und zu. Manches Mal habe ich trockene und etwas entzündete Augen oder mir …“

„So wie jetzt?“, fiel ihr Jana ins Wort.

Für einen Moment stutzte Elfriede, dann nickte sie. „Ja, meine Augen sind leicht gereizt. Wenn ich jetzt zu Hause wäre, würde ich ein oder zwei Tropfen in die Augen tun.“

Jana beugte sich seitlich zu Fuß und flüsterte ihm etwas ins Ohr, woraufhin er nickte. Jana ergriff die kleine Plastiktüte, öffnete sie und reichte Frau Gauss das Fläschchen.

„Dann tun Sie sich keinen Zwang an.“

Unbekümmert nahm Elfriede das Fläschchen und begann den Deckel aufzuschrauben. Doch dann hielt sie erschrocken inne. „Da fehlt ja die Pipette … und … das riecht ja ganz anders …“

Mit einem raschen Griff nahm ihr Fuß das Fläschchen wieder aus der Hand.

„Frau Gauss stellt fest“, sagte er deutlich in Richtung des Mikrofons, „dass es sich offenbar nicht um ihre Augentropfen handelt. Frau Dufkova hatte ihr das Beweismittel siebenundzwanzig ausgehändigt. Es handelt sich hierbei um das Fläschchen, dass bei der Verdächtigten im Schlafzimmerschrank gefunden wurde und Cyanwasserstoff enthält.“

„Bitte??!“, stieß Elfriede hervor. „Wo wollt ihr das gefunden haben?“

„Sie haben dieses Fläschchen also noch nie gesehen?“, fragte Jana.

„Nein, natürlich nicht. Allerdings sehen meine Augentropfen genauso aus.“

„Wir unterbrechen die Vernehmung um elf Uhr dreiundzwanzig.“ Fuß drückte die Stopptaste. „Wir machen ein paar Minuten Pause.“ Er stand auf und deutete Jana und Liane an, mit ihm nach draußen zu gehen. Den vor der Tür wartenden Uniformierten bat er, kurz in den Raum zu kommen.

„Die hätte sich, wäre eine Pipette an dem Deckel gewesen, das Zeug tatsächlich ins Auge getan“, stellte Jana sichtlich irritiert fest. „Die wusste nichts von dem Versteck, da bin ich mir ziemlich sicher.“

Fuß schnaubte. „Ich mir auch!“

„Aber dann …“, begann Liane.

„Sag's nicht!“, fauchte Fuß und schüttelte grimmig den Kopf. Er schaute Jana an. „Was machen wir jetzt?“

„Ruhe bewahren!“, empfahl Jana. „Ihr seid bisher oft genug auf eine falsche Fährte geführt worden. Wir sollten uns also nicht länger an der Nase herumführen lassen. Da der Tote gar nicht vergiftet wurde, ist das Fläschchen bedeutungslos geworden. In der Presse geht man immer noch von Selbstmord aus. Dass Frau Gauss in U-Haft sitzt, weiß bisher auch keiner, möglicherweise aber der Täter oder die Täterin, die uns diese falsche Spur gelegt hat. Lassen wir sie oder ihn doch in dem Glauben, wir wissen noch von nichts und behalten Frau Gauss so lange wie eben möglich hier. Das gibt uns Zeit, eine neue und richtige Spur zu finden.“

„Ist das aber Elfriede gegenüber fair, sie grundlos hierzubehalten?“, gab Fuß zu bedenken.

„Morgen beendet der Haftrichter sowieso das Spiel, schätze ich. Und die Zeit müssen wir nutzen.“

Fuß nickte. Er öffnete die Tür zum Vernehmungsraum. „Wir müssen für heute abbrechen, Elfriede. Tut mir leid.“ Dann blickte er zu dem Uniformierten hinüber. „Sie können Frau Gauss wieder mitnehmen.“

Er schloss schnell wieder die Tür, denn er ahnte, was jetzt in Elfriede vor sich ging, und konnte ihr in diesem Moment nicht in die Augen sehen.

Als Fuß zusammen mit Liane und Jana in sein Büro zurückkehrte, war das komplette Gutachten des Gerichtsmediziners eingetroffen. Der Hauptkommissar stürzte sich sofort darauf, schreckte aber wie jedes Mal, wenn er ein solches Gutachten in den Händen hielt, zurück. Was interessierte ihn das Gewicht des Herzens von 400 g, der Umfang der Zweizipfelklappe von 10,5 cm oder der rechten Lunge mit 900 g? Er wollte wissen, wie oder woran Bernd Gauss gestorben war. Sichtlich genervt reichte er das Gutachten gleich an Jana weiter.

„Lies, bitte! Und sag mir nur, was uns weiterbringen könnte.“

Jana zog sich mit einem Stuhl ans Fenster zurück und begann zu lesen, während Fuß anfing, seinen Schreibtisch aufzuräumen.

Liane war damit beschäftigt, die bisher eingegangen Befragungsnotizen zu sortieren. Dabei entstanden fünf verschiedene Stapel, die in sich jeweils etwa gleich lautende Aussagen dokumentierten.

Nach einer knappen Viertelstunde stand Jana von ihrem Stuhl auf und gab Fuß das Gutachten zurück.

„Das Wesentliche in Kürze", fasste sie zusammen. „Gauss war, abgesehen von einer leicht angeschlagenen Leber, gesund. Er wurde offensichtlich mit zwei Handflächen in Höhe der Schulterblätter auf das Bett gestoßen, dafür spricht unter anderem ein etwa sechs Zentimeter langes, schmales Hämatom am rechten Oberschenkel, das durch das Aufschlagen auf die Bettkante herrühren kann. Dann wurde der Kopf von hinten in das Kissen gedrückt, allerdings unter Zuhilfenahme eines weiteren Kissens oder eines anderen weichen Gegenstands, um möglichst keine Spuren zu hinterlassen. Daran ist er erstickt. In der Nase, den oberen Atemwegen und der Mundhöhle wurden kleinste Partikel gefunden, wie man sie an der Oberfläche eines benutzten Kopfkissens findet. Zusätzlich wurde Druck über die Wirbelsäule auf den Brustraum ausgeübt, möglicherweise mit einer Faust oder dem Knie. Es müssten also zumindest im Bereich der Schulterblätter DNA-Spuren an dem Schlafanzug zu finden sein, soweit der Täter keine Handschuhe trug, ebenso am Rücken oder, falls er mit dem Knie nachgeholfen hat, auch mögliche Rückstände eines Gewebes."

„Das lässt sich ja leicht überprüfen", Fuß drehte sich zu Liane Esser hin. „Veranlassen Sie bitte, dass man die Schlafanzugjacke entsprechend überprüft."

8.

Bereits am Abend ahnte der Hauptkommissar, dass man Elfriede Gauss am nächsten Tag wieder auf freien Fuß setzen würde. So war es auch. Die Fakten reichten dem Haftrichter nicht aus, Sie hatte einen festen Wohnsitz und Verdunklungsgefahr sah er nicht. Ein Glück, dass die Presse nichts von ihrer Verhaftung mitbekommen hatte, dachte Fuß. Trotzdem fühlte er sich angeschlagen. Vielleicht sollte er den Fall an einen Kollegen abgeben.

Mit zwiespältigen Gefühlen betrat Fuß sein Büro. Liane Esser war inzwischen mit der Zusammenstellung der Befragungsunterlagen fertig, hatte sie ihm auf den Schreibtisch gelegt und die fünf Stapel fein säuberlich beschriftet.

Den ersten Stapel schob Fuß sofort beiseite. Die Aufschrift lautete: *Keine Angaben oder Erkenntnisse*. Er betrachtete kurz die weiteren Beschriftungen und entschied sich gleich für den Stapel *Wichtig!!!*, obwohl es der kleinste war.

Er bestand aus vier Gesprächsnotizen. Die erste stammte von einem Kollegen der Polizeiinspektion in Boppard. Der Kollege hatte Alfred Jost, ebenfalls Weingutbesitzer, aufgesucht. Liane hatte bereits die wesentlichen Passagen mit einem Textmarker hervorgehoben. Sie hatte inzwischen einiges gelernt.

Nach Aussage des Winzers war er einmal zusammen mit Bernd ins Haus gegangen, um zu telefonieren. Dies geschah von Bernds Büro aus. Tatsächlich eine bisher unbekannte Tatsache. Alfred Jost gab an, dass Bernd während des Telefonats den Raum verlassen und im Flur auf ihn gewartet habe. Danach sei Bernd, anders als vorher, recht ungehalten gewesen. Er habe dies auf sein unerwartet langes Telefonat zurückgeführt und sich deshalb sogar bei Bernd entschuldigt.

Die nächste Gesprächsnotiz hatte eine Kollegin der Polizeiinspektion in Bingen angefertigt. Sie hatte unter anderem eine Geschäftsfrau aus Trechtingshausen besucht. Diese Frau glaubte beobachtet zu haben, dass Bernd Gauss eine heftige Diskussion mit einem Mann geführt habe, die wie ein richtiger Streit ausgesehen habe. Den Mann konnte sie nur sehr vage als mittelgroß, dunkelhaarig und Anfang dreißig beschreiben.

Die dritte und die letzte Gesprächsnotiz stammten beide von dem gleichen Beamten der Polizeiinspektion in Simmern. Das erste Gespräch hatte er mit einem Ehepaar Brosowski aus Neuerkirch geführt, vermutlich private Bekannte von Bernd und Elfriede. Beide gaben gegenüber dem Polizeibeamten übereinstimmend an, ebenfalls etwas von einem Streitgespräch zwischen Bernd und einem Mann beobachtet zu haben. Allerdings beschrieben sie ihn jünger als dreißig und mittelblond. Außerdem glaubte sich Evelyn Brosowski zu erinnern, dass der Mann anschließend noch mit Bernds Sohn gesprochen habe. Allerdings sei man da bereits im Aufbruch gewesen und habe die Sache nicht weiter verfolgt. Auf Rückfrage des Polizisten meinte das Ehepaar, der Vorfall müsse sich gegen dreiundzwanzig Uhr abgespielt haben, da man bereits vor Mitternacht zu Hause gewesen sei.

Die letzte Gesprächsnotiz, die Liane unter *Wichtig!!!* abgelegt hatte, bezog sich ebenfalls auf die Befragung eines privaten Gastes der Familie Gauss, einer Uta Brauer. Sie hatte dem Polizisten erklärt, Elfriede habe ihr von einer großen Überraschung berichtet, die der Sohn für seinen Vater vorbereitet habe. Der ganze Tisch, an dem Frau Brauer gesessen habe, sei daraufhin sehr gespannt gewesen. Sie selbst sei bis weit nach Mitternacht auf dem Fest geblieben, aber offenbar sei zumindest diesbezüglich offiziell nichts geschehen.

Liane hatte auch eine Fußnote markiert, die der Polizeibeamte unter die Notiz geschrieben hatte.

Möglicherweise handelt es sich hierbei um ein Missverständnis, denn die Dame ist knapp 80 Jahre und hört nicht mehr sehr gut.

Fuß legte die vier Notizen wieder aufeinander und wandte sich den drei anderen Stapeln zu. Doch die meisten der darin gemachten Angaben bestätigten im Großen und Ganzen nur das, was bereits aus einzelnen anderen Gesprächen oder der Vernehmung von Elfriede Gauss bekannt war.

Jana hatte angekündigt, dass sich die Großeltern gemeldet hätten und sie am Abend unbedingt wieder nach Mainz zurückfahren müsse. Über Mittag zog sie sich deshalb in ein unbesetztes Büro zurück, um in Ruhe ein Profil des Täters aufgrund ihrer bisherigen Erkenntnisse zu erstellen.

Hauptkommissar Fuß und Kriminalhauptmeisterin Liane Esser sahen Jana Dufkova gespannt an, als sie ihnen zwei Stunden später gegenübersaß und das mögliche Profil des Täters oder der Täterin vorstellte.

„Die Person ist meines Erachtens nach von kräftiger Statur, vielleicht könnte man sogar sagen sportlich. Über das Alter kann man nicht allzu viel sagen, außer dass ich sie nicht als alt bezeichnen würde. Ich würde sie auf maximal fünfzig Jahre schätzen. Sie ist nicht besonders intelligent und gilt sicherlich in vielen Bereichen als Versager, also ein Loser. Die Person selbst fühlt sich allerdings keineswegs als solcher, sie kennt zwar vermutlich ihre Schwächen, hält sich aber für raffiniert oder gerissen und glaubt, damit diese Schwächen auszugleichen. Das wird dadurch verdeutlicht, dass sie im speziellen Fall verschiedene, sich widersprechende Spuren legt, in der Annahme: je mehr desto besser. Dabei merkt sie nicht, dass gerade hierdurch eher die Spur zu ihr führen wird. Sie muss sich im Haus der Familie Gauss gut auskennen, das heißt, über einen längeren Zeitraum bereits ein- und ausgehen und aus Erfahrungen oder persönlichen Gesprächen Einblicke in die Eigenarten der Familienmitglieder haben. Dies zusammenfassend auf die derzeitige Sachlage bezogen, könnte ich mir vorstellen, dass es sich um einen Winzerkollegen des Ermordeten handelt, der seit Jahren engen Kontakt zur Familie Gauss pflegt, sich aber immer in der Qualität seiner Arbeit und seiner Weine benachteiligt fühlt. Neid könnte eine ganz wichtige Rolle spielen. Dass die Ermordung von Gauss nichts an der Situation für ihn ändern wird, sieht er nicht, weil er ausschließlich auf die Person Bernd fixiert war. Er muss an diesem Abend als Gast die Chance genutzt haben, seine Tat vorzubereiten und auszuführen. Es gilt als sicher, dass er sie nach Erhalt der Einladung und in Kenntnis des Ablaufs der Feier längerfristig vorbereitet hat. Wie er im Haus bleiben und es wieder unbemerkt verlassen konnte, müsst ihr noch rausbekommen.“ Sie schaute von ihrem Blatt auf und sah in zwei nachdenkliche Gesichter.

„Alles schön und gut“, meinte Fuß, wobei er sein Gesicht zu kneten begann, „aber was ist mit dem Anruf und dem Testament?“

Jana lächelte. „Darüber habe ich auch lange Zeit nachgedacht und bin zu folgender Überlegung gekommen: Wahrscheinlich hat die vorgesehene Testamentsänderung mit dem Mord gar nichts zu tun. Wobei nicht auszuschließen ist, dass der Täter davon gewusst oder erfahren hat und dies als ein weiteres Mittel der Verwirrung mit einbezogen hat. Das halte ich allerdings für äußerst unwahrscheinlich. Was anderes ist es mit dem Anruf. Hier sehe ich zwei Möglichkeiten. Entweder hat der Täter oder die Täterin den Ermordeten irgendwie gezwungen, dieses Telefonat zu führen. Hat nicht sogar ein Gast zugegeben, mit dem Ermordeten in sein Arbeitszimmer gegangen zu sein, um ein Telefonat zu führen. Vielleicht war das nur ein Trick, um etwas zu erfahren, was er noch nicht wusste, nämlich wo das Arbeitszimmer ist oder um sich ungeniert im Büro umzusehen und später orientieren zu können. Die zweite Möglichkeit, und dann gehe ich nur noch von einer männlichen Person aus, der Täter hat die Gabe die Stimme des Ermordeten täuschend ähnlich zu imitieren. Das wäre nichts Außergewöhnliches."

„Einspruch! Etliche Leute haben bei mir im Büro das Band abgehört und einstimmig gesagt, dass es Bernds Stimme ist."

Diesmal lachte Jana. „Mein Gott! Jeder ist in der Erwartung, dass es sich um diesen Bernd handelt, damit ist euer Unterbewusstsein schon voll darauf fixiert und ihr könnt schon gar nicht mehr anders, als seine Stimme erkennen, solange diese nicht erheblich von der Person abweicht, die ihr euch vorstellt. Das ist doch eine längst bekannte Fehlleistung unseres Gehirns, die tausendfach auf die verschiedenste Art und Weise geschieht. Ihr habt nicht einmal herausgehört, dass der Text abgelesen klang. Das konnten nur die neutralen Kollegen des LKA feststellen."

Fuß machte einen reichlich ratlosen Eindruck. Aber er wusste, dass Jana in der Vergangenheit vielfach mit ihren Analysen recht behalten hatte.

Liane hatte inzwischen in ihren Unterlagen geblättert. „Frau Dufkovas Beschreibung würde tatsächlich auf den Mann passen, den Herr Gauss zum Telefonieren in sein Büro geführt hatte. Alfred Jost! Er ist Winzer und Konkurrent von Gauss und war wahrscheinlich schon häufig auf dessen Weingut. Die anderen Punkte des Profils müssten wir noch prüfen."

„Ja, dann werden wir diesem Herrn mal etwas auf den Zahn fühlen müssen!" Fuß erhob sich und ging auf Jana zu. „Du hast uns mal wieder schwer geholfen. Vielleicht bringt uns das jetzt ein wenig weiter."

Auch Jana war aufgestanden und ließ sich von Fuß in den Arm nehmen. „Es würde mich freuen. Aber jetzt muss ich endlich fahren, denn ich habe den Großeltern versprochen, dass sie noch im Hellen nach Hause fahren können und Sabrina, noch für das Abendessen einzukaufen und mich heute Abend ganz ihr und Maximilian zu widmen, sonst halten mich alle noch für eine Rabenmutter."

„Wir hatten gar keine Zeit privat zu reden“, bedauerte Fuß. „Wie geht es dir und Sabrina nach allem, was geschehen ist?“

„Sabrina kann noch nicht darüber sprechen. Sie hat sehr an Walter gehangen … ich natürlich auch. Natürlich ist Maximilian für mich ein Halt und eine ständige Erinnerung an Walter und innere Verbindung zu ihm. Ich werde wohl auch noch einige Zeit brauchen, bis ich mich wieder auf ein intimes Verhältnis mit einem Mann einlassen kann. Zum Glück habe ich viele nette Kollegen …“, sie blickte Fuß an, „… und natürlich Erika und dich und all die anderen, die mir sehr über die schlimmste Zeit hinweggeholfen haben.“

Fuß sah, dass ihre Augen feucht geworden waren. Er drückte ihr einen Kuss auf die Stirn. „Du weißt, Sabrina, Maximilian und du, ihr seid immer willkommen.“

Jana nickte und gab ihm ihrerseits einen Kuss. Dann wandte sie sich Fuß’ junger Kollegin zu. „Lassen Sie sich nicht allzu viel von dem Querkopf gefallen. Aber denken Sie immer daran, von ihm können Sie eine Menge lernen.“ Sie gab auch Liane Esser die Hand. Dann nahm sie ihre Umhängetasche, winkte beiden noch einmal zu und verließ das Büro.

„Ein bewundernswerte, starke Frau“, stellte Fuß fest und setzte sich wieder hinter seinen Schreibtisch.

„Wie lange ist das jetzt her, dass Herr Wagner beim Einsatz ums Leben kam?“

„Knapp ein Jahr. Aber mir ist immer noch, als habe er mir gestern noch gegenüber gesessen.“

Gerade als Liane und Fuß im Begriff waren, das Büro zu verlassen und in den Feierabend zu gehen, läutete das Telefon. Die Hauptmeisterin ging zurück und hob ab. Dann drehte sie sich zu Fuß um. „Für Sie!“

Am anderen Ende meldete sich Polizeihauptkommissar Robert Karen, Leiter der Polizeiinspektion Boppard. „Ich will, dass Sie es gleich erfahren und nicht erst morgen Früh. Elfriede Gauss hat sich die Pulsadern aufgeschnitten. Sie ist gerade auf dem Weg ins Bopparder Krankenhaus.“

„Und?“

„Ich hoffe, man hat sie noch rechtzeitig gefunden. Auf jeden Fall lebte sie noch, als der Notarzt eintraf. Mehr weiß ich im Moment auch nicht.“

„Danke für den Anruf!“ Langsam ließ Fuß den Hörer sinken. Er drückte mit dem Daumen auf die Unterbrechertaste und wählte die Nummer seiner Straußwirtschaft.

„Elfriede hat versucht, sich umzubringen. Ich muss noch nach Boppard“, erklärte er, als Erika sich meldete. Ohne eine Reaktion von ihr abzuwarten, legte er wieder auf und schaute seine Kollegin an. „Kommen Sie mit?“

Liane Esser hatte sich angeboten zu fahren, was Fuß nur recht war. Die unerwartete Tat von Elfriede ging ihm sehr nahe. Hatte er mit der Verhaftung und dem Verhör dazu beigetragen, dass sie aus dem Leben scheiden wollte? Sofort fiel ihm ein, dass Jana von einer eigenen heilen Welt gesprochen hatte, die sich Elfriede aufbaute oder vorgaukelte. Hatte er ihr diese heile Welt zerstört?

Die Fahrt nach Boppard schien Fuß eine Ewigkeit zu dauern, obwohl Liane einen recht forschen und flotten Fahrstil hatte. Da sich das Finden einer Parkmöglichkeit als schwierig erwies, sprang Fuß genervt aus dem Wagen und rief Liane nur zu, nachzukommen, sobald sie einen Parkplatz gefunden habe. Mit großen Schritten eilte er ins Krankenhaus. Es dauerte eine Weile, bis er einen zuständigen Arzt gefunden hatte. Von ihm erfuhr er, dass Elfriede außer Lebensgefahr sei, obwohl sie viel Blut verloren habe. Einen Besuch bei ihr lehnte der Arzt jedoch ab.

„Es gibt keinen Grund die Patientin jetzt zu befragen“, meinte er auf Drängen von Fuß. „Sie werden sich schon bis morgen gedulden müssen.“

Obwohl es ihm schwerfiel, musste Fuß dies einsehen. Immerhin hatte er erfahren, dass keine Lebensgefahr bestand. Auf dem Flur kam ihm Liane Esser völlig verschwitzt entgegengeeilt.

„Sie können langsam machen. Frau Gauss ist soweit okay, kann aber noch nicht besucht werden. Wir fahren zu ihr nach Hause, um die genaueren Umstände ihres Suizidversuchs zu erfahren.“

„Und ich habe endlich einen Parkplatz gefunden!“, stöhnte Liane immer noch außer Atem.

Nur Günther Brenner wurde von den beiden auf dem Weingut angetroffen. Er hatte Elfriede auch gefunden. Iris war mit ihrem Bruder unterwegs. Beide hatte Günther bisher aber nicht erreicht, da sie ihre Handys abgeschaltet hatten.

„Allerdings muss sich Frau Gauss die Pulsadern aufgeschnitten haben, unmittelbar nachdem Sven und Iris weggefahren sind. Denn als ich kam, hatte sie schon eine Menge Blut verloren. Ein Glück überhaupt, dass ich noch rechtzeitig gekommen bin."

„Wo ist es passiert?", wollte Fuß wissen.

Er und Liane folgten Günther Brenner die Treppe hinauf. Er öffnete die Badezimmertür zwischen Bernds Büro und dem Zimmer, in dem Sven übernachtete, wenn er sich im Weingut aufhielt. Der Badezimmerteppich war dunkelrot von Blut durchtränkt und auch die Fliesen an der Badewanne wiesen Blutspuren auf. Offensichtlich hatte Elfriede irgendwann versucht, an der Badewanne Halt zu finden und sich aufzurichten. Auch das Waschbecken war innen und außen blutverschmiert. In der leeren Seifenschale lag ein Teppichmesser. Instinktiv zog Fuß sich Handschuhe an und tütete das Messer ein.

Obwohl es in dem speziellen Fall sicherlich notwendig gewesen wäre, die Spurensicherung zu informieren, sah der Hauptkommissar hierin keinen Sinn mehr. Zu viele Menschen, von Günther über den Notarzt und wahrscheinlich auch einen Rettungssanitäter und eventuell einer seiner uniformierten Kollegen hatten inzwischen das Badezimmer betreten und eine Fülle von Spuren hinterlassen. Lediglich das Messer schien bisher keiner beachtet zu haben.

„Wann genau haben Sie Frau Gauss gefunden?"

„Auf die Minute genau kann ich Ihnen das nicht sagen, aber es wird so gegen halb sechs gewesen sein. Ich habe sofort die Polizei angerufen, da ich die Notarztnummer erst hätte suchen müssen. Aber der Arzt war kaum fünf Minuten später da. Ich hatte inzwischen mit Küchentüchern so gut es ging die beiden Arme abgebunden. Das habe ich mal in einem Erste-Hilfe-Kurs gelernt."

„Dann wird Frau Gauss Ihnen ihr Leben verdanken", zog Liane ihre Schlussfolgerung.

„Möglich", gestand Günther Brenner.

„Aber warum hat sie das nicht in ihrem Badezimmer getan?", fragte Liane Esser erstaunt.

Der junge Mann zuckte mit den Schultern. „Zum Glück nicht, denn dann hätte ich sie wahrscheinlich nicht gefunden. Als ich nach Hause kam, wollte ich mich ein wenig frisch machen. Nur deshalb bin ich hier ins Bad gegangen."

In diesem Moment waren Geräusche unten im Haus zu hören. Der junge Mann drehte sich um und ging zur Treppe.

„Iris, seid ihr das?"

Fuß und Esser konnten hören, wie sich Iris und Sven von unten meldeten und von ihnen erfuhren was geschehen war. Kurze Zeit später erfolgte ein lauter Aufschrei von Iris, gefolgt von deutlich hörbaren Schritten auf Treppe und Flur.

Als Erster tauchte Sven auf und stürzte auf Fuß zu, der den jungen Mann festhielt. „Halten Sie lieber Ihre Schwester zurück, der Anblick ist nicht besonders schön."

Sven begriff sofort und hielt seine Schwester am Arm fest und nahm sie dann in seine Arme. „Weiß man, wie es unserer Mutter geht? Kommt sie durch?", fragte er.

„Wir waren bereits im Krankenhaus. Es geht ihr den Umständen entsprechend gut."

Sven ging, seine Schwester im Arm, voraus. Sie setzten sich unten ins Wohnzimmer. Auch Günther war ihnen gefolgt. Ihn schienen der Selbstmordversuch seiner künftigen Schwiegermutter und der Anblick von ihr, als er sie aufgefunden hatte, besonders getroffen zu haben. Er starrte, den Kopf zurück auf die Sessellehne gelehnt, tränenlos wie in Trance an die Decke. Sven und Iris hatten auf dem Sofa Platz genommen und hielten sich aneinander fest. Auch Liane saß in einem Sessel, während der Hauptkommissar, gegen das große Sideboard gelehnt, einen nach dem anderen nachdenklich betrachtete. Welcher der drei würde ihm wohl am ehesten und am ehrlichsten Auskunft über ein mögliches Motiv geben. Schließlich entschied er sich für Sven, der noch den gefasstesten Eindruck machte.

„Haben Sie eine Ahnung, was der Auslöser dieser Tat gewesen sein könnte?", wollte er wissen.

Sven drehte sich halb zu Fuß und schaute ihn an. Seine Augen zeigten eine Mischung aus Angst und Verzweiflung. „Ich weiß es nicht. Bitte helfen Sie uns … nicht nur als Polizist. Sie waren doch mit unserem Vater befreundet …" Er wandte sich ab, wahrscheinlich wollte er die Tränen nicht zeigen, die ihm plötzlich kamen. Er drückte seine Schwester noch fester an sich.

„Wie gut kennen Sie Alfred Jost?"

Es dauerte eine Weile bis Sven antwortete.

„Alfi? Wir alle nennen ihn nur Alfi. Er war oft bei uns. Er hat zwei kleine Weinberge gleich neben unseren. Aber Alfi ist nicht vom Fach, hat auch nichts mit Toni, Jürgen oder Heinrich aus Bacharach zu tun, weder verwandtschaftlich noch weinmäßig." Sven entließ seine Schwester aus seinem Arm und drehte sich vollends zu dem Hauptkommissar.

„Er stammt irgendwoher aus den neuen Bundesländern und hat kurz nach der Wende die beiden Weinberge, die brach lagen, gekauft. Angeblich hat er in Sachsen bereits in einer Landwirtschaftlichen Produktions-Genossenschaft als Winzer gearbeitet. Er hat versucht, die beiden Weinberge neu zu bewirtschaften und Papa ständig um Rat gefragt."

„Wie war das Verhältnis zwischen Ihrem Vater und Jost?"

„Alfi hat Papa immer sehr leid getan. Er schaffte es nicht die Weine richtig auszubauen, war auch sehr eigensinnig. Zum Schluss hat Papa es wohl aufgegeben, weil Alfi zwar immer seinen Rat wollte, ihn dann aber nicht umsetzte."

„Kam es zu einem Streit?"

„Streit?" Sven schüttelte den Kopf. „Streit konnte man mit Papa nicht bekommen. Aber Papa hat sich etwas zurückgezogen, als er merkte, dass Alfi seinen eigenen Kopf hatte."

„Alfred Jost hat ausgesagt, am Geburtstagsabend mit Ihrem Vater ins Haus gegangen zu sein, um zu telefonieren. Weiß jemand von Ihnen etwas davon?"

Als keine Antwort kam, griff Fuß in seine Jackentasche und machte sich einige Notizen. Dann ging er auf Günther zu, der immer noch an die Decke starrte und blieb neben dessen Sessel stehen.

„Hat Frau Gauss noch etwas gesagt oder haben Sie einen Abschiedsbrief oder Ähnliches gefunden?"

„Sie war bereits bewusstlos", antwortete Günther leise. „Und nach etwas zu suchen, hatte ich bisher keine Zeit."

Fuß machte Liane ein Zeichen. „Gut, dann darf ich Sie alle bitten hier im Zimmer zu bleiben. Frau Esser und ich werden uns jetzt etwas umschauen."

Beide verließen das Wohnzimmer und stiegen die Treppe hinauf.

„Ich möchte nur zu gern wissen, warum die Frau nicht in ihrem Bad versucht hat, sich das Leben zu nehmen", kam es Liane Esser wieder in den Sinn.

Fuß musste ihr uneingeschränkt zustimmen.

Sie begannen in Elfriedes Schlafzimmer, das wie immer unbenutzt aussah. Alles war fein säuberlich gerichtet, fast hatte man den Eindruck, sich in der Ausstellung eines Möbelhauses zu befinden.

„Handschuhe!", ermahnte Fuß seine Kollegin und zog selbst welche an. Dann öffnete er eine Schublade nach der anderen, erst die der Kommode, dann des Nachttisches, während Liane das kleine Regal inspizierte, in dem sich neben einigen Büchern vor allem Nippes befand.

Vorsichtig blätterte sie auch die Bücher durch, ob sich darin vielleicht etwas befand. Doch die Suche blieb ohne Erfolg.

„Nichts“, stellte sie nach einiger Zeit fest.

Da auch Fuß erfolglos geblieben war, gingen sie ins Badezimmer nebenan. Auch hier herrschte eine schier unnatürliche Ordnung und ein Hinweis auf das Motiv für den Selbstmordversuch konnte auch nicht gefunden werden.

Beide wechselten auf die andere Seite des Flurs und betraten als Erstes das Arbeitszimmer von Bernd Gauss. Selbst hier konnte man den Eindruck gewinnen, dass es sich um einen Ausstellungsraum handelte. Das rührte nicht nur daher, dass die Kollegen bei der Hausdurchsuchung viele Dinge mitgenommen hatten, sondern anschließend schien jemand gründlich Hausputz gehalten zu haben.

„Hier brauchen wir nicht zu suchen“, stellte Fuß resigniert fest und ging gleich weiter in das Badezimmer nebenan. Noch einmal betrachtete er den Raum, öffnete den kleinen Spiegelschrank und suchte noch einmal alle Ecken und Winkel ab, in denen sich ein möglicher Hinweis hätte finden können.

„Nichts!“, stellte er schließlich enttäuscht fest und begab sich zu seiner Kollegin zurück, die im Flur wartete.

Gemeinsam gingen sie wieder hinunter. Allerdings nicht gleich ins Wohnzimmer, sondern erst einmal in die Küche, in der Hoffnung, dort etwas zu finden. Doch auch hier blieben sie erfolglos. Also kehrten sie zu den drei Wartenden zurück.

„Wo wurde denn das Teppichmesser aufbewahrt, das Ihre Mutter benutzt hat?“

„Hat Mama sich …?“, begann Sven entsetzt. Offenbar hatte er sich bisher keine Gedanken darüber gemacht, womit sich seine Mutter die Pulsadern aufgeschnitten hatte.

„Es hat im Badezimmer gelegen und wir gehen davon aus, dass es sich um das bei der Tat verwendete Messer handelt.“

Nach einigem Zögern meldete sich schließlich Sven zu Wort. „Hat Mama sich … Ich wusste gar nicht, dass wir so ein Messer besitzen. Im ganzen Haus gibt es nur Parkett und Teppiche …“

„Bei mir schon“, widersprach ihm seine Schwester, die wieder zu weinen begonnen hatte.

„Wann wurde der Teppich denn verlegt?“

Iris überlegte. „Das ist schon ein paar Jahre her, mindestens drei … eben, als ich die kleine Wohnung ausgebaut bekam.“

„Wer hat den Teppich denn damals verlegt?“, erkundigte sich Liane.
In ihr Schluchzen hinein begann Iris ungewollt zu lachen. „Das war Alfi, über den wir eben gesprochen hatten.“
Fuß schaute die beiden Geschwister erstaunt an.
„Ja, Alfi hat ab und zu mal Papa geholfen, um sich etwas nebenher zu verdienen, zumindest bis vor einiger Zeit.“
Fuß wurde plötzlich hellhörig. „Moment, verstehe ich das richtig? Ihr Vater hat diesem Jost nicht nur beratend für seinen Weinberg beiseite gestanden, sondern Jost hat auch für Ihren Vater ab und zu gearbeitet?“
„In den ersten Jahren ja!“, antwortete Sven sofort. „Aber mit der Zeit ist das immer weniger geworden. Ich habe bereits erklärt wieso. Alfi hat auch oft im Weinberg mitgearbeitet, Reben schneiden, spritzen und dann die Lese …“
Plötzlich baute sich vor Fuß ein völlig neues Bild auf. Dieser Winzer war also praktisch über einen längeren Zeitraum in Bernds Weingut ständig ein und aus gegangen und kannte sich folglich bestens im Haus aus.
„Haben wir seine Adresse?“, fragte er Liane.

Nachdem Fuß und Liane dreimal vergeblich an der Haustür von Alfred Jost geläutet hatten, entschlossen sie sich, eine begrenzte Zeit im Auto auf ihn zu warten. Da im Inneren des Hauses ein Hund gebellt hatte und im Flur Licht brannte, war anzunehmen, dass der Mann bald wieder zurückkehren würde.
Sie mussten auch kaum zehn Minuten warten, bis ein alter VW Golf den Weg zu dem kleinen alten Haus heraufgefahren kam. Alfred Jost stieg mit zwei Einkaufstaschen aus seinem Wagen. Er war nicht allzu groß, aber von kräftiger Statur. Fuß ging geradewegs auf ihn zu und stellte sich vor.
„Ich hoffe, Sie wollen mich nicht verhaften“, witzelte Jost, stellte eine der Tüten ab und schloss die Haustür auf. Die beiden Kripobeamten folgten ihm, begleitet von einem ständig bellenden Dackel, in ein kleines unaufgeräumtes Wohn- und Esszimmer. Nachdem er die Einkaufstaschen abgestellt hatte, räumte der Mann zwei Stühle frei, die mit Zeitungen und Kartons belegt waren und deutete an, Platz zu nehmen.
„Darf ich Ihnen ein Glas Wein anbieten?“
„Wir sind noch im Dienst“, antwortete Fuß und setzte sich. „Wir haben auch nur ein paar Fragen.“

„Es war auch schon ein Kollege von Ihnen bei mir …“

„Genau deshalb sind wir auch hier. Sie haben gesagt, Sie seien am Geburtstagsabend mit Bernd Gauss in sein Büro gegangen, um zu telefonieren. Was war denn der Anlass dazu?“

Jost stützte sich stehend mit beiden Händen auf dem Tisch ab und grinste den Hauptkommissar an. „Ich weiß ja nicht, ob Sie das etwas angeht und was das mit dem Tod von Bernd zu tun haben soll, aber ich habe ja keine Geheimnisse. Ich habe mit einer alten Freundin in Jena telefoniert, die auch Geburtstag hatte und die ich den ganzen Tag über vergeblich versuchte, zu erreichen. Und da ich kein Handy besitze, habe ich Bernd gebeten, von ihm aus anrufen zu dürfen. Das war’s dann. Jetzt müssen Sie mich aber kurz entschuldigen. Einige Dinge sollte ich schnell in den Kühlschrank räumen.“ Er nahm die Taschen und verschwand.

Die Erklärung klang glaubwürdig. Vorerst verzichtete Fuß darauf, die Nummer der Angerufenen zu erfragen.

Als Alfred Jost zurückkam, fragte er: „Sie kannten Herrn Gauss sehr gut?“

Jost stemmte sich wieder auf dem Tisch ab, wie er es bereits vorher getan hatte. „Wie man’s nimmt. Ich habe früher oft für ihn gearbeitet. So Kleinigkeiten im Weinberg, wenn Not am Mann war. Und er hat mir auch schon mal Tipps gegeben, wenn ich Probleme in meinem Weinberg hatte. Aber, was heißt gut kennen?“ Jost zog die Schultern hoch. „Befreundet, wäre zu viel gesagt.“

„Aber Sie haben auch einmal bei Gauss geholfen, einen Teppichboden zu verlegen.“

Jost richtete sich auf und strich sich über seine strähnigen Haare. „Stimmt tatsächlich. Das hatte ich schon beinahe vergessen, aber das ist schon lange her.“

„Wie kam es dazu. Haben Sie da besondere Erfahrung oder Routine drin oder haben Sie den Teppich und das Werkzeug zum Verlegen besorgt?“

Der stämmige Mann lachte laut. „Nee, wie kommen Sie darauf? Bernd hat mich gefragt, ob ich Zeit hätte. Es musste damals aus irgendeinem Grund möglichst schnell gehen. Und dann haben wir an einem Abend in zwei Zimmern den Teppich verlegt. Aber was hat das alles mit seiner Ermordung zu tun.“

„Besitzen Sie ein Teppichmesser?“

Alfred Jost schaute den Hauptkommissar an, als müsse er jeden

Moment in lautes Gelächter ausbrechen. „Spinn ich? Was soll die ganze Fragerei?“

Fuß gab darauf keine Antwort. Stattdessen zog er seinen kleinen Notizblock aus der Tasche und begann darin zu blättern.

„Was haben Sie denn heute zwischen siebzehn und achtzehn Uhr gemacht?“

„Wird das jetzt ein Verhör? Wurde wieder jemand umgebracht? Vielleicht mit einem Teppichmesser?“ Jost lachte wieder laut auf und schnaubte dabei wie ein Nilpferd. „Jetzt lassen Sie aber mal die Katze aus dem Sack. Was wollen Sie von mir?“

„Dass Sie meine Frage beantworten, mehr nicht“, erwiderte Fuß, ohne von seinen Notizen aufzuschauen.

„Nee, da spiele ich nicht mit“, antwortete Jost. „Da müssen Sie mir schon erstmal sagen, worum es geht.“

Erst jetzt blickte Fuß auf und den Mann an. „Ich kann Sie auch für morgen aufs Präsidium vorladen. Es sei denn, Sie können mir diese einfache Frage jetzt beantworten.“

Das Lachen aus Josts Gesicht wich. Er richtete sich auf und verschränkte die Arme vor seiner Brust. „Also gut. Ich war schlicht und ergreifend hier.“

„Alleine?“

„Sehen Sie jemanden außer mir? Ich wohne hier alleine, lebe alleine. Es gibt niemanden außer Pucki, meinem Hund. Der kann das natürlich bezeugen.“

Liane Esser blickte demonstrativ auf ihre Armbanduhr. „Sie kamen doch jetzt vom Kaufen. Wo kann man denn hier in Boppard um diese Uhrzeit noch einkaufen?“

„Ich war beim Lidl in Rhens“, gab Jost zur Antwort.

„Das waren aber keine Lidl-Taschen“, hakte Liane sofort nach. „Wo und wann waren Sie also einkaufen?“

Jost richtete sich auf und donnerte mit der flachen Hand auf den Tisch. „Jetzt machen Sie aber mal einen Punkt!“, schrie er. „Was wollen Sie überhaupt von mir? Und was geht es Sie an, mit welchen Taschen ich meinen Einkauf tätige?“

„Also?!“ Die Stimme von Fuß ließ erkennen, dass er das Spielchen nicht mehr lange mitmachen würde.

„Ich hasse es, für andere Werbung zu machen. Außerdem geht es niemanden etwas an, wo ich einkaufe. Ich habe meine eigenen Tragetaschen. Sonst noch was?“

Fuß sah kein Vorwärtskommen, wenn er jetzt nicht ein wenig bluffte. Vielleicht konnte er so den Mann aus der Reserve locken.

„Es soll in letzter Zeit zwischen Ihnen und Herrn Gauss Spannungen, um nicht zu sagen Streit gegeben haben." Fuß beobachtete sehr genau, wie Jost reagierte. Der sah sich kurz um, zog sich einen Stuhl an den Tisch, setzte sich und blickte den Hauptkommissar lächelnd an.

„Ich weiß nicht, wer Ihnen diesen Blödsinn erzählt hat. Es hat nie eine Auseinandersetzung mit Bernd gegeben. Das kann Ihnen seine Frau bestätigen. Nee, ich lass mir nichts anhängen, früher in der DDR nicht und hier im Westen erst recht nicht. Und jetzt ist es besser, Sie gehen oder verhaften mich."

Zurück auf dem Präsidium, führte der erste Weg von Fuß hinauf in das Vorzimmer von Polizeipräsidenten Horst Eckardt. Der Hauptkommissar hatte bereits von unterwegs aus um einen kurzen Besprechungstermin gebeten. Jetzt, nach dem neuerlichen Ereignis im Haus Gauss, fühlte er sich als Ermittler und gleichzeitig Freund der Familie unwohl in seiner Haut. Einerseits war er sich sicher, gerade durch seine persönliche Beziehung zu den Beteiligten eine gute Ausgangsposition für seine Ermittlungen zu haben, andererseits wollte er sich nicht nachsagen lassen, befangen zu sein und damit möglicherweise in den Verdacht geraten, einseitig zu ermitteln.

Das Gespräch mit dem Präsidenten verlief sehr sachlich und endete damit, dass dieser Fuß sein Vertrauen aussprach, diese Situation, aufgrund dessen langjährigen Erfahrung als Kriminalbeamter, nüchtern betrachten zu können und zu wissen, wann er den Fall an einen Kollegen abgeben müsse.

Damit hatte Fuß zwar den Segen von oben, vorerst weiter an dem Fall zu arbeiten, trotzdem nahm er sich vor, besonders sorgsam darauf zu achten, dass bei allen weiteren Ermittlungen immer möglichst eine zweite Person anwesend war, die Aussagen und Beobachtungen distanzierter wahrnahm und ihm damit eine gewisse Selbstkontrolle bot.

9.

Am nächsten Morgen erhielt Hauptkommissar Fuß einen Anruf des Bopparder Krankenhauses. Der zuständige Stationsarzt teilte ihm mit, dass Frau Gauss vernommen werden könne, bat ihn aber, unbedingt vorher bei ihm vorbeizuschauen. Eine Information, weshalb diesbezüglich eine Notwendigkeit bestand, wollte er am Telefon nicht abgeben.

Nachdem es am Abend zuvor durch die Befragung von Alfred Jost recht spät geworden war, hatte Frau Esser gebeten, etwas länger schlafen zu dürfen. Er legte ihr einen Zettel auf ihren Schreibtisch mit dem Hinweis, dass er bereits alleine nach Boppard gefahren sei und machte sich auf den Weg.

Offensichtlich hatte der Doktor das Pflegepersonal bereits vorinformiert, denn als Fuß nach ihm fragte, wurde er sofort in das Arztzimmer geführt und die Schwester versprach, den Mediziner unverzüglich über sein Kommen zu informieren.

So dauerte es auch kaum eine Minute, als Doktor Lüders, wie er sich vorstellte, mit wehendem weißem Kittel den Raum betrat.

„Haben Sie schon nähere Umstände ermitteln können, wie es zu dem Suizidversuch gekommen ist?", fragte Lüders sofort.

„Genau genommen nein", gestand Fuß. „Aber Sie wissen vielleicht, dass ihr Mann vor wenigen Tagen ermordet wurde. Und da ich das Ehepaar Gauss auch privat kenne, gehe ich einmal davon aus, dass sie den Mord an ihrem Mann nicht verkraftet hat, mit allem, was damit zusammenhängt."

„Genau das ist der Grund, warum ich Sie gebeten habe, unbedingt vorbeizuschauen. Wir haben nämlich festgestellt, dass die Patientin eine Menge Flunitrazepam im Blut hatte."

„Fluni…?"

„Flunitrazepam ist ein sehr starkes Sedativum und im Handel als *Rohypnol* in Apotheken erhältlich. Allerdings ist es verschreibungspflichtig. Es wird vorwiegend als Schlafmittel verschrieben und es ist nicht auszuschließen, dass die Patientin unter Einfluss eines dieser

Präparate den Suizid begangen hat. Wissen Sie, wer ihr Hausarzt ist?"

„Das wird leicht herauszubekommen sein", meinte Fuß. „Ich kann nicht ausschließen, dass sie sich wegen des Stresses ein Schlafmittel verschreiben lassen hat."

Der Arzt rieb sich die Nase und zögerte einen Moment. „Es gibt da noch einen Aspekt. Die Patientin muss in jedem Fall eine sehr hohe Dosis genommen haben. Vielleicht kann man feststellen, wann man ihr das Präparat verschrieben und wie oft sie es bis dato eingenommen hat. Daraus kann man ungefähre Rückschlüsse ziehen, wie hoch die Dosierung vor dem Aufschneiden der Pulsadern war."

„Ist das von Bedeutung?", fragte Fuß, der sich mit Medikationen wenig auskannte, interessiert.

„Unter diesen speziellen Umständen würde ich vorsichtig sagen: vielleicht! Je nach Dosierung würde ich mir die Frage stellen, ob sie danach überhaupt imstande war, sich beide Pulsadern so akkurat aufzuschlitzen."

Fuß war es wie vom Blitz getroffen. „Kein Suizid?", fragte er leise.

„Ich will keine Pferde scheu machen", schränkte Doktor Lüders seine Überlegungen ein. „Aber, ausschließen möchte ich es nicht. Kennt man denn inzwischen das Motiv für den Mord an ihrem Mann?"

Fuß schüttelte nur den Kopf. Seine Gedanken waren schon ganz woanders. Hatten er und Frau Esser gestern Abend bei Alfred Jost zu schnell aufgegeben? Sollte Elfriede ebenfalls ermordet werden und war nur durch das schnelle Eingreifen von Brenner gerettet worden?

„Ich danke Ihnen für den Hinweis." Fuß verabschiedete sich mit einem kräftigen Händedruck. „Darf ich jetzt zu Frau Gauss gehen?"

Elfriede Gauss lag in einem Einbettzimmer und hatte die Augen geschlossen. Leise trat Fuß an ihr Bett und beobachtete eine Weile wie die Infusion regelmäßig aus der Flasche tropfte. Vorsichtig nahm er sich den einzigen Stuhl, der sich im Raum befand, und setzte sich neben das Bett. Der Atem der Patientin ging regelmäßig, von Zeit zu Zeit war ein leichtes Zucken um ihre Mundwinkel zu sehen.

„Elfriede", sprach Fuß die Frau leise an. Zuerst erfolgte wieder das Zucken, dann öffnete sie langsam die Augen, die begannen, ihre Umgebung abzusuchen. Schließlich entdeckte sie den Hauptkommissar.

Langsam öffneten sich ihre Lippen. Heraus kam ein leises „Duuu?"

Vorsichtig legte Fuß seine Hand auf Elfriedes. „Was machst du denn für Sachen?"

Elfriede schloss wieder die Augen. „Nichts. Was soll ich denn gemacht haben?"

„Weißt du, wo du hier bist und warum?"

Vier Atemzüge zählte Fuß, bevor er eine Antwort erhielt.

Elfriede zog die Stirn kraus. „Krankenhaus ... oder?"

„Und warum?"

Diesmal vergingen etliche Atemzüge mehr. Dabei öffnete sie auch einige Male ganz kurz die Augen, schloss sie aber schnell wieder, weil ihr offensichtlich das Licht sie blendete oder sie immer noch sehr müde war.

„Man hat mir ... Pulsadern ..."

„Wer ist ‚man'?", fragte Fuß sofort.

„Ich ... wahrscheinlich."

„Und das Schlafmittel?"

Elfriede legte den Kopf zur Seite und öffnete die Augen. „Welches Schlafmittel?"

Fuß bemühte sich, Ruhe zu bewahren. Er war sich sicher, dass ihm Elfriede kein Theater vorspielte. „Hast du vorher ein Schlafmittel genommen?"

Während sie leicht den Kopf schüttelte, schloss Elfriede wieder die Augen. Dann drehte sie sich wieder von Fuß weg.

Es war zu früh, um mit ihr zu sprechen. Offenbar wirkte das Schlafmittel, von dem Doktor Lüders gesprochen hatte, immer noch.

Auf der Rückfahrt nach Koblenz schwirrten Fuß tausend Gedanken und Bilder durch den Kopf. Dementsprechend unkonzentriert war sein Fahrstil. Mehrfach wurde er angehupt, einige Male musste er scharf bremsen.

Er musste nochmals alle Protokolle und Notizen durchgehen. Immer stärker beschlich ihn das Gefühl, etwas übersehen oder Zusammenhänge nicht erkannt zu haben. Janas Täterprofil entsprach dem von Alfred Jost, aber es gab bisher kein erkennbares Motiv, zumindest bisher nicht. Hier würde er weiter Nachforschungen vornehmen müssen. In beiden Fällen schienen Vergiftungen eine Rolle zu spielen, wenn auch in einem Fall nur vorgetäuscht. Günther Brenner war Pharmareferent. Ihn würde er einmal unter die Lupe nehmen müssen, aber auch bei ihm gab es kein erkennbares Motiv. Sohn Sven hatte als Student für Weinbau sicherlich ebenso etliche Kenntnisse in Chemie, aber hatte er auch Zugang zu Cyanwasserstoff und diesem Schlafmittel? Schließlich blieb noch Iris und die Frage offen, wer außer Jost noch häufigen Zugang zum Weingut, gute Ortskenntnisse und letztendlich ein Motiv hatte.

Aber vielleicht war tatsächlich Elfriede das Schlafmittel verschrieben worden. Doch das würde er erst erfahren, wenn sie wieder voll vernehmungsfähig war. Und schließlich konnte Dreh- und Angelpunkt aller Vorfälle das Testament und seine vorgesehene Änderung sein. Er musste unbedingt die Dokumentenmappe finden, die seine Kollegen von der Spurensicherung sicherlich mitgenommen hatten, und den Inhalt studieren.

Es entwich ihm ein leises Stöhnen. Walter Wagner wäre ihm jetzt eine bessere Hilfe gewesen als Liane Esser …

„Rufen Sie die Spusi an, ich suche eine Mappe mit der Goldprägung *Dokumente*“, bat er Liane, die inzwischen ihren Dienst angetreten hatte. Dann rief er im Weingut Gauss an, um sich nach dem Hausarzt zu erkundigen. Es meldete sich aber nur der Anrufbeantworter. Er bat, egal wer ihn abhören sollte, um sofortigen Rückruf. Als Nächstes telefonierte er mit Jana und berichtete ihr vom neuesten Stand der Dinge. Auch die Psychologin war sehr überrascht über die Entwicklung und versprach, sich im Laufe des Tages Gedanken darüber zu machen und Fuß am Abend in der Straußwirtschaft anzurufen. Kurze Zeit später kam Frau Esser mit langem Gesicht zurück.

„Die Leute von der Spurensicherung haben alle Kartons aus dem Arbeitszimmer von Herrn Gauss noch einmal durchsucht. Es befand sich keine Mappe mit der Aufschrift *Dokumente* bei den Unterlagen.“

„Dann möchte ich wetten, dass wir in der Mappe das Motiv für den Mord an Bernd Gauss gefunden hätten“, stellte Fuß aufgebracht fest. „Ich habe die Mappe selbst gesehen, sie war da! Rufen Sie nochmals bei den Kollegen an. Sie sollen alle Kartons kontrollieren und nicht nur die aus Bernds Arbeitszimmer. Denn diese Mappe kann nur einer aus der Familie an sich genommen haben.“

Sofort rief Liane, wie befohlen, an. Fuß konnte aus dem Gespräch heraushören, dass die Kollegen nicht allzu begeistert waren, denn man hatte eine Menge Kartons mitgenommen und es würde einige Zeit in Anspruch nehmen, bis man diese durchsucht hatte.

„Haben Sie heute Abend etwas vor?“

Liane Esser schüttelte, ahnend was hinter der Frage steckte, den Kopf.

„Wir werden am Spätnachmittag nochmals zu Elfriede Gauss ins Krankenhaus fahren und anschließend auch noch einmal das Weingut aufsuchen. Irgendwer, einschließlich diesem Alfred Jost, muss etwas mit allem zu tun haben. Stellen Sie bis dahin einmal fest, bei welchem Pharmahersteller dieser Günther Brenner beschäftigt ist und ob man in Geisenheim, wo der Sohn studiert, mit Cyanwasserstoff hantiert. Ich werde inzwischen einmal versuchen, über das Internet herauszufinden, wer dieses Präparat herstellt, das mir Doktor Lüders genannt hat."

Fuß hatte sich seine Recherche einfacher vorgestellt. Egal, welchen Suchbegriff er eingab, konnte er zwar das Medikament finden, aber keine Information über den Hersteller. Die bekannte „Rote Liste" konnte er online nicht einsehen. Sie war mit einem sogenannten DocCheck-Passwort gesichert, das nur Ärzten und Apothekern zur Verfügung stand. Schließlich rief er seinen Freund Doktor von Essen an und bat um Unterstützung. Von ihm erfuhr er, dass *Rohypnol* von Hoffmann-La Roche hergestellt werde. Daneben gebe es einige Generika, die den Wirkstoff Flunitrazepam enthalten, allerdings in geringerer Stärke und von Hexal und Ratiopharm kommen. Die Wirkung von *Rohypnol* erfolge in wenigen Minuten und halte je nach Dosierung bis zu 72 Stunden an.

Wesentlich erfolgreicher war Liane. Sie war auf die Idee gekommen, einige Arztpraxen anzurufen und erkundigte sich nach Günther Brenner und welches Pharmaunternehmen der vertrat. Bereits ihr vierter Anruf war erfolgreich. Eine Helferin einer Praxis in Bingen war sich sicher, dass Brenner für den Pharmakonzern Bayer-Schering unterwegs sei. Danach rief sie die Apotheken in Boppard an. In der *Alten Apotheke* erfuhr sie, nachdem man sich per Rückruf abgesichert hatte, dass Liane Esser tatsächlich Kriminalbeamtin war, dass Rezepte von Frau Gauss in der Regel aus der Praxis von Doktor Karin Wagener stammten. Sofort rief Liane dort an und vereinbarte für den späteren Nachmittag einen Termin mit der Ärztin.

Voller Stolz berichtete sie Fuß das Ergebnis ihrer Telefonaktionen.

„Na das ist prima, dann können wir ja loslegen", lobte Fuß sie und berichtete ihr, was er in Erfahrung gebracht hatte. Brenner arbeitete also nicht für den Pharmakonzern, der *Rohypnol* herstellte.

Gegen siebzehn Uhr machten sie sich auf den Weg an den Mittelrhein. Zunächst suchten sie, wie vorgesehen, das Krankenhaus auf. Elfriede Gauss' Zustand hatte sich wesentlich gebessert. Zwar machte sie immer noch einen müden Eindruck, war aber in der Lage die Fragen des Hauptkommissars zu beantworten.

„Bitte, du musst mir glauben, ich weiß von nichts", versicherte sie ihm. „Ich habe mir am Nachmittag für mich und einen Nachbarn Kaffee gekocht und aus der Tiefkühltruhe ein Stück Kuchen aufgetaut, das noch von der Geburtstagsfeier übrig geblieben war. Als ich wieder alleine war, habe ich mich ins Wohnzimmer gesetzt und den Fernseher eingeschaltet, um mich etwas abzulenken. Es lief eine dieser grauenhaften Nachmittagssendungen, aber ich fühlte mich zu schwach und unfähig umzuschalten. Ich war plötzlich unheimlich müde und muss eingeschlafen sein. Irgendwann habe ich gemerkt, dass mich jemand kräftig angepackt hat, aber ich weiß nicht, ob das Realität war oder ob ich das nur geträumt habe. Ich bin dann immer mal halb wach geworden, habe Leute um mich herum gehört, aber so richtig wach wurde ich erst vor ein paar Stunden. Da habe ich begriffen, was geschehen war, und dass ich in einem Krankenhaus liege."

„Du musst doch wissen, ob du dir die Pulsadern aufgeschnitten hast", stellte Fuß etwas gereizt fest und blickte Elfriede deutlich ungehalten an.

„Ich schwöre dir ..."

„Lassen wir das!", unterbrach Fuß sie verärgert. „Du sagst, du warst müde. Hast du irgendwann ein Schlafmittel eingenommen?"

„Aber nein! Warum sollte ich?", antwortete Elfriede, nun ihrerseits recht aufgebracht.

Fuß drehte sich auf dem Absatz um, gab Liane Esser ein Zeichen zu bleiben und verließ das Krankenzimmer. Auf dem Flur sprach er eine Schwester an, die ihm über den Weg lief. Von ihr erfuhr er, dass Doktor Lüders keinen Dienst hatte. Sie rief ihm aber per Telefon aus dem Schwesterzimmer einen anderen Arzt herbei.

Fuß zeigte ihm den Zettel, auf den ihm Doktor Lüders am Vormittag das Präparat aufgeschrieben hatte, das dieses Flunitrazepam enthielt.

„Kann man nach Einnahme so benommen sein, dass man nicht mehr weiß, was man tut?"

Der Arzt rückte seine Goldrandbrille zurecht und räusperte sich. „Absolut ja. Dazu gibt es hinreichend Belege, vor allem im kriminellen Bereich, wie Vergewaltigung. Deshalb wird Flunitrazepam in bestimmten Kreisen auch als *date rape drug* bezeichnet. Die Frauen wissen später nichts mehr ... worum geht es denn?"

Fuß schilderte ihm kurz den Fall.

„Ich möchte mich da einmal ganz vorsichtig ausdrücken", begann der Arzt. „Grundsätzlich würde ich es für recht unwahrscheinlich halten, dass jemand nach der Einnahme von *Rohypnol* überhaupt noch in der Lage ist, sich die Pulsadern aufzuschneiden. Ausschließen kann man es ehrlicherweise aber auch nicht. Es mag zeitlich einen vorübergehenden Zustand geben, in dem so etwas möglich ist. Allerdings wäre dieser Zeitraum meines Erachtens sehr, sehr kurz und an beiden Armen ...? Das halte ich für sehr fraglich, bis ausgeschlossen."

Fuß bedankte sich bei dem Arzt und kehrte ins Krankenzimmer zurück. Liane Esser hatte sich inzwischen von Elfriede Gauss bestätigen lassen, dass Doktor Wagener tatsächlich ihre Hausärztin war.

„Aber, um Gottes willen", bat sie, „Sie werden doch die Frau Doktor nicht aufsuchen ... was soll die denn von mir denken?"

„Glauben Sie, Sie können ihr gegenüber den Suizidversuch verheimlichen", meinte die Kriminalhauptmeisterin leicht spöttisch. „Alleine die Narben werden Sie verraten. Außerdem wird das Krankenhaus sicherlich einen Bericht an Ihre Hausärztin schicken."

Darüber hatte Elfriede Gauss bisher offensichtlich noch nicht nachgedacht. Der Gedanke, was man nun alles über sie erfahren würde, schien ihr unerträglich.

„Kannst du das nicht verhindern?", flehte sie Fuß an.

„Wie soll ich?", entgegnete er wieder etwas versöhnlicher. Denn immerhin musste er nach dem Gespräch mit dem Arzt davon ausgehen, dass es sich nicht mit einem Selbstmordversuch, sondern mit einem Mordversuch handelte. Und es galt jetzt den Täter zu finden."

„Sagt dir *Rohypnol* oder Flunitrazepam etwas?"

„Was soll das sein?"

„Ein starkes Schlafmittel. Hast du so etwas zu Hause?"

Die Witwe machte eine abwehrende Handbewegung. „Ich habe mir vor langer Zeit mal eines gekauft. Ich meine es hieß *Vivinight* oder so ähnlich."

„*Vivinox*!?", mischte sich Liane Esser ein.

„Ja, richtig, so heißt es", bestätigte Elfriede Gauss. „Aber ich habe sicherlich schon ein Jahr oder länger keine mehr genommen. Außerdem ist das ein ganz harmloses Mittel."

„Kein Mittel ist harmlos!", widersprach ihr die junge Polizistin. „Aber es ist, soweit ich weiß, frei verkäuflich", erklärte sie mehr dem Hauptkommissar als Frau Gauss.

Fuß machte seiner Assistentin ein Zeichen, ihn mit der Patientin alleine zu lassen. Als sich die Tür hinter ihr geschlossen hatte, setzte er sich auf den Bettrand und nahm Frau Gauss' Hand, die nicht an die Infusion angeschlossen war.

„Elfriede, ich habe dir schon einmal angeboten, mit mir zu reden. Mit mir als dein Freund, nicht als Polizist. Ich sehe und spüre doch, dass da mehr ist, als du zugibst."

Sie schloss die Augen und schüttelte den Kopf. „Da ist nichts."

Als sie die Augen wieder öffnete, schaute sie an Fuß vorbei an die Decke. Doch deutlich konnte der Hauptkommissar sehen, wie sie die Lippen zusammenpresste. Er war sich in diesem Moment absolut sicher, dass sie ihm etwas verheimlichte. Was konnte es nur sein? Noch einmal nahm er Anlauf, dabei drückte er ihre Hand mit seinen beiden Händen.

„Bitte, sprich mit mir. Ich werde dir helfen so gut es geht, aber sag mir, was los ist."

Doch Elfriede Gauss schwieg.

Doktor Wageners Praxis, die sich nicht weit vom Krankenhaus entfernt in einem Altbau befand, war von der Ausstattung und dem Ambiente nicht mehr die modernste. Auch die Ärztin selbst ging offensichtlich dem Rentenalter entgegen.

Sie war nur noch alleine in ihrer Praxis und führte Fuß und Liane vorbei an einem kleinen Wartezimmer in ihren Behandlungsraum.

„Es geht um Frau Gauss? Schrecklich, was mit ihrem Mann passiert ist. Wie verkraftet sie das alles?"

„Sie wissen, dass sie im Krankenhaus liegt?"

Frau Doktor Wagener blieb erschrocken neben ihrem Schreibtisch stehen. „Nein, weshalb?"

„Sie wurde gestern mit aufgeschnittenen Pulsadern aufgefunden", antwortete Fuß sachlich.

„Suizidversuch? Frau Gauss?" Doktor Wagener schüttelte energisch den Kopf. „Nein, das kann nicht sein, das würde ihrem ganzen Wesen widersprechen."

Sie setzte ihren Weg fort, nahm hinter dem Schreibtisch Platz und deutete den beiden Besuchern mit einer Handbewegung an, ebenfalls Platz zu nehmen.

„Wieso sind Sie da so erstaunt?“

„Nun, Frau Gauss ist seit vielen Jahren meine Patientin und ich glaube, sie sehr gut zu kennen. Wenn sie sich umbringen wollte, dann höchstens aus Scham vor dem, was ihrem Mann passiert ist. Aber selbst das kann ich mir kaum vorstellen. Die Frau ist so etwas von gefangen in ihrer Welt …“

„Sie meinen eine Traumwelt?“, unterbrach sie Fuß.

Frau Doktor Wagener wiegte ihren Kopf. „So würde ich das nicht unbedingt nennen. Aber sie hat ganz feste Prinzipien. Vielleicht etwas sehr konservative oder sagen wir kleinbürgerliche … sie stammt ja vom Land, irgendwo aus dem tiefsten Hunsrück.“

„Soweit mir bekannt, ist sie in einem Waisenhaus aufgewachsen“, widersprach ihr Fuß sofort.

Doktor Wagener begann zu lächeln. „Sehen Sie, wenn das stimmt, ist das auch so eine Ich-schäme-mich-dafür-Lüge mir gegenüber. Sie schämt sich, in einem Heim groß geworden zu sein, weil der Begriff Heim- oder Waisenkind vielerorts einen negativen Beigeschmack hat.“

„Es scheint, als habe sie den Selbstmordversuch unter Einwirkung eines starken Schlafmittels unternommen.“

„Das glaube ich nicht“, wandte die Ärztin sofort ein. „Frau Gauss ist zwar schnell aus der Fassung zu bringen, aber sie hat eine Abneigung gegenüber Tabletten und tendiert eher zu homöopathischen Mitteln. Was sagen denn die Kollegen im Krankenhaus?“

„Man hat Flunitrazepam in ihrem Blut gefunden.“

„Mein Gott! Wie kommt diese Frau denn an ein solches Zeug?“

„Genau deshalb sind wir hier bei Ihnen. Alle gängigen Präparate mit dieser Substanz sind rezeptpflichtig, soweit wir wissen.“

Doktor Wagener wurde blass. „Sie glauben doch nicht etwa, dass ich Frau Gauss ein solches Präparat verschrieben hätte. Nein, wirklich nicht.“

Fuß begann sein Gesicht zu kneten. „Würden Sie sagen, Frau Gauss ist schwermütig oder hat einen Hang in diese Richtung?“

„Absolut nicht. Sie ist immer bestrebt, alles positiv zu sehen. Sie hatte ja des Öfteren kleine Probleme …“

„Welche zum Beispiel?“

Die Ärztin lächelte den Hauptkommissar wieder an. „Sie werden verstehen, dass ich Ihnen darüber keine Auskunft geben kann. Aber es war nie etwas Dramatisches. Doch auch diese Kleinigkeiten hat sie nie nach außen merken lassen. Außerdem ist das alles schon eine ganze Weile her. In letzter Zeit ist sie kaum noch in die Praxis gekommen."

„Kann es sein, dass Frau Gauss vielleicht den Arzt gewechselt hat?", warf die Kriminalhauptmeisterin in das Gespräch ein.

„Wohl kaum, denn wir hatten eigentlich ein sehr vertrautes und offenes Arzt-Patienten-Verhältnis, glaube ich sagen zu dürfen, obwohl sich gerade herausgestellt hat, dass sie auch mir gegenüber nicht ganz ehrlich war. Ausschließen kann ich natürlich nicht, dass sie auch einen Kollegen oder Kollegin konsultiert hat."

„Sie dürfen mir aber sicherlich sagen, wann sie das letzte Mal bei Ihnen in der Praxis war?"

Doktor Wagener stand auf und verließ für kurze Zeit den Raum. Dann kam sie mit der Patientenkarte zurück.

„Frau Gauss war ziemlich genau vor drei Monaten das letzte Mal hier. Da ging es aber nicht um sie, sondern um ihre Tochter."

„Ist denn Iris Gauss auch Patientin von Ihnen?"

„Ja, etwa seit Beginn ihrer Pubertät. Aber sie kam immer mit ihrer Mutter."

„Ist das nicht etwas ungewöhnlich für eine Zweiundzwanzigjährige?"

Wieder lächelte die Ärztin. „Nicht, wenn man Frau Gauss kennt. Beim letzten Besuch kam sie sogar alleine, obwohl es um ihre Tochter ging …" Doktor Wagener brach ab, als habe sie Angst, schon zu viel gesagt zu haben.

Fuß stand auf und reichte der Ärztin seine Karte. „Dann wollen wir Sie nicht länger aufhalten. Sollte Ihnen trotzdem noch etwas einfallen, wäre ich Ihnen dankbar, wenn Sie uns informieren würden."

10.

Die Terrasse der Straußwirtschaft lag voll im warmen Licht der Abendsonne und war bis auf den letzten Platz besetzt. Bis zum Eintreffen des Hauptkommissars hatte Renate sich redlich bemüht, den Ansturm zu bewältigen. Nun war sie froh, dass sie Hilfe bekam. Doch diese Freude währte nur kurz, denn schon nach einer knappen Viertelstunde wurde Fuß von seiner Frau ans Telefon gerufen. Jana war am anderen Ende der Leitung.

„Bitte mach es kurz", meldete sich Fuß. „Hier ist mal wieder der Teufel los."

„Es gibt ein altes Polizeisprichwort", begann Jana, „wer im Dunkeln tappt, verdächtigt jeden. Das heißt, allzu Neues kann ich dir auch nicht sagen. Ich habe lange überlegt, aber es gibt leider zwei Lösungen. Die eine trifft auf die von mir abgegebene Beschreibung von Frau Gauss zu. Sie ist in ihrer eigenen Welt so gefangen, dass sie das Gerede um den Tod ihres Mannes, die Verdächtigungen gegen sie und alles nicht verkraftet hat und deshalb versucht hat sich umzubringen. Oder wir konzentrieren uns wieder auf den ebenfalls von mir beschriebenen, unbekannten Täter, der inzwischen völlig plan- und kopflos versucht, gemachte Fehler durch weitere vorgetäuschte Mordversuche zu korrigieren oder sein Ziel zu erreichen."

Enttäuscht wischte sich Fuß mit dem Handrücken über die Stirn. „Wozu tendierst du?"

„Ehrlich gesagt zur zweiten Variante, denn Frau Gauss musste es klar sein, dass alles noch schlimmer für sie sein wird, wenn ihr Selbstmordversuch scheitert. Deshalb rate ich auch, sie jetzt zu überwachen, denn nun kommt die Frage auf sie zu, was sagen die anderen? Und das könnte tatsächlich einen Suizid auslösen. Wird sie ständig überwacht?"

„Soweit ich weiß, noch nicht, jedenfalls nicht von uns. Das wäre Aufgabe des Krankenhauses. Aber ich werde es sofort veranlassen."

Noch bevor Fuß auf die Terrasse zurückkehrte, ließ er sich in Boppard mit dem diensthabenden Arzt verbinden. Zu seiner Beruhigung erfuhr er, dass man dort bereits entsprechende Vorsorge getroffen hatte, um Frau Gauss ständig zu überwachen.

Als er endlich wieder auf die Terrasse zurückkehrte, entdeckte er das Ehepaar Hoffmann aus Leverkusen, das seit Jahren regelmäßig für ein paar Tage nach Alken kam. Doch erst einmal machte er seinen Rundgang, um leer getrunkene Gläser wieder zu füllen und Bestellungen entgegenzunehmen. Dann setzte er sich für ein paar Minuten zu Marita und Heinz-Friedrich Hoffmann.

„Du kommst mir wie gerufen", begrüßte er den Leverkusener, von dem er wusste, dass er nicht nur bei der Feuerwehr, sondern auch viele Jahre ehrenamtlich für die Notfallseelsorge tätig gewesen war. „Du bist doch so ein halber Pastor", meinte er augenzwinkernd und Heinz-Friedrich ahnte sofort, was auf ihn zukam.

Nachdem Fuß ihm die Situation erklärt hatte, sagte Heinz-Friedrich Hoffmann zu, am nächsten Morgen nach Boppard zu fahren und mit Elfriede Gauss zu sprechen. Kaum hatte Fuß die Zusage, wurde er auch schon wieder von anderen Gästen gerufen, denen er sich widmen musste.

Am nächsten Morgen überreichte ihm Liane Esser eine Liste mit Dingen, die noch erledigt werden mussten. Sie hatte noch einmal die Akte Gauss durchgesehen und dabei war ihr unter anderem aufgefallen, dass noch nicht geklärt war, mit wem sich Bernd Gauss am Geburtstagsabend gestritten hatte.

„Wir sollten vielleicht eine Gegenüberstellung vornehmen", schlug sie vor.

Als Liane den Blick von Fuß sah, wusste sie, dass sie wieder etwas Unüberlegtes gesagt hatte, wie auch der Hauptkommissar sogleich feststellte. „Wollen Sie alle Geburtstagsgäste unter dreißig antreten lassen? Wir haben zwei unterschiedliche, aber keine genauen Beschreibungen. Aber denken Sie mal mit daran, dass wir beim nächsten Besuch bei Familie Gauss Fotos von Sven und diesem Brenner mitnehmen."

„Und dann habe ich eine Überraschung für Sie", versuchte die Hauptmeisterin ihren Patzer auszugleichen. Sie zog aus der Schublade eine Mappe mit der goldgeprägten Aufschrift *Dokumente*.

„Wo kommt die denn plötzlich her?"

„Tja, das wissen die Götter. Ein Kollege von der Spurensicherung hat sie eben vorbeigebracht. Aber bevor Sie fragen: Es weiß keiner mehr, wo man die Mappe gefunden hat, außer, dass sie nicht in den Kartons aus dem Arbeitszimmer des Herrn Gauss war. Das heißt aber nicht, sagt der Kollege, dass die Mappe nicht aus dem Zimmer stammt. Es wäre durchaus möglich, dass man sie anderswo beigelegt hat, weil alle anderen Kartons schon voll waren."

Fuß schnaubte vor Wut. Trotzdem nahm er die Mappe, scheiterte aber zunächst an dem kleinen Schloss. Doch nach ein paar Minuten geduldiger Arbeit mit einer Büroklammer und einem kleinen Schraubenzieher gab das Schloss ein kaum hörbares Klicken von sich und die Mappe war geöffnet.

Erwartungsvoll begann Fuß darin zu blättern, während ihm seine Assistentin über die Schultern sah. Er verteilte den Inhalt rechts und links auf seinem Schreibtisch. Links landeten private und persönliche Dinge, wie das Abiturzeugnis von Sven oder Urkunden der *Vinalies Internationales* und des *Gault Millau*. Rechts legte Fuß geschäftliche und rechtlich relevante Papiere hin, wie Verträge über den Kauf und Verkauf von Weinbergen, teils sogar des Großvaters von Bernd, und Verträge zu Versicherungen und Ähnlichem. Nachdem er alle Dokumente kurz gesichtet hatte, legte er die privaten Papiere zurück in die Mappe und begann den anderen aussortierten Stapel genauer zu betrachten.

Auch diesen teilte er zunächst wieder in zwei Teile auf. Alte Verträge, wie die des Großvaters, legte er zunächst beiseite. Sie würden wahrscheinlich wenig mit dem Motiv für Bernds Ermordung zu tun haben. Interessanter waren da die Versicherungspolicen. Bernd hatte eine Lebensversicherung zugunsten seiner Frau über 500.000 Mark abgeschlossen. Dann gab es die üblichen Versicherungen für Brand, Grundstück- und Gebäude, daneben die Unterlagen der Renten- und Krankenversicherung. Fuß legte die Lebensversicherung hiervon getrennt auf seinen Schreibtisch, denn sie konnte eventuell ein Motiv sein. Dann fand er sogar den Entwurf eines Testaments, der allerdings gut zehn Jahre alt war. Auch ihn überflog er. Schließlich lagen nur noch ein Sparbuch, das ein beträchtliches Guthaben aufwies, bei dem aber seit mehreren Jahren weder etwas eingezahlt noch abgehoben worden war, und Unterlagen zu einem Aktiendepotkonto bei *Cortal Consors* vor ihm.

„Ganz schön reich, unser Bernd", bemerkte Fuß beim Anblick des letzten Depotauszugs, der gerade mal knapp zwei Wochen alt war.

„Was ist das?", erkundigte sich Liane Esser, die bereits das nächste Papier in Augenschein genommen hatte.

Es handelte sich um einen Text ohne Überschrift. Der Inhalt war belanglos und hätte aus einer Übersetzungsübung eines Schulbuches sein können. Fuß überflog auch diesen Text und legte ihn dann zu dem Stapel mit Schulzeugnissen. Es folgten schließlich noch zwei weitere Dokumente, das Familienbuch und ein Vertrag mit Alfred Jost über die Pacht zweier Weinberge.

Während die junge Polizistin im Familienbuch blätterte, widmete sich Fuß dem Vertrag. Offenbar gehörten die zur Zeit der Wende brachliegenden Weinberge Bernd Gauss und Jost hatte diese nur gepachtet. Deshalb hatte Bernd diesem Mann also immer mit Rat und Tat beiseite gestanden. Plötzlich pfiff Fuß leise durch die Zähne. Der Pachtvertrag lief in wenigen Monaten aus. Das Datum war rot unterstrichen und es gab keinen Vermerk, dass er verlängert worden war.

„Da haben wir vielleicht ein Motiv!“, stellte der Hauptkommissar erleichtert fest.

Liane Esser legte das Familienbuch beiseite und begann ihrerseits den Vertrag zu lesen.

„Dann ist doch alles klar?!“, jubelte sie, als habe sie soeben den Fall Gauss gelöst.

„Wenn wir diesen Alfi verhaften wollen, müssen wir aber erst noch handfeste Beweise finden. Wie hat er den Mord angestellt, wie kam es zu dem Anruf auf meinem AB? Und auch die Schlüsselfrage muss geklärt werden, denn eines steht fest: Der Schlüssel muss vertauscht worden sein.“

„Ist es möglich, dass dieser Anruf von Herrn Gauss schon nachts auf Ihrem Anrufbeantworter war, als Sie nach Hause kamen?“

„Natürlich ist das möglich. Erika und ich sind doch gleich ins Bett gegangen.“

„Dann muss dieser Alfi Herrn Gauss, als er mit ihm in seinem Arbeitszimmer war, mit etwas bedroht haben, einer Pistole oder Ähnlichem, damit er den Anruf vornimmt. Den Zeitpunkt des Anrufs kann man sicherlich ohne Weiteres noch herausfinden.“

„Quatsch!“, stieß Fuß aus. „Das hätte Bernd nicht mit sich machen lassen. Außerdem kam er ja mit Herrn Jost zurück und hätte sicherlich etwas gesagt und den Mann vor die Tür gesetzt, was doch das Natürlichste gewesen wäre. Nein, nein. Das ist alles Blödsinn. Das muss ganz anders gewesen sein.“

Fuß rückte die Unterlagen beiseite und nahm einen Schreibblock und einen Bleistift zur Hand. Wie konnte alles abgelaufen sein? Offenbar hatte Bernd nicht vor, den Pachtvertrag zu verlängern. Wahrscheinlich, weil das Ergebnis des Ausbaus der Weine durch den Pächter nicht seinen Vorstellungen entsprach.

Alfi hatte seit der abgelaufenen Frist der Pachtverlängerung Zeit, einen Plan zu schmieden. Fuß versuchte sich zu erinnern, was Jana ihnen gesagt hatte. Der Täter hatte von Anfang an versucht, wie wild falsche Spuren zu legen. Also hatte er sich Blausäure besorgt. Fuß notierte sich die Frage *Woher hatte Jost die Blausäure?* Dann hatte er bei einem Besuch auf dem Weingut das Fläschchen mit der Säure zu einem Zeitpunkt in Elfriedes gefüttertem Winterstiefel versteckt, zumal er sicher davon ausgehen konnte, dass sie diese jahreszeitbedingt nicht mehr anziehen würde. Einen Rest hatte er sich zurückbehalten, um an Bernds Bett ein paar Tropfen in den Tee zu geben. Wie aber war der Anruf zustande gekommen. So, wie sich das Liane Esser vorstellte, war es sicherlich nicht. Fuß hatte diesen Anruf zunächst für einen schlechten Scherz gehalten. Warum eigentlich nicht? Bernd hatte an dem Geburtstagsabend bereits reichlich getrunken. Nicht, dass er betrunken gewesen wäre, aber möglicherweise dadurch dazu aufgelegt, auf Anregung von Alfi, unüberlegt einen solchen Scherz durchzuführen. Bernd war ein humorvoller Mensch gewesen und die Idee von Alfi hatte ihm unter Alkoholeinfluss möglicherweise gefallen, zumal der Anruf an einen Kriminalbeamten ging. Wieder machte sich Fuß eine Notiz. Dann hatte sich Alfi irgendwo auf dem Grundstück versteckt, er kannte sich ja dort aus. Als er glaubte, alle seien zu Bett gegangen, war er zunächst zu Bernd ins Zimmer gegangen, der natürlich nicht geschrien hatte, als es leise an seiner Tür klopfte. Er ahnte ja den Grund des Besuches nicht und Alfi würde sich eine glaubwürdige Ausrede ausgedacht haben, warum er plötzlich auftauchte. Der Rest war völlig klar. Er erstickte den überraschten Bernd, gab die Blausäure in den Tee und steckte ihm einen beliebigen Schlüssel in die Tasche, in der Gewissheit, dass man selbstverständlich davon ausgehen würde, wenn die Schlafzimmertür verschlossen war, dass es sich um diesen Türschlüssel handelte. Er aber schloss die Tür von außen ab, nahm den Schlüssel mit, um ihn irgendwann wieder auszutauschen. Dann war er in Bernds Arbeitszimmer gegangen, um den Pachtvertrag zu suchen. Das hatte im Halbschlaf Iris gehört, aber gemeint, es sei ihr Vater. Aber Jost fand ihn nicht und gab auf. Er musste sich nun bis zum frühen Morgen noch im Haus und auf dem Grundstück aufgehalten haben oder er kannte ein Schlupfloch um zu verschwinden. Es war nicht auszuschließen, dass Jost nach Bekanntwerden des Todes von Bernd zum Kondolieren erneut im Weingut aufgetaucht war, den Schlüssel am Brett entdeckt und ihn rasch ausgetauscht hatte. *Wann war Alfi nach Bernds Tod bei Gauss?* schrieb Fuß und legte den Bleistift nieder.

„Weil er den Pachtvertrag nicht gefunden hatte, musste er nun mit Elfriede verhandeln, die aber eine Verlängerung ebenso verweigerte", murmelte er nachdenklich vor sich hin. „Und das hätte beinahe ihr Todesurteil bedeutet."

Alfi hatte für die Stunde, bevor Günther Brenner die leblose Elfriede fand, kein Alibi. Sven und Iris waren unterwegs, das hatte Alfi beobachtet, und aus Erfahrung wusste er, wann Günther Brenner nach Hause kam. Da alle aus dem Haus waren, konnte ihn auch keiner gesehen haben. Der Zeitpunkt war gut gewählt. Also besuchte er Elfriede. Sie hatte bei der Vernehmung von einem Besucher erzählt, allerdings ohne zu sagen, wer es war. Alfi gab ihr unbemerkt dieses starke Schlaf- und Betäubungsmittel in den Kaffee, von dem Elfriede berichtet hatte. Der Rest war einfach.

„Wir müssen sofort Boppard anrufen. Elfriede Gauss muss im Krankenhaus nicht nur von den Ärzten überwacht, sondern auch von unseren Leuten bewacht werden", entschied Fuß laut.

„Veranlasse ich!", antwortete Liane Esser und nahm im gleichen Moment schon den Hörer zur Hand.

„Und wir brauchen einen Durchsuchungsbeschluss für das Haus von Alfred Jost." Denn, der Hauptkommissar befürchtete, dass, wenn Alfi erfuhr, dass Elfriede überlebt hatte, sie jetzt immer noch in Lebensgefahr schwebte.

„Was suchen wir denn bei diesem Alfi?", wollte die junge Polizistin wissen, die die jüngsten Überlegungen des Hauptkommissars noch nicht kannte.

Fuß erklärte ihr seine Theorie. „Da er den *Pachtvertrag* nicht gefunden und somit nicht beseitigen konnte, wird er ganz schnell einen neuen oder eine Verlängerungserklärung bereits gefälscht haben. Denn dem Mann ist klar, dass durch unsere Ermittlungen das Thema Besitzverhältnisse und Verpachtungen nach dem Tod von Bernd Gauss unweigerlich zur Diskussion steht."

„Ist das nicht alles recht verwirrend und zu weit hergeholt?", fragte Liane Esser vorsichtig und rechnete damit, wieder einmal ins Fettnäpfchen getreten zu sein.

Doch zu ihrem Erstaunen reagierte Fuß ganz sachlich. „Sie haben recht. Aber wenn wir, wie Jana behauptet, von einem wirren Geist ausgehen müssen, dann müssen wir uns auf diesen einstellen und genauso wirre Überlegungen anstellen. Natürlich klingt dies alles recht unwahrscheinlich, vielleicht sogar sehr naiv. Aber, wenn wir an Janas Überlegungen festhalten, müssen wir so denken und handeln, ob es uns gefällt oder nicht."

Der nächste Tag sollte erneut ein schwarzer Tag für den Hauptkommissar werden. Als sie gegen zehn Uhr auf dem Anwesen von Alfred Jost ankamen, wurden sie wider Erwarten äußerst höflich empfangen.

„Ich weiß zwar nicht, was das alles soll. Wenn es aber der Wahrheitsfindung dient und zum Schluss Bernds Mörder verhaftet werden kann, möchte ich mich diesem Beschluss nicht widersetzen."

Vier Polizeibeamte und Fuß sowie Liane suchten alle Räume ab. Fuß persönlich hatte sich den kleinen Schreibtisch vorgenommen. Doch schon nach wenigen Minuten hatte er alles gesichtet und nichts Verdächtiges gefunden.

„Können Sie bitte einmal den Computer hochfahren?", bat er Alfi, der breitbeinig hinter ihm auf einem Stuhl Platz genommen hatte. Bereitwillig startete der Mann das Gerät. Fuß suchte in den Dateien nach einem Hinweis auf Verträge und entdeckte zu seinem Erstaunen sogar eine Datei Pachtvertrag. Rasch öffnete er diese und auf dem Bildschirm erschien sofort der ihm bereits bekannte Pachtvertrag.

„Haben Sie den geschrieben?", fragte er irritiert.

„Das ist schon lange her. Aber der läuft in Kürze aus", kam die Antwort.

„Dann gibt es sicherlich einen neuen Vertrag?", meinte Fuß in der Hoffnung, das zu finden, was er suchte.

„Leider nicht. Bernd wollte ihn nicht verlängern. Sein Sohn Sven soll die beiden Weinberge übernehmen."

Es verschlug Fuß fast die Sprache. „Und was wird aus Ihnen?"

Jost zuckte mit den Schultern. „Das ist jetzt ein Problem. Bernd wollte mit mir nach der Geburtstagsfeier einen Arbeitsvertrag machen, dass ich für ihn beziehungsweise für seinen Sohn arbeite. Aber daraus ist ja nichts geworden. Jetzt muss ich mal abwarten, wie Sven entscheidet. Ich habe ihn darauf angesprochen, aber ihm stand verständlicherweise der Kopf nicht danach."

„Wann war das?"

„Das erste Mal, als ich der Familie mein Beileid ausgesprochen habe, direkt nachdem ich von Bernds Tod erfahren hatte. Und dann vorgestern, als ich ihn mit seiner Schwester getroffen habe."

„Wann und wo war das?"

„Ach, das habe ich ganz vergessen zu erzählen, bevor ich auf dem Weg zum Einkaufen war, bin ich noch mit Pucki Gassi gewesen. Da sind mir die beiden über den Weg gelaufen."

In Fuß brach eine Welt zusammen. Nicht nur, dass Alfred Jost freiwillig über den nicht verlängerten Pachtvertrag sprach, sondern nunmehr auch ein Alibi zu haben schien für die Zeit, in der Elfriede Gauss betäubt worden war und man ihr die Pulsadern aufgeschnitten hatte. So zumindest seine bisher perfekte Theorie. Aus, nichts stimmte mehr …

Enttäuscht machte sich Fuß auf die Suche nach Liane Esser. Er fand sie im Keller des Hauses, wo sie gerade dabei war, sich durch Spinnengewebe und Staubschichten durchzuarbeiten. Mit wenigen Worten berichtete er ihr vom Zerschlagen seiner Theorie.

„Es wird uns nichts anderes übrig bleiben, als jetzt über den Staatsanwalt beim Ermittlungsrichter einen Antrag auf Beschlagnahmung des Testaments von Bernd Gauss als Beweismittel zu stellen. Wir können nicht bis zur offiziellen Eröffnung warten. Denn wer weiß, was noch alles dahinter steckt und unerwartete Folgen hat? Das ist, glaube ich, jetzt endgültig angesagt."

Heinz-Friedrich Hoffmann war direkt nach dem Frühstück mit Marita nach Boppard gefahren. Während seine Frau einen Bummel durch die Stadt am Rhein machte, besuchte er Elfriede Gauss im Krankenhaus. Vor der Zimmertür saß ein junger Polizeibeamter der Inspektion Boppard, der ihn sofort nach dem Grund seines Besuches fragte und um den Ausweis bat. Erst danach konnte Hoffmann das Zimmer der Patientin betreten.

Elfriede Gauss lag mit geschlossenen Augen in ihrem Bett und schien zu schlafen. Doch als sich Heinz-Friedrich Hoffmann leise dem Bett näherte, öffnete sie die Augen.

„Sie kenne ich doch irgendwo her?", sagte sie leise.

Auch Heinz-Friedrich Hoffmann erkannte die Frau. Sie hatten vor ein oder zwei Jahren einmal bei Hauptkommissar Fuß auf der Terrasse der Straußwirtschaft an einem Tisch gesessen und sich lebhaft unterhalten. Trotzdem stellte sich der Notfallseelsorger noch einmal vor und war froh, dass durch die Erinnerung an die erste Begegnung bereits eine Brücke zu einem Gespräch gefunden worden war.

„Hat Fuß Sie geschickt?“, wollte Elfriede Gauss sofort wissen.
„Er hat mir von Ihnen erzählt und gesagt, Sie würden sich sicherlich freuen, etwas Besuch zu haben.“ Er zog den Stuhl, der unweit des Bettes stand, näher heran und setzte sich.
„Ja, es ist äußerst langweilig hier und die Gedanken quälen einen … Mein Sohn hat viel zu regeln, meine Tochter ist berufstätig und ihr Freund ist der Einzige, der mich häufig besuchen kommt.“
„Ich glaube“, begann Heinz-Friedrich Hoffmann, „ich kenne nur Ihre Tochter. Sie trug damals eine gelbe leuchtende Bluse.“
Elfriedes Gesicht hellte sich auf und sie strahlte über das ganze Gesicht. „Die hatte ich ihr zum Geburtstag geschenkt. Waren Sie nicht mit Ihrer Frau da?“
„Ich bin auch heute mit ihr da, sie wollte sich aber etwas die Stadt anschauen. Es ist lange her, dass wir in Boppard waren.“
„Können Sie sich noch an meinen Mann erinnern, Bernd. Sie haben sicherlich gehört, was passiert ist?“
Heinz-Friedrich Hoffmann war froh, dass Frau Gauss von sich aus auf die aktuelle Situation zu sprechen kam.
„Es hat uns alle sehr getroffen, wenn wir auch Ihren Mann nur kurz kannten. Aber es trifft einen immer, wenn ein Mensch von uns geht, den man gekannt hat.“
„Ich hoffe, dass Fuß bald herausbekommt, warum er umgebracht wurde und wer es war. Ich denke jede Minute daran. Hier habe ich ja viel Zeit zum Nachdenken.“
„Haben Sie auch schon einmal an sich und Ihre jetzige Situation gedacht?“, lenkte Hoffmann das Gespräch direkt auf den Grund seines Besuchs.
Elfriede wandte ihren Blick von ihrem Besucher ab und schaute aus dem großen Fenster hinaus, das sich rechts ihres Bettes befand. Dabei biss sie sich auf die Lippen und atmete schwer. Dann hob sie den rechten Arm, sodass Hoffmann deutlich den Verband oberhalb des Handgelenkes sehen konnte.
„Wenn ich nur wüsste, wie das alles gekommen ist!“, flüsterte sie. „Ich kann mich an nichts erinnern.“
„Einen geliebten Menschen zu verlieren ist immer ein schwerer Einschnitt, nicht nur in den Alltag, sondern auch im Inneren eines Menschen, vor allem eines Partners. Wie haben Sie das empfunden?“
Elfriede drehte sich wieder ihrem Besucher zu. „Mir waren da meine Kinder eine große Hilfe, alle, auch Günther. Das ist der Freund mei-

ner Tochter, der schon fast zur Familie gehört, obwohl er nur tageweise bei uns ist. Sie alle haben mich vor der Öffentlichkeit geschützt. Man kann sich das Gerede vorstellen. Erst hieß es Selbstmord, dann Mord. Mein Gott …“

„Sie werden froh sein, wenn alles aufgeklärt ist.“

Elfriede Gauss schloss die Augen. „Ich hatte nicht einmal den Mut Dechant Ludwig anzurufen.“ Sie legte die rechte Hand über ihre Augen, als wolle sie sich dahinter verstecken.

„Das alles ist sicherlich schwer zu ertragen, ich verstehe Sie“, meinte Heinz-Friedrich. „Aber ist es für Sie so unüberwindbar gewesen, dass Sie bereit waren, das eigene Leben wegzuwerfen?“

Rasch nahm Elfriede wieder die Hand von den Augen und starrte ihren Besucher an. „Ich war das nicht, ich wäre dazu gar nicht fähig. Es verschlimmert die Situation unserer Familie noch mehr, wenn man das von uns meint.“

Heinz-Friedrich Hoffmann legte tröstend seine Hand auf ihren Arm. „Niemand wird Ihnen das nachtragen, jeder weiß, wie schwer es ist, vor allem, solange die Polizei in ihrem Haus ein- und ausgeht. Wir müssen auch zu unseren Fehlern und Schwächen stehen, auch wenn es uns manches Mal schwer fällt.“

Elfriede Gauss schaute Hoffmann nachdenklich an. „Aber man wird mir etwas vorwerfen, was ich gar nicht getan habe. Das ist es doch, was mich belastet.“

„Ist Ihnen denn inzwischen eingefallen, was an dem besagten Nachmittag geschehen ist? Oftmals kommt mit der Zeit doch die Erinnerung zurück. Vielleicht auch nur Bruchstücke, einzelne Bilder oder Empfindungen. Daran sollten Sie arbeiten und sich nicht Gedanken machen, was andere sagen oder denken. Damit helfen Sie sich viel mehr. Und der Polizei natürlich auch.“

Elfriede Gauss nickte wortlos und legte ihre rechte Hand auf die Hand von Heinz-Friedrich Hoffmann, dessen Hand auf ihrem linken Arm lag, als suche sie seine körperliche Nähe oder wolle sie sich bedanken. Die Augen des großen, breitschultrigen Mannes mit den kurzen blonden Haaren, in die sie blickte, strahlten Vertrauen und Zuversicht aus. Plötzlich öffneten sich ihre schmalen Lippen. „Ich habe große Schuld auf mich geladen, ich brauche Hilfe.“

„Welche Schuld haben Sie auf sich geladen?“, fragte Heinz-Friedrich Hoffmann ganz leise.

„Darüber kann ich nicht sprechen, nie …“

„Aber wie soll man Ihnen helfen, wenn Sie nicht reden wollen?" Hoffmann bemühte sich, so ruhig und einfühlsam wie möglich zu sprechen. „Igeln Sie sich nicht ein, das zerstört Sie. Und Sie werden doch gebraucht, gerade jetzt, von Ihrem Sohn, Ihrer Tochter."

Wieder schüttelte Elfriede Gauss den Kopf. „Nein, ich kann nicht. Ich … Bitte gehen Sie jetzt, bitte!"

Vorsichtig zog Heinz-Friedrich Hoffmann seine Hand zurück. „Ich werde wiederkommen, wenn Sie mich brauchen. Sagen Sie Fuß Bescheid, dann bin ich so schnell wie möglich da."

Leise stand er auf und verließ das Krankenzimmer. Auf dem Rückweg ging er am Schwesternzimmer vorbei und klopfte an.

„Sie sollten öfter nach Frau Gauss schauen. Sie ist momentan in einer sehr kritischen psychischen Verfassung."

Bereits am Nachmittag lag Fuß der Beschlagnahmebeschluss des Ermittlungsrichters vor. Liane Esser erhielt den Auftrag, zu dem Notar nach Simmern zu fahren und das Testament dort abzuholen.

Obwohl der Hauptkommissar ahnte, dass es in seiner Straußwirtschaft in Alken wieder hoch herging, wartete er gespannt auf die Rückkehr seiner Kollegin. Dabei wurde seine Geduld aufs Äußerste strapaziert, denn auf der B 50 hatte es einen Unfall gegeben und Liane Esser musste sich über die Dörfer in Richtung Autobahn durchschlagen.

Als sich endlich die Tür öffnete und strahlend einen großen Umschlag in die Luft hielt, sprang Fuß förmlich auf und beugte sich weit über seinen Schreibtisch, um möglichst schnell an das begehrte Schriftstück zu kommen. Hastig riss er den Umschlag auf, zog ein mehrseitiges Testament heraus, ließ sich wieder in den Sessel fallen und begann zu lesen.

Mit jedem Absatz wurde sein Gesicht länger und seine Laune schlechter. Hatte er nicht erwartet in dem Testament das Motiv für den Mord an Bernd Gauss zu finden? Von Zeile zu Zeile wurde ihm immer klarer, dass es sich um ein simples, sogenanntes *Frankfurter Testament* handelte.

„Das war ja wohl ein Schlag ins Wasser", stöhnte Fuß und ließ das Papier auf seinen Schreibtisch fallen.

„Der Notar wusste allerdings auch etwas von einer bevorstehenden Änderung", meinte Liane Esser und zog das Testament zu sich herüber. „Vielleicht haben wir hier im Haus jemanden, der sich in Testamenten besser auskennt und doch etwas findet."

Das hätte sie besser nicht gesagt. Sofort traf sie ein strafender Blick.

„Ich habe schon genügend Testamente gesehen, um das beurteilen zu können“, knurrte Fuß und stand auf. „Feierabend!“

Er behielt recht. Bedingt durch die noch immer anhaltende Schönwetterfront hatten sich wieder viele Gäste eingefunden. Oben auf der Terrasse wartete auch Heinz-Friedrich Hoffmann mit seiner Frau Marita auf ihn. Doch auch er musste sich an diesem Abend gedulden, denn das Bedienen der Gäste ging für Fuß abends nun mal vor.

„So, jetzt seid ihr dran!“ Mit dieser kurzen Bemerkung setzte sich der Hauptkommissar eine gute Stunde später an den Tisch zu den Hoffmanns. Inzwischen hatten sich die Reihen etwas gelichtet, denn es war nach dem Verschwinden der Abendsonne doch reichlich kühl geworden.

Marita hatte eine Wollweste übergezogen und mit Heinz-Friedrich diskutiert, ob man sich nicht nach unten in die Innenräume setzen sollte.

„Was hast du für einen Eindruck von Elfriede Gauss?“

Der Notfallseelsorger legte die Hände ineinander und dachte einen Moment nach. Er wusste, was Fuß von ihm erwartete, und er wollte dieser Erwartung auch gerecht werden.

„Die Frau ist eine schwer gespaltene Persönlichkeit“, begann er. „Und sie schleppt etwas mit sich herum, was sie sehr bedrückt, worüber sie aber nicht reden will … zumindest noch nicht reden will.“

Fuß schenkte aus einer mitgebrachten Flasche Wein in die Gläser der beiden nach. „Du sagst, sie schleppt etwas mit sich herum. Was meinst du damit?“

„Sie hat das Gefühl einer Schuld … an was oder wem, weiß ich nicht.“

„Hat es was mit dem Mord an ihrem Mann zu tun?“

„Das glaube ich nicht, zumindest nicht direkt. Also um es klar auszudrücken, sie hat nichts mit der Ermordung zu tun, aber ist vielleicht …“ Heinz-Friedrich Hoffmann suchte nach dem passenden Begriff, „… eine Art Auslöser … Ich werde sie morgen noch einmal besuchen, wenn ich mir ein paar mehr Gedanken zu dem heutigen Gespräch gemacht habe.“

„Und was sagt sie zu ihrem eigenen Suizidversuch?“

Heinz-Friedrich Hoffmann nahm einen Schluck Wein und stellte dann das Glas bedächtig ab. „Das wird noch schwieriger. Angeblich kann sie sich ja an gar nichts erinnern. Und ich muss sagen, ich glaube ihr. Nur was ist geschehen? Ich bin mir sicher, sie weiß es tatsächlich nicht."

Fuß erzählte seinem Freund noch einmal, was er zu diesem Thema wusste und wie er darüber dachte. Der Notfallseelsorger hörte ihm dabei aufmerksam zu.

Schließlich meinte Heinz-Friedrich Hoffmann: „Das hört sich so an, als würdest du glauben, jemand hat sie betäubt und versucht umzubringen."

Fuß lehnte sich im Stuhl zurück und knetete sein Gesicht. „So ist es. Aber uns fehlt jegliches Motiv."

Auch Hoffmann richtete sich auf. „Aber dann müsste das Motiv sich im engen privaten Bereich der Familie befinden." Dann betrachtete er seine fröstelnde Frau. „Also gut, lass uns nach unten gehen."

11.

Liane Esser hatte sich am frühen Morgen in der Hoffnung auf den Weg nach Boppard gemacht, im Haus Gauss jemanden anzutreffen. Und sie hatte Glück. Günther Brenner öffnete ihr die Haustür.

„Darf ich reinkommen?"

„Kommen Sie wieder mit einem Durchsuchungsbefehl?"

„Durchsuchungsbeschluss heißt das heute", korrigierte sie den jungen Mann und lächelte ihn an. „Nein, ich habe beim letzten Besuch nur etwas vergessen. Ich bin noch nicht allzu lange in der Abteilung." Auch wenn sie damit durchaus die Wahrheit sagte, spielte sie darüber hinaus etwas die Verlegene und Unbeholfene, so wie sie sich das in der Nacht für ihren Besuch überlegt hatte. Sie wollte Fuß beweisen, dass sie auch von sich aus etwas zur Klärung des Falls beitragen konnte und versprach sich von einem vorgegebenen privaten Besuch auf dem Weingut vielleicht etwas mehr über die Hintergründe der rätselhaften Vorgänge zu erfahren.

„Also was ist?", fragte sie. „Lassen Sie mich trotzdem rein. Mein Chef muss es ja nicht unbedingt erfahren."

Mit diesem Satz schien sie den Schlüssel für den Einlass gefunden zu haben. Günther Brenner machte einen Schritt zur Seite und sie konnte das Haus betreten.

„Also, nichts Offizielles?", erkundigte sich der junge Mann.

„Nein, niemand weiß etwas von meinem Besuch. Ich habe gestern nur einen Anpfiff bekommen, dass ich es versäumt habe, Fotos von der Familie zu erbitten."

„Wozu werden die benötigt?"

„Harmlose Sache", versicherte Liane Esser. „Wir prüfen ja noch immer, wer wann und wo an dem Geburtstagsabend hier im Haus war. Und da erleichtert ein Foto, die Leute zu identifizieren. Man braucht keine Gegenüberstellung."

„Verstehe!" Günther Brenner ging voraus, die Treppe hinauf in den ersten Stock. Dort öffnete er die Tür zum Arbeitszimmer von Bernd Gauss und ließ Liane den Vortritt.

„Zu trinken kann ich Ihnen leider nichts anbieten“, entschuldigte er sich und ließ sich in Bernds Sessel nieder. Dann öffnete er eine der Schubladen und stellte eine kleine Zigarrenkiste auf den Schreibtisch. Hier hat Bernd immer seine Fotos aufgehoben.“ Es dauerte kaum eine halbe Minute, da lag eine Reihe von Fotos vor Liane.

„Suchen Sie sich aus, was Sie brauchen“, meinte er. Sie traf rasch eine kleine Auswahl und achtete darauf, dass sie von jedem möglichst aktuelle Fotos erwischte, auf denen die Gesichter auch groß und deutlich zu sehen waren.

„Das reicht!“ Sie steckte die Fotos in ihre Jackentasche und meinte scherzhaft: „Und Sie bewachen heute das Haus?“

„Nein. Ich trete heute beruflich etwas kürzer und will zu Elfriede ins Krankenhaus. Sie tut uns allen ja so leid. Es wäre unerträglich gewesen, wenn sie den Selbstmordversuch nicht überlebt hätte. Aber zum Glück bin ich ja rechtzeitig hinzugekommen.“

„Lässt sich denn in Ihrem Beruf die Arbeitszeit so flexibel gestalten, bei mir wäre das gar nicht möglich?!“

„Ich bin Pharmareferent und mache Arztbesuche für Pfizer.“

Liane biss sich rasch auf die Lippen. Hatte man ihr nicht gesagt, dass er für Bayer-Schering tätig sei. Diese Frage hätte ihm verraten, dass sie sich bereits darüber informiert hatte. Offensichtlich hatte Brenner gewechselt und sie nahm sich vor, sofort zu überprüfen, ob Pfizer ein Präparat mit dem Wirkstoff Flunitrazepam herstellt.

„Sicherlich ein interessanter Beruf, bei dem man viel Fachwissen mitbringen muss.“

„Halb so schlimm. Man erhält ja von den Unternehmen hinreichend Schulungen zu den einzelnen Präparaten. Ich habe mein festes Gebiet. Und wenn man sich dann gute Kontakte aufgebaut hat, lässt sich die Arbeitszeit auch flexibel gestalten. Viele Ärzte sind ja heilfroh, wenn man sie nicht allzu lange aufhält, ein paar Muster dalässt und wieder verschwindet.“

Brenner schien seine Arbeit also nicht sehr ernstzunehmen. Vielleicht spekulierte er auch nach der Hochzeit mit Iris und jetzt dem Tod ihres Vaters, hier im Weingut einsteigen zu können, überlegte Liane und fragte prompt: „Und wie sieht es jetzt nach dem Tod von Bernd Gauss aus? Wäre da nicht eine Aufgabe für Sie?“

Brenner gab einen etwas spöttischen Ton von sich. „Das könnte schon sein. Aber da wären noch einige Hürden zu überwinden. Ich bin nicht aus der Branche und Sven ist der absolute Fachmann. Außerdem, wer weiß, was aus Iris und mir mal wird. Noch sind wir nicht verheiratet. Ich meine, Elfriede würde das ja gerne sehen, aber ..." Er schaute verlegen grinsend an Liane Esser vorbei.

„Aber?"

Günther Brenner machte eine merkwürdige Kopfbewegung, die Liane nicht verstand. „Wer weiß, was die Zukunft bringt."

„Aber ich dachte, Sie sind hier schon so gut wie zu Hause", hakte die Kriminalhauptmeisterin nach.

„Das sieht nur so aus", gestand Brenner. „Jetzt im Moment bin ich natürlich viel hier. Aber ich habe noch eine eigene kleine Wohnung, sozusagen mein erster Wohnsitz."

„Weit weg?"

„Nee, Maisborn, oben im Hunsrück."

„Und wie haben Sie Iris kennengelernt?", fragte Liane, plötzlich neugierig geworden.

„Durch eine Freundin auf einer Night Fever Party des SWR 1. Bäumchen, Bäumchen, wechsel dich, Sie verstehen. Da waren auch Elfriede und Bernd mit dabei." Er zwinkerte mit den Augen. „Elfriede hat da etwas nachgeholfen. Aber was soll's. Der Wechsel war sowieso überfällig."

„Und jetzt sind Sie wohl der Held in der Familie, nachdem Sie der Mutter das Leben gerettet haben?"

Günther Brenner schien dieser Gedanke nicht sehr zu gefallen. „Ich hoffe, es hält sich in Grenzen. Das verpflichtet zu sehr, wenn Sie verstehen, was ich meine."

Die Kriminalhauptmeisterin konnte das nur allzu gut verstehen, nachdem sie Günther Brenner durch dieses Gespräch etwas näher kennengelernt hatte.

Nach dem Gespräch machte sich Liane Esser auf den Weg ins Krankenhaus, um sich nach dem Zustand von Elfriede Gauss zu erkundigen. Der wachhabende Polizeibeamte vor der Tür meldete ihr, dass die Patientin bereits Besuch habe. Trotzdem öffnete sie leise die Tür und entdeckte einen großen, breitschultrigen Mann, der neben Elfriedes Bett saß.

Heinz-Friedrich Hoffmann stellte sich der Polizistin vor. „Es wäre nett, wenn Sie uns noch etwas alleine lassen könnten", meinte er und ließ deutlich erkennen, dass er der Polizistin auch gar keine andere Wahl lassen wollte.

Liane erkundigte sich nur kurz nach dem Befinden der Patientin und verließ dann wieder das Krankenzimmer.

„Wo waren wir stehen geblieben?", fragte Hoffmann und setzte sich wieder auf den Stuhl neben dem Krankenbett.

„Ich habe Ihnen gerade erzählt, dass ich während des Einschlafens geglaubt habe, jemand sei ins Zimmer gekommen. Aber sicher bin ich mir da nicht. Wer sollte es auch gewesen sein. Wir lassen tagsüber zwar immer die Haustür unverschlossen, aber es ist noch nie jemand hereingekommen, ohne zu läuten. Das gehört sich ja auch nicht."

„Angenommen, Sie haben sich nicht geirrt und es kam jemand, wer könnte es denn gewesen sein? Haben Sie jemand erwartet?"

„Nein, niemanden. Wer sollte mich auch besuchen kommen?" Elfriede wandte sich von Heinz-Friedrich ab, obwohl sie ihm bisher immer direkt in die Augen geblickt hatte. War dies wieder ein Anzeichen, dass sie etwas verschwieg, was sie belastete?

Heinz-Friedrich Hoffmann hatte als Notfallseelsorger schon mit vielen Menschen in den unterschiedlichsten Situationen Gespräche geführt und hatte gelernt, auch kleinste Reaktionen zu registrieren und zu interpretieren. Er wusste, hier lag ein verzweifelter Mensch, der sich eigentlich jemandem offenbaren wollte, aber immer noch nicht konnte. Nur was war es, was diese Frau belastete? War es die Ahnung, des Motivs, warum ihr Mann umgebracht worden war oder ahnte sie sogar, wer der Mörder war und wer versucht hatte, sie zu ermorden? Oder ahnte sie, warum sie ein starkes Schlafmittel genommen und danach versucht hatte, sich das Leben zu nehmen? Von Fuß wusste Heinz-Friedrich, dass ein Selbstmord unter Einfluss des Schlafmittels kaum möglich war, aber konnte man es in letzter Konsequenz ausschließen?

„Was fehlt Ihnen jetzt", fragte er leise. „Was brauchen Sie jetzt, um weiterzuleben?" Er versuchte wieder ihre Hand zu greifen, sie ließ es geschehen, drehte sich sogar wieder zu ihm hin. Der Notfallseelsorger sah, dass ihre Augen feucht waren.

„Sie können mir nicht helfen, niemand kann das. Ich muss das alleine durchstehen, glauben Sie mir."

Er sah, dass ihre Augen ihm allerdings etwas anderes sagten. Sie flehten förmlich um Hilfe. Es vergingen etliche Minuten des Schweigens. Plötzlich drückte Elfriede die Hand des Mannes ganz fest und flüsterte. „Gehen Sie jetzt, bitte. Sie haben mir sehr geholfen."

„Ich würde Ihnen gern noch mehr helfen", antwortete Heinz-Friedrich Hoffmann. Doch sie ließ sein Hand los und wandte sich ab.

Draußen auf dem Flur wartete zu seiner Überraschung Liane Esser auf ihn. Sie hatte sich mit dem jungen Polizeibeamten aus Boppard unterhalten, der sich sehr dafür interessierte, warum er die Patientin bewachen musste.

„Und, haben Sie etwas erfahren, was wir noch nicht wissen?", fragte sie sogleich.

Heinz-Friedrich Hoffmann wusste nicht, inwieweit er Liane Esser über seine Erkenntnisse informieren durfte, und antwortete ausweichend: „Neues auf den ersten Blick nicht. Aber ich werde mich mit dem Gespräch auseinandersetzen und dann darüber berichten. Im Moment kann ich noch nichts sagen."

Sie verließen zusammen das Krankenhaus und verabschiedeten sich auf dem Parkplatz.

„Richten Sie Fuß einen schönen Gruß von mir aus. Ich werde ihn ja heute Abend treffen. Bis dahin habe ich mir hoffentlich eine Meinung gebildet."

Fuß saß an seinem Schreibtisch und hatte einen ganzen Stapel von Akten vor sich. Alles Unterlagen, die die Kollegen bei der Hausdurchsuchung mitgenommen und ihm nach Sichtung zur Verfügung gestellt hatten.

„Verschlafen?", brummte er, als Liane Esser das Büro betrat.

„Ich war schon fleißig und habe in Boppard einen Besuch abgestattet."

Fuß blickte sie erstaunt über seinen Stapel hinweg an.

„War Zeit im Verzug oder warum ist das nicht mit mir abgesprochen worden?"

„Ich wollte Sie überraschen", gestand sie.

„Und … worin besteht diese?", kam es jetzt etwas freundlicher über den Schreibtisch.

„Ich habe zumindest erfahren, dass dieser Brenner nicht bei Bayer-Schering ist, sondern bei Pfizer und werde jetzt prüfen, ob er an ein Präparat kommen konnte, das dieses Flunitrazepam enthält. Vielleicht kommen wir damit etwas weiter. Außerdem, wussten Sie, dass der Mann eigentlich gar nicht bei Gauss wohnt, sondern in Maisborn eine eigene Wohnung hat?"

„Ich wusste nur, dass er nicht offiziell dort wohnt", gestand Fuß. „Wieso wissen Sie das jetzt alles?"

„Nun ich war auf dem Weingut und nur dieser Brenner war da und so sind wir ins Gespräch gekommen."

„Und wieso ist der nicht bei der Arbeit gewesen?"

„Er wollte Frau Gauss besuchen und hat deshalb geschwänzt, wie man zu sagen pflegt."

Fuß konnte sich ein Lachen nicht verkneifen. „Der kümmert sich ja fast mehr um Elfriede als ihre eigenen Kinder. Ein idealer Schwiegersohn! Schade, dass der vom Weinbau keine Ahnung hat."

„Sie können ihm ja etwas beibringen", reagierte Liane kess.

„Könnte ich! Aber warum sollte ich? Wenn das einer machen muss, dann ist das Sven, der hat das alles jetzt auch studiert. Außerdem habe ich mit meinen Weinbergen genug zu tun und brauche nicht auch noch die Belastung durch einen Lehrling. Aber stellen Sie mal fest, wo genau in Maisborn der junge Mann seine Wohnung hat, damit wir das auch in die Akten bekommen. Außerdem fehlt uns auch die Adresse von Sven Gauss, wenn er sich in Geisenheim aufhält." Er hielt inne. „Da fällt mir noch etwas ein. Im Testamentsentwurf, den wir gefunden haben, steht etwas von einem Bruder von Bernd, einem gewissen Martin …" Er schob ein paar Papiere beiseite und suchte nach einer Notiz. „… Martin Gauss in Trittenheim an der Mosel. Im richtigen Testament taucht der Name zwar nicht mehr auf. Trotzdem sollten wir wissen, was es mit ihm auf sich hat. Vielleicht hat der Bruder etwas mit der geplanten Änderung zu tun."

Liane Esser hatte sich den Namen notiert. „Ich habe Herrn Hoffmann getroffen."

„Wieso, waren Sie denn auch im Krankenhaus?"

„Ich dachte …"

„Sie sollten solche Dinge vorher mit mir absprechen", rügte sie Fuß. „Ich mag keine Alleingänge, es sei denn, ich mache sie. Was sagt er denn?"

„Er will es Ihnen offensichtlich nur persönlich sagen, so klang es zumindest."

„Dann wird er seine Gründe dafür haben. Haben Sie mit Elfriede Gauss gesprochen?"

„Nein, er hat mich höflich rausgeschickt."

Kommissar Fuß hatte sich wieder einmal einen kleinen Zettel als Gedächtnisstütze gemacht, auf dem er ein paar neue Fragen standen, die er jetzt überprüfen wollte. *Mit welchem Nachbarn hatte Elfriede Kaffee getrunken? Wer war dieser Martin Gauss? Was wusste der Notar in Simmern von einer geplanten Testamentsänderung?*

Die beiden ersten Fragen würde ihm wahrscheinlich am schnellsten Elfriede beantworten können. Außerdem hegte er die Hoffnung, dass ihm Heinz-Friedrich eine Anregung geben würde, wie die Frau dazu zu bewegen war, über ihren Schatten zu springen und über das zu sprechen, was sie offenbar belastete.

Marita und Heinz-Friedrich kamen an diesem Abend recht spät in die Straußwirtschaft, da sie wussten, dass es erst zu vorgerückter Stunde möglich sein würde, in Ruhe mit dem Hauptkommissar zu sprechen. So war es dann auch. Erst nachdem um zweiundzwanzig Uhr die Terrasse geräumt war und Fuß die Kühlschränke nachgefüllt hatte, konnte er sich zu den beiden an den kleinen Tisch mit den Eltzer-Stühlen im Hof setzen.

„Schade, dass ich ab morgen Mittag wieder Dienst habe", meinte Heinz-Friedrich Hoffmann. „Ich glaube, allmählich stimmt die Chemie zwischen uns und die Vertrauensbasis wächst. Ich möchte nicht ausschließen, dass Sie beim nächsten Besuch reden würde. Vielleicht habe ich euch jetzt den Weg etwas bereiten können."

„Wie sieht es denn insgesamt mit der Glaubwürdigkeit und dem seelischen Zustand von Elfriede Gauss aus?"

Heinz-Friedrich verzog das Gesicht. „Schwierig. Sehr schwierig. Sie ist eingesperrt in sich selbst."

„Das hat Jana, die Psychologin vom LKA, auch schon herausgefunden. Ihr scheint beide zu dem gleichen Ergebnis gekommen zu sein", stöhnte Fuß. „Was soll ich machen?"

„Es gibt nur eines", meinte Heinz-Friedrich, „du musst sie immer und immer wieder mit der Realität konfrontieren, sachlich und ohne Vorwürfe oder irgendwelchen Zwang. Es braucht Zeit, das will ich dir nicht verschweigen."

„Ich habe einen Fall aufzuklären. Irgendwo läuft ein Mörder oder eine Mörderin herum!"

„Hast du denn gar keine Anhaltspunkte, was geschehen sein könnte?"

Fuß schüttelte genervt den Kopf. „Es wird mir nichts anderes übrig bleiben, als die gesamte Akte noch einmal durchzugehen und jedes noch so kleinste Detail zu durchleuchten."

„Was ist denn mit diesem merkwürdigen Anruf auf deinem Band?"

„Das ist eins der vielen Dinge, für die es noch keine beweisbare Erklärung gibt. Ich bin mir ebenso sicher, dass es Bernds Stimme ist, wie ich sicher bin, dass er keinen Selbstmord begangen hat. Rätsel, Rätsel, Rätsel. Und nirgends Lösungen in Sicht.“ Fuß stand auf und holte aus der Kühltheke eine unetikettierte Flasche seines neuen Weines. „So, jetzt probiert ihr mal den neuen Jahrgang und dann ist Schluss für heute.“

Die ganze Nacht wälzte sich der Hauptkommissar von einer Seite auf die andere. Kaum, dass er länger als eine Viertelstunde an einem Stück geschlafen hatte, stand er kurz nach sechs Uhr auf und zog sich an. Er wollte in den Weinberg gehen, um in der kühlen Morgenluft einen klaren Kopf zu bekommen. Vielleicht half es ja.

Mitten im Steilhang des Alkener Burgbergs blieb er stehen und schaute auf das leicht diesige Moseltal hinab. Etwas vorgebeugt hielt er sich an einem Rebstock fest und versuchte sich noch einmal auf all die Dinge zu konzentrieren, die ihm während der Nacht durch den Kopf gegangen waren. Er hatte sich entschlossen, als Erstes nach Simmern zu dem Notar zu fahren und dann noch einmal Elfriede Gauss aufzusuchen. Seiner Assistentin würde er eine Aufgabe außerhalb des Büros übertragen, damit er ungestört und in aller Ruhe die Akte durchgehen konnte.

Als er wieder zu Hause ankam, hatte Erika bereits Kaffee gekocht und das Frühstück zubereitet. Sie wusste, dass es in dieser Phase wenig Zweck hatte, ihren Mann zu einer Unterhaltung zu zwingen. Das würde seine ohnehin schlechte Laune nur verschlimmern.

Wortlos packte er nach einem kurzen Frühstück seine Aktentasche und verließ grußlos das Haus.

Da der Notar noch nicht in seinem Büro war, musste er fast eine halbe Stunde warten. Fuß nutzte die Zeit, schon einmal in seinem kleinen Notizblock nachzulesen, was er sich bei den Befragungen und Vernehmungen notiert hatte. Doch wie er sehr bald feststellen musste, brachte auch dieses Nachlesen keine besonderen neuen Erkenntnisse oder Anregungen für weitere Ermittlungen. Deshalb war er froh, als er endlich eine kräftige männliche Stimme hörte, die Verwunderung darüber äußerste, schon einen Besucher zu haben.

Kurze Zeit später begleitete die junge Bürokraft Fuß in das Zimmer des Notars, der ihm mit erwartungsvollem Blick entgegentrat.

„Ich bin etwas überrascht Sie zu sehen“, begrüßte ihn der schlanke Mann in einem gepflegten dunklen Anzug mit einem weißen Haarkranz. „Ich dachte, mit der Beschlagnahme des Testaments ... übrigens ein sehr ungewöhnlicher Vorgang ... sei alles erledigt."

„Nicht ganz. Sie haben sich dahingehend geäußert, etwas von einer geplanten Testamentsänderung zu wissen. Das interessiert uns natürlich ganz besonders."

„Das stimmt. Es hat mich auch etwas verwundert. Denn zum einen wurde das Testament in seiner derzeitigen Fassung ja in Zusammenarbeit mit einem Rechtsanwalt angefertigt und von mir eigentlich nur beglaubigt und zum anderen ist es ja ein gemeinsames Testament, das nicht ohne Zustimmung des Ehepartners geändert werden kann. Das habe ich meinem Mandanten auch gleich gesagt."

„Und wie hat er darauf reagiert?"

„Das war meines Erachtens auch der Grund, warum Herr Gauss zu mir kam. Er hat ziemlich deutlich erkennen lassen, dass er wissen wollte, wie er diese Tatsache umgehen könnte. Also, auf einen Nenner gebracht, er hätte gerne das Testament geändert, ohne dass seine Frau etwas davon erfahren hätte."

„Und wie sehen da die Chancen aus?"

„Nun, das OLG in München hat erst kürzlich festgestellt, und davon hatte der Mandant offenbar erfahren, dass ein erbvertraglicher Vorbehalt, der es dem Erblasser ermöglichen soll, in einem bestimmten Rahmen über die Vergabe seines Nachlasses einseitig und anders, als im Erbvertrag vorgesehen, zu verfügen, grundsätzlich zulässig ist. Die Richter stellten allerdings klar, dass der Vorbehalt nicht so weit gehen darf, dass damit der Erbvertrag seines eigentlichen Wesens entkleidet wird. Nicht zu beanstanden sei es aber, wenn der erbvertragliche Vorbehalt einer Abänderung der Schlusserbeneinsetzung durch den überlebenden Ehegatten nicht nur an bestimmte Voraussetzungen geknüpft werde. Beschränke er die Verfügungsmöglichkeit des Überlebenden auch insofern, als dieser nur zugunsten der gemeinschaftlichen Abkömmlinge, nicht aber zugunsten Dritter oder eines etwaigen zweiten Ehegatten verfügen dürfe und der Erbvertrag darüber hinaus mit der gegenseitigen Alleinerbeneinsetzung der Ehegatten eine weitere, keinem Vorbehalt unterliegende vertragsmäßige Verfügung enthalte, so sei er wirksam."

Fuß schüttelte sich bei so viel Juristendeutsch. „Können Sie das auch etwas einfacher ausdrücken?"

„Nun, die gleiche Frage hat Herr Gauss gestellt. Ich habe es ihm erklärt und er wollte daraufhin die Sache entsprechend überdenken und mit seinem Anwalt abstimmen.“ Der Notar zog aus einer vor ihm liegenden Mappe eine Fotokopie und reichte sie dem Hauptkommissar. „Diesen von mir verfassten Kommentar habe ich auch Herrn Gauss gegeben. Vielleicht hilft er Ihnen auch weiter.“

„Darf ich Sie anrufen, wenn ich trotzdem noch Fragen habe?“

Der Notar schien froh zu sein, seinen unerwarteten Besucher schnell wieder loszuwerden. Er stand auf und streckte Fuß die Hand entgegen. „Jederzeit, selbstverständlich!“

Auch im Bopparder Krankenhaus musste Fuß eine Weile warten, bevor er Elfriede Gauss’ Zimmer betreten konnte, denn die morgendliche Visite befand sich gerade bei ihr.

Als Doktor Lüders den Raum verließ und den Hauptkommissar erblickte, trennte er sich von der Gruppe von Ärzten und Pflegepersonal und begrüßte den Hauptkommissar.

„Vom rein medizinischen Standpunkt aus, können wir Frau Gauss Ende der Woche entlassen. Psychologisch habe ich allerdings einige Bedenken. Üblicherweise überstellen wir ja Suizidversuche anschließend automatisch zunächst einmal der Psychiatrie. Nur, wenn Sie mir versichern würden, dass es kein Suizid, sondern ein Mordversuch war, sieht die Sache natürlich anders aus.“

„Wir arbeiten noch dran. Deshalb bin ich wieder bei Ihnen.“

„Gut, dann halten Sie uns auf dem Laufenden. Ihr Beamter bleibt sicherlich auch weiterhin hier?“

„Solange wir nichts Genaueres wissen, ja!“

Doktor Lüders schaute den Hauptkommissar mitleidig an. „Ich möchte nicht in Ihrer Haut stecken“, sagte er leise und eilte der Visitengruppe hinterher.

Fuß nickte dem Uniformierten zu, der ihn bereits erkannt hatte, klopfte an die Tür und trat in das Krankenzimmer.

Zum ersten Mal lächelte ihm Elfriede entgegen. Vielleicht ein Zeichen, dass es ihr nicht nur besser ging, sondern sie auch über vieles nachgedacht hatte.

„Du hast mir diesen Mann geschickt, dafür möchte ich dir danken. Wir haben uns gut unterhalten. Er ist wirklich sehr nett und hilfsbereit.“

„Bist du auch zu einem Entschluss gekommen?“

Schlagartig wich das Lächeln aus ihrem Gesicht. „Was für einen Entschluss?“

Fuß merkte sofort, dass er zu forsch vorgegangen war. „Ach, lassen wir das“, meinte er. „Ich wollte eigentlich nur von dir wissen, mit wem du Kaffee getrunken hast. Du erwähntest einen Nachbarn …?“

„Nachbarn …“, wiederholte Elfriede und versuchte sich zu erinnern, wen sie wohl damit gemeint hatte. Doch dann erhellte sich ihr Gesicht recht schnell. „Ja, sicherlich, Herr Mohr. Der war auch auf Bernds Geburtstagsfeier. Karl Mohr, unser Nachbar. Er ist schon sehr alt und etwas … naja, manche sagen, er hat Alzheimer. Aber ab und zu ist er gut drauf.“

„Und an jenem Tag, als er dich besucht hat, war er da gut drauf?“

„Wie man's nimmt. Sagen wir mal, es gibt schlechtere Tage bei ihm.“

„Gab es einen besonderen Anlass, warum er dich besuchte?“

„Karl braucht keinen Anlass. Er kommt immer wieder mal, trinkt einen Schoppen oder auch zwei und geht dann wieder. Aber an dem Tag hatte ich mir ja gerade einen Kaffee gekocht und da hat er Kaffee getrunken und auch ein Stück Kuchen gegessen.“

„Ist er so verwirrt, dass er dir vielleicht etwas in den Kaffee geschüttet haben könnte? Ich meine, dass du ein Schlafmittel im Körper hattest, ist einwandfrei bewiesen.“

Wieder wurde Elfriede blass und eine deutlich spürbare Unsicherheit befiehl sie. „Bewiesen …? Aber warum sollte mir Karl etwas in den Kaffee geschüttet haben. Nein, das halte ich für ausgeschlossen. Dazu ist er doch gar nicht fähig.“

„Aber jemand hat dir die Tropfen verabreicht. Wer und wann wohl, wenn du es nicht selbst warst? Und das möchte ich fast ausschließen.“

Fuß sah, dass sich Elfriede wieder einmal in die Enge getrieben fühlte. Sie verflocht ihre Finger ineinander und wandte sich wieder von Fuß ab. Was verbarg sich hinter der Mauer des Schweigens? Heinz-Friedrich Hoffmann hatte vorgeschlagen, mit Fakten dieses Schweigen zu brechen. Aber bisher hatten sie keine solchen Fakten entdeckt, die Elfriede veranlassen konnten zu reden. Fuß startete erneut einen Versuch.

„Bernd hatte einen Bruder. Das wusste ich gar nicht.“

„Ach, Martin. Er ist seit Jahren verschwunden.“

„Verschwunden?“

„Ja. Er ist auch nur ein Halbbruder von Bernd, aus der ersten Ehe meines Schwiegervaters und war immer das schwarze Schaf in der Familie. Damit geht man nicht hausieren. Ich selbst habe ihn nur ein- oder zweimal gesehen.“ Elfriede drehte sich wieder zu Fuß hin. „Er war ein komischer Mensch. Mein Schwiegervater hat ihn irgendwann einmal ausbezahlt. Martin hat das Geld mit beiden Händen ausgegeben. Und eines Tages …"

„Was geschah dann?"

„Eines Tages war er weg. Keiner weiß bis heute, wo er ist und ob er überhaupt noch lebt. Einige haben behauptet, er sei schwer krank gewesen, andere meinten, er sei nach Brasilien ausgewandert. Es gab die wüstesten Gerüchte. Wir haben versucht, das alles von uns fern zu halten. Was sollten denn die Leute von uns denken? Erst viel später habe ich erfahren, dass Bernd ihn bis zu seinem Verschwinden heimlich finanziell unterstützt hat. Aber so war Bernd nun mal."

Fuß kam plötzlich eine Idee. „Könnte es sein, dass Martin in den letzten Wochen wieder aufgetaucht ist?"

„Das hätte Bernd mir gesagt, nein. Da bin ich mir ganz sicher."

„Warum wollte Bernd das Testament ändern?"

Wieder konnte Fuß deutlich sehen, wie die Frage Elfriede in Panik versetzte, obwohl sie bisher immer behauptet hatte, nichts davon zu wissen. Sie zog rasch die Bettdecke höher und verdeckte damit ihr halbes Gesicht. Hatte er vielleicht mit seiner in diesem Zusammenhang unerwarteten Frage ins Schwarze getroffen?

„Was weißt du von der Testamentsänderung, die Bernd plante. Er war bereits beim Notar gewesen!" Fuß nahm in diesem Moment keine Rücksicht auf die Patientin. Seine Stimme war laut und barsch sein Ton.

„Das stimmt doch alles nicht", kam es unter der Bettdecke hervor.

„Doch, Elfriede. Ich komme gerade aus Simmern vom Notar. Es gibt keinen Zweifel, Bernd wollte das Testament ändern. Und dafür muss es einen wichtigen Grund gegeben haben und hier liegt vermutlich auch das Motiv zu seiner Ermordung!"

Jetzt hatte er es ausgesprochen, überdeutlich. Vorsichtig zog er die Bettdecke etwas zurück, um Elfriedes Gesicht zu sehen. Er konnte deutlich erkennen, wie sie die Lippen zusammenpresste und sehen, wie ihre Augen zunehmend feucht wurden.

„Befrei dich doch endlich und rede!", bat Fuß, jetzt wieder mit gemäßigter, aber trotzdem eindringlicher Stimme.

„Es gibt nichts zu reden", zischte sie zwischen den gepressten Lippen durch und zerrte wieder hastig an der Decke, um Fuß nicht anblicken zu müssen.

In diesem Moment wurde die Tür geöffnet. Eine Schwester betrat das Zimmer.

„Sie haben geläutet?!“

Fuß hatte nicht bemerkt, dass Elfriede mit einer Hand nach der Klingel gegriffen und unter der Decke den kleinen roten Knopf gedrückt hatte.

„Bitte, ich brauche etwas Ruhe. Können Sie veranlassen, dass ich alleine bin?“

Die Schwester schaute Fuß wortlos an. Der nickte, stand auf, warf einen letzten Blick zu Elfriede hin und verließ das Zimmer.

„Ich würde morgen gern auch mal Außendienst machen?“, empfing ihn Liane Esser. Sie deutete auf die Fotos, die sie aus Boppard mitgebracht hatte. „Wir haben da zwei Zeugen, die beobachtet haben wollen, dass sich Herr Gauss mit einem jungen Mann gestritten hat. Es wäre doch wichtig zu wissen, wer dieser Mann war.“

„Diesen Ausflug können Sie auch gleich machen“, antwortete Fuß. „Es gibt nämlich Neuigkeiten, über die ich gern in Ruhe nachdenken würde.“

Er berichtete seiner Kollegin, was er über Martin Gauss von Elfriede erfahren hatte. „Vielleicht ist der ja tatsächlich wieder aufgetaucht …“

„Das würde vieles erklären“, fiel ihm Liane sofort begeistert ins Wort, konnte aber im gleichen Moment sehen, dass Fuß nicht viel von solch spontaner Euphorie hielt.

„Das ist nur eine Vermutung. Bevor wir es nicht definitiv wissen, müssen wir uns an die bisher bekannten Fakten halten“, brummte er. „Dazu gehört es, tatsächlich zu wissen, mit wem sich Bernd am Abend gestritten hat. Außerdem soll angeblich ein Nachbar, namens Karl Mohr, am Nachmittag zusammen mit Elfriede Gauss Kaffee getrunken haben, bevor sie aufgrund des Schlafmittels eingeschlummert ist. Also machen Sie sich mal auf den Weg und befragen Sie den guten Mann auch einmal, was er weiß. So etwas hilft uns weiter.“

Das war überdeutlich. Liane packte die Bilder in ihre Umhängetasche und verließ das Büro.

Fuß zog sein Flipchart näher ans Fenster und begann ein Raster aufzumalen. In die linke senkrechte Spalte notierte er die bisher ungelösten Probleme in Stichworten: *Anrufbeantworter, Blausäure, Schlüssel, Testament, Ortskenntnisse, Mord B.* und schließlich *Suizid E.*. In die obere, waagerechte Spalte notierte er die Namen: *Bernd, Elfriede, Sven, Iris, Günther, Alfi* und *Martin.* Dann begann er in den sich kreuzenden Spalten rote Kreise zu malen, sofern die Person mit dem jeweiligen

Stichwort in Verbindung gebracht werden konnte. Bei Bernd erhielten alle Kästchen einen Kreis, mit Ausnahme von *Suizid*. Bei Elfriede blieb nur das erste Kästchen *Anrufbeantworter* leer. Bei den restlichen Namen verfuhr er gleichermaßen, nur im Kästchen *Testament* setzte er ein Fragezeichen. Es gab bisher keinen Hinweis, dass jemand außer Elfriede etwas von der Testamentsänderung wusste. Für einen Moment zögerte er, dann setzte er bei *Martin* in das erste Kästchen auch ein Fragezeichen. Vielleicht hatten Bernd und sein Halbbruder ja tatsächlich verwechselbare Stimmen.

Über eine Stunde saß Fuß vor seiner Grafik und zermarterte sich das Gehirn. Auf alle Probleme gab es in irgendeiner Form eine mögliche Antwort, bis auf den Anruf von Bernd. Der passte in kein Raster hinein. Mit dem plötzlichen Bekanntwerden eines Halbbruders ergab sich hier zwar die Möglichkeit einer Stimmengleichheit. Aber die Wahrscheinlichkeit schien sehr gering und es war ja nicht einmal bewiesen, dass dieser Martin wieder aufgetaucht war. Wenn diese unwahrscheinliche Konstellation aber zutraf, dann konnte der Anruf nicht von Bernds Telefon aus geführt worden sein, schoss es ihm plötzlich durch den Kopf. Sofort griff er nach dem Telefonhörer und rief seine Kollegen von der KTU an. Die Telekom musste doch seit geraumer Zeit Verbindungen länger als bisher speichern. Vielleicht hatte er ja Glück und kam so hinter das Geheimnis.

Man versprach sich zu beeilen, allerdings müsse er mit einem Tag rechnen, bis ein Ergebnis vorliegen würde. Fuß schnaubte ungeduldig und legte auf.

Liane Esser war zuerst nach Neuerkirch gefahren, stellte aber fest, dass es sich um die Privatadresse der Familie Brosowski handelte. Eine Nachbarin erklärte ihr den Weg zu der Firma *activeline* in Simmern, die dem Ehepaar gehörte und wo sie sich in der Regel tagsüber aufhielten. Die Kriminalhauptmeisterin war überrascht, dass es sich hierbei nicht, wie die Firmenbezeichnung vermuten ließ, um ein Fitness-Center handelte, sondern um ein Unternehmen, dass Autositzbezüge herstellte. Evelyn Brosowski, die Geschäftsführerin, war an diesem Tag wegen verschiedener Termine ebenso im Stress wie ihr Mann, der sich gerade auf eine Auslandsreise vorbereitete.

„Ich möchte Sie auch nicht lange aufhalten", versicherte Liane Esser sofort. „Aber Sie haben unseren Kollegen gegenüber ausgesagt, auf der Geburtstagsfeier von Bernd Gauss eine Auseinandersetzung zwischen ihm und einem jungen Mann beobachtet zu haben. Ich habe Ihnen ein paar Fotos mitgebracht und bitte Sie, mir den jungen Mann zu zeigen."

Das Ehepaar musste nicht lange diskutieren. Beide waren sich einig, dass es sich bei dem jungen Mann um Günther Brenner handelte.

„Irrtum ausgeschlossen?"

Beide nickten. So konnte sie bereits nach kaum fünf Minuten das Firmengelände wieder verlassen. Ihr nächstes Ziel war Trechtingshausen. Hier musste sie allerdings fast eine halbe Stunde warten, denn Frau Fischer, die dort eine kleine Weinhandlung betrieb, war gerade dabei eine Lieferung an den neu gegründeten Festausschuss der Gemeinde für seine nächste Sitzung zu liefern. Als sie zurückkam war auch dieser Besuch nur eine Frage von Minuten. Zwar glaubte Frau Fischer zunächst Sven als den jungen Mann erkannt zu haben, mit dem Bernd Gauss gestritten hatte. Als die Polizistin ihr das Foto von Günther Brenner vorlegte, änderte sie sofort ihre Meinung und erkannte in ihm den jungen Mann. Auch sie bestätigte Liane anschließend, ihn zweifelsfrei erkannt zu haben.

Auf der Rückfahrt steuerte sie das kleine Haus von Karl Mohr an, das sich gleich neben dem Gauss'schen Weingut befand. Dieser Besuch nahm allerdings viel Zeit in Anspruch und erwies sich als äußerst schwierig.

Zunächst begriff der über Achtzigjährige nicht, warum die Polizei ihn aufsuchte. Auch dauerte es eine Weile, bis er sich erinnern konnte, dass sein Nachbar gestorben war. Allerdings schien ihn der Hinweis auf seine Ermordung zu überraschen. Dies schien ihm zunächst neu, kurze Zeit später konnte er sich aber an die vielen Polizeifahrzeuge erinnern.

„Wann waren Sie das letzte Mal drüben bei Familie Gauss?", wollte Liane Esser schließlich wissen.

Mohr überlegte kurz, dann strahlte er über das ganze Gesicht und meinte. „Demnächst bin ich auf den Geburtstag von Bernd eingeladen. Dann sehe ich ihn wieder."

„Aber der Geburtstag ist doch schon längst gewesen", verzweifelte die junge Polizistin. „Wann waren Sie danach noch einmal bei Frau Gauss?"

„Ich gehe nie zu Frau Gauss", antwortete Karl Mohr aus voller Überzeugung. „Ich besuche immer nur Bernd, weil wir dann einen Schoppen trinken."

„Aber Frau Gauss hat uns gesagt, Sie hätten vor ein paar Tagen mit ihr Kaffee getrunken und ein Stück Kuchen gegessen."

„Ich esse nie Kuchen und trinke auch keinen Kaffee“, erklärte der alte Mann. Er stand auf und holte eine Schuhschachtel, aus der er einige Medikamente kramte und vor der Kripobeamtin hinstellte. Es war eindeutig. Der Mann nahm Tabletten gegen Diabetes und Bluthochdruck. Rasch stülpte Liane geistesgegenwärtig den ganzen Schuhkarton zum Entsetzen des Mannes um. Aber es befand sich kein *Rohypnol* unter den Medikamenten. Frau Esser räumte alle Röhrchen, Fläschchen und Blister wieder ordnungsgemäß in den Karton und verabschiedete sich schnell.

„Dann werden wir diesen Günther Brenner einmal vorladen“, entschied Hauptkommissar Fuß, nachdem ihm Liane Esser mitgeteilt hatte, dass alle drei Zeugen den jungen Mann eindeutig identifiziert hatten.

„Wir könnten ja auch nach Boppard fahren …“

„Jetzt ist Schluss mit privat!“, fiel ihr Fuß sofort ins Wort. „Ab sofort geht alles nur noch den offiziellen Dienstweg und der heißt: Vorladung, Vernehmung, Protokoll. Ich bin sicher, dass Elfriede Gauss mit der Verwirrtheit des alten Mannes kalkuliert und schließe nicht aus, dass sie mit einem ganz anderen Besucher Kaffee getrunken hat.“

Liane Esser betrachtete ihren Kollegen nachdenklich. So hatte sie ihn bisher noch nie erlebt, er war plötzlich wie verwandelt. Das sonst stets freundliche Gesicht hatte harte Züge bekommen, seine Stimme wirkte gereizt. Gerüchteweise hatte Liane bereits von Kollegen erfahren, dass der Hauptkommissar auch ganz anders sein konnte, wenn er sich belogen und betrogen fühlte. Und dieser Zeitpunkt schien jetzt gekommen zu sein. Sie nahm sich deshalb vor, auch etwas überlegter mit ihren Äußerungen zu sein.

„Haben wir seine Telefonnummer in Maisborn?“

Liane blätterte in ihren Unterlagen. „Ja!“

„Dann rufen Sie ihn an. Der wird sicherlich einen AB haben und in Boppard rufen Sie ebenfalls an. Er soll morgen Früh pünktlich um zehn Uhr hier im Präsidium sein. Bisher ist er mit seiner Arbeitszeit auch sehr großzügig umgegangen.“

Liane setzte sich sofort ans Telefon und führte die Anweisung aus.

Erika war an diesem Abend wieder voll in ihrem Element. Nachdem es in den Abendstunden zu regnen begonnen hatte und die Terrasse deshalb nicht geöffnet war, hatte sie genügend Zeit, von Tisch zu Tisch zu gehen und ihren neusten Witz loszuwerden.

„Diesmal kein Versauter!", kündigte sie ihn an. „Schreibt ein Bankdirektor einen Brief an einen anderen Bankdirektor. Kommt die Sekretärin mit dem Brief in der Unterschriftsmappe in sein Büro und fragt: ‚Sind Sie sicher, dass Sie bei diesem Gangster mit Hochachtungsvoll unterschreiben wollen'. Überlegt der Bankdirektor ganz kurz und meint: ‚Da haben Sie recht. Schreiben Sie: Mit kollegialem Gruß!'" An jedem Tisch brach daraufhin lautes Gelächter aus und das Thema der Unterhaltung wechselte sofort hin zu Bankenskandalen und Firmenpleiten.

Fuß und Renate teilten sich den Service der beiden Gasträume und des überdachten Hofes. Zwischendurch hielt auch der Hauptkommissar da und dort ein kleines Schwätzchen, wohl darauf bedacht, das Thema Gauss zu meiden, auf das er verständlicherweise ständig angesprochen wurde. Sein einziger Kommentar war immer nur: „Da sind wir noch Weltmeister im Blackboxschwimmen." Damit wusste jeder, was er meinte und das Thema war erledigt.

Fuß war gerade dabei, den Tisch mit Familie Martini, Heidi Hinzert und Familie Schreiber abzurechnen, als Renate ihn ganz aufgeregt ans Telefon rief. Als Fuß abwinkte: „Komme gleich!", packte sie ihn am Arm und flüsterte vor Erregung so laut, dass es jeder hören konnte: „Da ist geschossen worden."

Sofort drehte sich Fuß um und eilte in die Küche. Am anderen Ende meldete sich völlig aufgelöst heulend Iris Gauss.

„Man hat auf Günther geschossen, bitte, bitte kommen Sie!"

„Ist er verletzt?"

„Nein, aber … mein Gott, nimmt das denn kein Ende. Zwei Mal wurde geschossen."

„Habt ihr die Polizei schon verständigt?"

„Ja, aber die sind noch nicht da."

„Ich komme!", rasch hängte Fuß ein und drückte Renate seinen Rechnungsblock in die Hand. „Mach weiter und sag der Alten, ich bin wieder weg."

Von unterwegs aus rief Fuß mit seinem Handy seinen Kollegen Schäfer an, der bereits im Bett lag.

„Steig in die Hose, mein Freund. Den Weg nach Boppard kennst du ja noch. Diesmal ist es nicht Gift, sondern blaue Bohnen."

Schäfer war sofort hellwach und sagte zu, auf der Stelle loszufahren.

Der nächste Anruf galt Liane Esser, die sich mit ihrem Freund im *Deinhards Restaurant* in Koblenz aufhielt.

„Ich lasse mich von ihm fahren, das wird wohl am schnellsten gehen“, versicherte sie.

Die Bopparder Kollegen hatten den Tatort bereits weiträumig abgesperrt und einen Teil des Grundstücks in gleißendes Licht gelegt. Es war deshalb nicht verwunderlich, dass bereits viele Neugierige angezogen worden waren.

„Wie viel Mann seid ihr?“, fragte Fuß den Uniformierten, der ihm unter dem Absperrband durchhalf.

„Fünf. Aber wir haben noch eine weitere Besatzung angefordert. Die müssen jeden Moment eintreffen.“

„Dann sollen die schon mal beginnen die Leute zu befragen, wer was gehört oder gesehen hat.“

Fuß eilte auf die Haustür zu, die weit offen stand. Drinnen war in fast allen Räumen im Parterre Festbeleuchtung. Günther Brenner saß mit einer Flasche Bier in der Hand im Wohnzimmer auf dem Sofa. Iris Gauss hatte beide Arme um ihn gelegt, als wolle sie ihn schützen, und weinte vor sich hin. Als sie Fuß erblickte schrie sie hysterisch auf: „Man will uns alle ausrotten!“

Fuß sah sofort, dass er mit der Vernehmung noch warten musste und machte sich auf die Suche nach Sven. Er fand ihn in der Probierstube zusammen mit einem Beamten. Auch er hatte ein Getränk vor sich stehen, allerdings ein Glas Wein. Der junge Mann zitterte deutlich. Er blickte auf.

„Ich habe gehört, was Iris gesagt hat. Langsam glaube ich es auch.“

„Aber es wurde doch auf Herrn Brenner geschossen. Er ist kein Familienmitglied.“

„Vielleicht galten die Schüsse mir, wer will das wissen?“

„Was wissen Sie von dem Vorfall?“ Fuß setzte sich neben Sven und zog seinen Notizblock hervor.

„Nicht allzu viel“, gestand er. „Ich war in meinem Zimmer und arbeitete an einem Referat. Ich hörte, wie Günther sich von Iris auf dem Flur verabschiedete. Dann war alles still. Plötzlich fielen zwei Schüsse, fast unmittelbar aufeinander. Ich bin zum Fenster gerannt, konnte aber nichts sehen, da Günther kein Licht angemacht hatte. Dann bin ich sofort rausgerannt, habe an Iris' Tür geklopft, die offenbar nichts gehört hatte und gerufen, es seien Schüsse gefallen, aber sie solle unbedingt im Haus bleiben. Auch ich habe kein Licht angemacht, um nicht als Zielscheibe durch die Gegend zu laufen. Als ich die Haustür öffnete, sah ich die Umrisse einer Gestalt unweit des Eingangs hinter einem Busch. Ich rief von der Tür aus leise nach Günther. Er war es, der sich hinter dem Busch versteckt hatte. Er rief leise zurück, er sei unverletzt, ich solle kurz die Tür weit öffnen, damit er ins Innere flüchten könne. Das tat ich dann auch. Er war völlig atemlos, hat sich im Haus auf den Boden gelegt, während ich die Polizei verständigt habe."

„Und dann?"

„Als ich zurückkam, war Iris bei Günther. Sie hat vorgeschlagen, Sie anzurufen. Das hat sie dann auch getan und ist dann mit Günther ins Wohnzimmer gegangen. Das Licht haben wir erst angemacht, als der erste Streifenwagen eintraf. Vorher haben wir uns nicht getraut."

„Weshalb glauben Sie, dass die Schüsse Ihnen galten?"

Sven hatte bereits die letzten Minuten darüber nachgedacht und mit dem Streifenbeamten diskutiert. „Auf Günther zu schießen ergibt doch gar keinen Sinn. Hier geht es doch eindeutig um die Familie Gauss. Erst Papa, dann Mama und jetzt sind offensichtlich wir dran. Am Abend vor Papas Geburtstag wurde Iris ja mit einer leichten Vergiftung ins Krankenhaus eingeliefert. Wer sagt uns, ob das nicht schon ein fehlgeschlagener Anschlag war?"

Fuß fiel wieder ein, dass Iris davon berichtet hatte, als sie den Samstag rekonstruiert hatten. „Was war eigentlich genau passiert?"

„Iris war abends plötzlich auf der Treppe zusammengebrochen. Ich war zwar nicht da. Aber ich weiß, man hat sie mit dem Notarzt ins Krankenhaus gebracht. Allerdings konnte sie es bereits am nächsten Vormittag wieder verlassen. Die Ärzte sagten, es sei vermutlich eine leichte Lebensmittelvergiftung gewesen. Das war schon sehr merkwürdig, denn sie hatte nur von dem gegessen, von dem alle anderen auch gegessen hatten. Und keiner hatte irgendwelche Probleme."

Fuß empfand diesen Vorfall im Rahmen des späteren Geschehens nun als beachtenswert. Er würde sich im Krankenhaus einmal die Akte vorlegen lassen.

„Chef?", ertönte Liane Essers Stimme vom Flur her. Er stand auf und verließ die Probierstube, um mit Frau Esser die nächsten Schritte zu besprechen. Dabei roch er sofort eine leichte Alkoholfahne bei ihr.

„Sind Sie okay? Oder haben Sie reichlich …?" Er machte eine kurze Trinkbewegung.

Liane Esser lachte. „Ich bin völlig klar. Horst, mein Freund, hatte nur gerade kurz bevor Sie anriefen einen Cognac bestellt. Davor hatte ich nur ein Glas Wein und viel Mineralwasser."

„Dann sehen Sie mal, was Sie von Iris Gauss erfahren. Sie soll am Vortag des Geburtstages ihres Vaters eine leichte Lebensmittelvergiftung gehabt haben. Klären Sie das auch, bitte. Ich spreche mit Herrn Brenner."

Gemeinsam gingen sie ins Wohnzimmer. Vorsichtig löste Fuß die Umarmung von Iris. „Lassen Sie uns bitte mal alleine. Frau Esser wird Sie begleiten und auch ein paar Fragen stellen."

Bereitwillig folgte die junge Frau der Kripobeamtin. Fuß nahm gegenüber von Günther Brenner Platz, der eigentlich einen sehr gefassten Eindruck machte.

„Nun erzählen Sie mal, was passiert ist", forderte Fuß sein Gegenüber auf.

Brenner nahm einen ordentlichen Schluck aus der Bierflasche, stellte sie auf den Tisch und stützte sich dann mit den Ellenbogen auf der Tischplatte ab.

„Da gibt es eigentlich nicht viel zu erzählen. Iris und ich haben ferngesehen. Nachdem der Film zu Ende war, bin ich gegangen. Kurz nachdem ich das Haus verlassen habe, knallte es gleich zwei Mal. Ich habe mich sofort auf den Boden geworfen und bin zu dem kleinen Beet an der Hauswand und dort hinter ein Gebüsch gerobbt."

Tatsächlich zeigten seine Hose und seine Jacke deutliche Spuren und auch am Ballen der linken Hand erblickte Fuß kleine Verletzungen, die von diesem Robben stammen mussten.

„Haben Sie irgendjemanden gesehen?"

„Ich mache nie Licht an, wenn ich gehe. Deshalb lag der Hof auch völlig im Dunkeln. Aber beim zweiten Schuss bilde ich mir ein, ein Mündungsfeuer gesehen zu haben. Der Schütze muss gleich am oder neben dem Tor gestanden haben."

„Haben Sie danach etwas gehört?"

„Ja, jemand ist weggelaufen. Und dann hörte ich auch schon Sven, der leise nach mir rief."

„Sie sind dann rasch ins Haus geflüchtet, aber warum, wenn Sie doch bereits gehört hatten, dass der Schütze offenbar weggelaufen war."

Diese Frage hatte sich Brenner offenbar bisher noch nicht gestellt. Er zuckte hilflos mit den Schultern. „Ich hatte Angst … schreckliche Angst …"

Fuß stand auf und wollte gerade den Raum verlassen, als ihm etwas einfiel. Er drehte sich noch einmal zu Brenner um.

„Ich habe da noch eine ganz andere Frage“, begann er langsam und versuchte sich auf die bevorstehende Reaktion des jungen Mannes zu konzentrieren. „Während der Geburtstagsfeier soll es zwischen Ihnen und Bernd Gauss zu einer recht heftigen Auseinandersetzung gekommen sein. Worum ging es dabei?“

Brenner hob langsam den Kopf und blickte den Hauptkommissar verwundert an. „Auseinandersetzung?“ Doch dann erhellte sich sein Blick. „Ach, ich weiß, was Sie meinen. Ich hatte beim Nachschubholen aus dem Weinkeller versehentlich eine Kiste mit noch nicht etikettierten Flaschen des neuen Weins erwischt und bereits einige Flaschen auf den Tischen verteilt. Irgendwer muss Bernd das gesteckt haben und da war er halt sauer. Es war ein reines Versehen, aber er hat sich darüber aufgeregt. Kann man ja auch irgendwie verstehen.“

„Das war alles?

„Das war alles!“

Inzwischen war auch Hauptkommissar Schäfer eingetroffen. Als er Fuß erblickte, ging er gleich auf ihn zu.

„Es kommen noch zwei Kollegen“, meinte er. „Ich hoffe nur, dass die Trampeltiere hier nicht schon die Hälfte der Spuren zertreten haben.“

Fuß erklärte seinem Kollegen, wie sich für ihn der Fall darstellte, woraufhin Schäfer feststellte: „Die Geschichte hier wird ja immer merkwürdiger. Was hat denn dieser Freund der Tochter mit der Familie zu tun?“

„Die Frage habe ich mir auch schon gestellt“, brummte Fuß. „Ich gehe im Moment davon aus, dass es sich um eine Verwechslung handelt. Wahrscheinlich ist der Schütze davon ausgegangen, dass es sich um den Sohn handelt. In der Nacht sind doch bekanntlich alle Katzen grau und von der Statur sind die beiden sich recht ähnlich.“

Die Kommissare trennten sich wieder, jeder ging seiner Arbeit nach. Schäfer machte sich als Erstes auf die Suche nach den Einschüssen. Die Spur, die Günther Brenner durch sein Robben hinterlassen hatte, war deutlich zu erkennen, sodass die Stelle, an der er sich befand, als geschossen wurde, sehr schnell ausgemacht war.

Inzwischen hatten die Kollegen weitere Scheinwerfer aufgestellt. Rings um das Weingut war es inzwischen taghell.

„Haltet mir die Neugierigen vom Tatort …“, ermahnte Wilfried Schäfer erneut die uniformierten Kollegen, „… und trampelt selbst nicht wie wild herum!“

Dann machte er sich zunächst auf die Suche nach dem Standort des Schützen. Fuß hatte ihm gesagt, Brenner habe den Schützen weglaufen hören, also musste er sich zwischen dem Opfer und dem Tor aufgehalten haben. Hier bestand allerdings die Hoffläche nur aus Kopfsteinpflaster. Er schaute sich um, weil er sich nicht vorstellen konnte, dass der Schütze völlig frei gestanden hatte und sofort gesehen worden wäre, hätte das Opfer, wie allgemein üblich, Licht eingeschaltet. Bis zur nächsten Deckung, einem Ginsterbusch, waren es gut und gerne zehn Meter. Schäfer suchte hier zunächst den Boden nach Hülsen ab, jedoch ohne Erfolg. Trotzdem versuchte er von hier aus mögliche Einschussstellen der Projektile auszumachen. Sollte in etwa von hier aus geschossen worden sein, mussten sich die Einschüsse zwischen der Haustür und dem ersten Parterrefenster befinden. Also machte sich Schäfer auf den Weg dorthin, fand aber nichts und begann systematisch die Hauswand abzusuchen. Nach gut zehn Minuten entdeckte er die zwei Einschüsse im Mauerwerk. Die Projektile steckten noch. Von hier aus versuchte er sich erneut die Schussrichtung vorzustellen und wunderte sich, dass der Schütze mitten ihm Hof gestanden hatte und bei eingeschaltetem Licht vom Opfer gesehen und erkannt worden wäre. Er musste also davon ausgegangen sein, dass das Opfer tödlich getroffen sein würde und später keine Aussage mehr machen konnte.

Wie weit mochte der Täter vom Opfer entfernt gestanden haben? Schäfer machte sich auf der sich neu darstellenden Schussrichtung auf die Suche nach den Hülsen. Tatsächlich waren diese schnell gefunden. Zusätzlich erstaunt war der Hauptkommissar nur darüber, dass der Schütze nur knapp fünf Meter vom Opfer entfernt war, dieses aber nicht getroffen hatte. Über Handy rief er Fuß an, der sich inzwischen wieder im Haus befand, und informierte ihn über diesen Umstand.

Kurze Zeit später erschien Fuß mit Günther Brenner im Hof und zu dritt rekonstruierten sie die Situation. Er zeigte ihm und Schäfer, wo er das Mündungsfeuer des zweiten Schusses gesehen hatte. Es stimmte mit den Ermittlungen von Schäfer überein, jedoch meinte Brenner, die Entfernung sei deutlich mehr als fünf Meter gewesen.

„Das kann nicht sein“, widersprach Schäfer und führte ihn zum Fundort der Patronenhülsen.

„Haben Sie denn vorher irgendetwas bemerkt oder gesehen, weshalb Sie vielleicht schon reagiert haben?“

Brenner konnte sich an nichts dergleichen erinnern.

„Dann muss es sich um einen hundsmiserablen Schützen gehandelt haben“, lachte Schäfer, „oder er ist halbblind und hat nach Gehör geschossen.“

„Es war im Hof stockdunkel“, berichtete Günther Brenner. „Es ist also nicht ausgeschlossen, dass er sich nur an meinen Schritten auf dem Pflaster orientiert hat. Außerdem …“

„Außerdem?“

Ihm schien die Vollendung des Satzes unangenehm. „Außerdem … das sagt ja Sven selbst … hat er uns offenbar verwechselt.“

Schäfer entdeckte seine gerade eingetroffenen Kollegen. Er erklärte ihnen kurz die vorgefundene Situation und bat, sowohl die Projektile als auch die Hülsen sicherzustellen und einzutüten. Er selbst konzentrierte sich auf das Vermessen und Fotografieren und bereitete alles für die späteren Zeichnungen und Berechnungen vor.

Liane Esser saß seit ihrem Eintreffen mit Iris Gauss zusammen, die sich allmählich etwas beruhigte.

„Wie war das denn mit Ihrer Erkrankung am Tag vor dem Geburtstag Ihres Vaters?“

„Ach, das war halb so schlimm. Ich war etwas früher nach Hause gekommen als üblich, habe mit meinen Eltern und Freunden zusammengesessen, ein oder zwei halbe Scheiben belegtes Brot gegessen und dann noch mit meinem Freund Tee getrunken. Etwa eine Stunde später bekam ich plötzlich fürchterliche Bauchschmerzen. Ich wollte in die Küche gehen und bin dann plötzlich auf der Treppe zusammengebrochen, weil sich alles drehte. Man hat mich ins Krankenhaus gebracht und, soweit ich weiß, mir den Magen ausgepumpt. Am nächsten Morgen wurde ich schon wieder nach Hause entlassen. Ich glaube nicht, …“ Sie schaute die Polizistin an. „Ich hoffe nicht, dass das etwas mit all den Dingen zu tun hatte, die jetzt geschehen sind.“

„Aber ausschließen kann man es auch nicht!“, stellte Liane Esser sachlich fest.

„Daran möchte ich gar nicht denken.“

„Und wie was das nun heute Abend? Wer konnte wissen, dass Ihr Freund nicht hier übernachtete?“, wollte die Kripobeamtin wissen.

„Bevor mein Vater starb, hat Günther nur selten hier übernachtet. Es war also nichts Besonderes, dass er heute Abend zu sich nach Hause fahren wollte. Und wissen … wissen konnte das keiner. Wir haben da keine feste Regelung, es wird spontan entschieden. Und nachdem wir den Fernseher ausgemacht hatten, sagte mir Günther, er wolle fahren. Wir haben uns verabschiedet und er ist gegangen."

„Begleiten Sie Ihren Freund nicht zum Tor oder Auto?"

„Eigentlich schon. Aber heute … Ich weiß auch nicht … Ich glaube, Günther hat gesagt, es sei draußen recht frisch und er wolle nicht, dass ich mich erkälte." Sie schaute Liane Esser mit einem verschämten Lächeln an. „Günther ist immer so besorgt … Es hat sich zufällig heute so ergeben." Plötzlich wurde sie wieder ganz blass im Gesicht. „Mein Gott, stellen Sie sich vor, ich wäre mit nach unten gegangen und dann wären die Schüsse gefallen …" Iris fing wieder an zu schluchzen.

„Es ist ja, Gott sei Dank, nichts passiert", versuchte die Polizistin die junge Frau zu beruhigen, hatte aber wenig Erfolg.

Hauptkommissar Fuß hatte Sven gesucht, der sich inzwischen wieder in sein Zimmer zurückgezogen hatte.

„Kommen Sie nur herein." Der junge Mann erhob sich von seiner Bettcouch, auf der er gelegen hatte und bot Fuß einen Sessel an. „Ich weiß nicht mehr, was das alles soll und worum es eigentlich geht."

„Da haben wir ein gemeinsames Problem", gestand Fuß, „allmählich verzweifle ich auch."

„Gibt es denn inzwischen irgendeinen Anhaltspunkt, was dahinterstecken könnte?"

„Selbst wenn ich es wüsste, dürfte ich es Ihnen nicht sagen. Wir verfolgen verschiedene Spuren und Motive und ich bin sicher, dass wir den Fall bald lösen werden", antwortete Fuß und machte einen zuversichtlichen Eindruck.

„Dieser Anschlag heute auf Günther macht aber doch gar keinen Sinn!"

Fuß schaute den jungen Mann nachdenklich an. „Das möchte ich so nicht sehen. Vielleicht ist es der erste Fehler, den der oder die Täterin gemacht hat."

„Sie meinen, es steckt eine Frau dahinter?", fragte Sven erschrocken.

„Zum Beispiel Ihre Freundin!", bluffte Fuß.

„Dana?"

Sven hatte also eine Freundin. So einfach war es also gewesen, dies herauszubekommen. Fuß zog sein kleines Notizbuch aus der Tasche.

„Sagen Sie mir gleich mal den vollen Namen und Anschrift dieser Frau."

„Aber, was sollte denn Dana für einen Grund haben …"

„Sven, glauben Sie mir, es ist reine Formsache."

Widerwillig machte Sven die gewünschten Angaben. „Dana Batha, Sankt Martin, Viktoria-Straße zwanzig. Nicht einmal meine Eltern wissen bisher etwas von der Existenz dieser Frau. Sie war noch nie hier in Boppard und unsere Beziehung ist eine ganz lockere."

„Aber, Sie bezeichnen sie als Ihre Freundin", rückte Fuß Svens Einschränkungen ins rechte Licht. „Und was macht die junge Dame beruflich?"

„Sie studiert, ebenso wie ich, in Geisenheim Önologie und Weinwirtschaft."

„Ist das nicht ein wenig merkwürdig? Wie lange kennen Sie diese Frau schon?"

„Seit gut einem Jahr."

„Gibt es Gründe, warum Sie sie bisher Ihren Eltern beziehungsweise jetzt Ihrer Mutter nicht vorgestellt haben?"

Sven war die Antwort offenbar etwas unangenehm. Zumindest ließ seine Körpersprache das den Hauptkommissar vermuten. Schließlich antwortete er doch.

„Dana ist dunkelhäutig, sie stammt aus Südafrika, wo ihr Vater ebenfalls Wein anbaut. Aber Sie kennen ja meine Mutter. Eine Dunkelhäutige in der Familie …"

Fuß wusste nicht, was er sagen sollte. Aber wieder einmal wurde er mit der heilen Scheinwelt von Elfriede konfrontiert.

„Dann stimmt aber der von Ihnen genannte Name Ihrer Freundin und ihre Adresse sicherlich nicht!"

Sven musste grinsen, ob er wollte oder nicht. „Sie haben recht, nicht ganz. Sie müssen vor den Familiennamen Batha noch ein M schreiben, also Mbatha, Dana Mbatha. Und die richtige Adresse lautet Kapstadt, Sankt Martini Gardens, Queen Victoria Street, aber die zwanzig stimmt wenigstens. Aber es kommt noch schlimmer, zumindest für meine Mutter."

Fuß schaute erwartungsvoll von seinem Block auf. „Ich kann es mir fast schon denken. Ihre Freundin ist schwanger?!"

Sven nickte nur. „Deshalb muss ich auch jetzt immer wieder nach Geisenheim. Alle glauben, es ist wegen des Studiums."

„Im wievielten Monat?"

„Im vierten."

„Dann wird es aber langsam Zeit, dass Ihre Familie etwas davon erfährt." Plötzlich fiel Fuß etwas ein. „Kann es sein, dass Ihr Vater Wind davon bekommen hat?"

„Wie sollte er?", fragte Sven erschrocken.

„Vielleicht wollte er Sie besuchen, hat Sie zufällig mit Dana gesehen, was weiß ich?"

„Dann hätte mein Vater irgendetwas gesagt. Dafür war er zu gradlinig. Das glaube ich nicht. Wie kommen Sie darauf?"

„Nun Ihr Vater wollte sein Testament ändern ..."

„Was wollte er?"

„Das ist mehrfach bewiesen. Es gibt einen Grund, warum Ihr Vater eine Testamentsänderung vornehmen wollte. Und ein Motiv dazu haben Sie mir gerade geliefert."

Sven schaute Fuß ungläubig an. Langsam begann er den Kopf zu schütteln. „Aber selbst wenn er es gewusst hätte, das wäre für ihn kein Grund gewesen."

„Im Positiven oder Negativen?"

„Weder noch. Es hätte für ihn nichts geändert, da bin ich mir absolut sicher. Zumal Danas Vater auch Winzer mit Leib und Seele ist. Sonst hätte er seine Tochter nicht nach Deutschland geschickt."

„Wer weiß? Das sagt sich so leicht. Man steckt nie in einem Menschen drin", gab Fuß zu bedenken. Er erhob sich. „Jetzt werde ich mal schauen, was die Kollegen von Spurensicherung noch so alles entdeckt haben."

Die weiß gekleideten Männer der Spurensicherung waren im gleißenden Licht besonders deutlich zu sehen. Zum Glück hatte sich die Anzahl neugieriger Nachbarn hinter der Absperrung erheblich verringert. Nur einige hielten es noch in der inzwischen recht kühl gewordenen Nacht aus.

„Was Neues entdeckt?", erkundigte sich Fuß bei Schäfer, der gerade dabei war, in eine vorläufige Skizze einige Meterangaben einzuzeichnen.

„Der Täter muss etwa einsfünfundsiebzig groß sein und hat im Stehen geschossen. Und zwar zwei Mal unmittelbar hintereinander, denn die Einschüsse sind nur wenige Zentimeter voneinander entfernt."

„Glaubst du, dass er sein Opfer nicht gesehen hat, sondern nur auf die Schritte gelauscht und nach Gehör geschossen hat?"

„Ich kann mir nicht vorstellen, dass es so dunkel war. Eine Verwechslung des Opfers ist möglich. Und dass er nicht getroffen hat, würde ich eher auf Erregung und mangelnde Schießtechnik zurückführen."

„Was ist mit der Tatwaffe?"

„Wahrscheinlich eine neun Millimeter."

„Aber die Waffe habt ihr noch nicht gefunden?"

„Bisher nicht. Der Täter wird sie mitgenommen haben. Morgen weiß ich vielleicht mehr."

Fuß sah seine Kollegin aus dem Haus kommen und ging ihr entgegen.

„Konnte Ihnen Iris noch irgendwelche Hinweise geben?"

„Die ist so mit den Nerven fertig, dass sie in den nächsten Tagen wohl kaum vor die Tür gehen wird. Sie glaubt an einen Rachefeldzug gegen ihre Familie oder etwas Ähnliches."

„Kann man ihr nicht verdenken. Aber wer sollte das sein?"

„Vielleicht doch der Halbbruder von Herrn Gauss?!"

„Wir brechen ab und warten morgen auf die weiteren Ergebnisse der Spusi. Ich bin nur gespannt, wie Elfriede darauf reagiert."

12.

„SWR 1 Rheinland-Pfalz ... Guten Morgen“, meldete sich Michael Lueg um 7.22 Uhr bei seinen Hörern. „Im Mittelrheintal, genauer gesagt in Boppard, erregt seit einigen Tagen ein Familiendrama die Bevölkerung. Erst vor wenigen Tagen wurde der bekannte Winzer Bernhard Gauss tot aufgefunden. Die Polizei geht inzwischen von einem Mord aus. Kurz darauf fand man seine Frau mit aufgeschnittenen Pulsadern in ihrer Wohnung und gestern in den späten Abendstunden fielen nun Schüsse auf dem Weingut, bei denen zum Glück niemand verletzt wurde. Was es mit all diesen Vorfällen auf sich haben könnte, frage ich nun unseren SWR 1-Reporter Andreas Krisam, der sich im Moment in Boppard auf dem Weingut befindet.“

„Auf dem Weingut befindet ist nicht ganz korrekt, denn hier ist immer noch alles weiträumig abgesperrt und die Spurensicherung der Kriminalpolizei Koblenz ist noch dabei zu ermitteln, was sich gestern Abend kurz vor zweiundzwanzig Uhr abgespielt hat. Einige Anwohner haben um diese Zeit Schüsse gehört, es müssen wohl zwei gewesen sein, die Aussagen gehen da etwas auseinander. Kurze Zeit später trafen bereits die ersten Streifenwagen ein. Zu diesem Zeitpunkt waren wohl die beiden Kinder des Ehepaares Gauss im Haus. Der Verlobte der Tochter hatte gerade das Gebäude verlassen. Auf ihn sind dann die Schüsse abgegeben worden. Allerdings geht man davon aus, dass der oder die Täter ihn möglicherweise mit dem Sohn der Familie verwechselt haben, wie mir heute Nacht einer der Polizeibeamten der Polizeiinspektion Boppard mitgeteilt hat.“

„Kennt man denn schon mögliche Motive für die Reihe von Anschlägen auf die Familie?“

„Nein, es scheint, als tappt die Kriminalpolizei immer noch völlig im Dunkeln. Es gehen auch Gerüchte, dass sich Frau Gauss nicht selbst die Pulsadern aufgeschnitten haben könnte, sondern dass sie betäubt wurde und es sich auch hierbei um einen Mordversuch handelt.“

„Hat denn der gestrige Anschlag zumindest eine weitere Spur zu dem oder den Tätern gebracht?“, erkundigte sich Michael Lueg.

„Neben mir steht Hauptkommissar Wilfried Schäfer, Einsatzleiter der Spurensicherung, der die Frage mithören konnte."

„Leider hat der Täter kaum Spuren hinterlassen. Wir haben zwar inzwischen die Projektile und Hülsen sicherstellen können. Sie stammen von einer Neun-Millimeter-Pistole. Aber Hinweise auf den Täter selbst oder ein Motiv gibt es derzeit noch nicht. Allerdings erhoffen wir uns im Laufe des Vormittags vielleicht aufgrund von Beobachtungen in der Nachbarschaft noch den einen oder anderen Hinweis zu bekommen."

„Soweit der Bericht aus Boppard. Mein Kollege Frank Jenschar wird gegen zehn Uhr zwanzig in ‚SWR 1 – Der Vormittag' nochmals nach Boppard schalten. Es ist sieben Uhr fünfundzwanzig."

Hauptkommissar Schäfer sah übernächtigt aus, als er eine Stunde später das Büro von Fuß betrat.

„Ich bin auch gleich wieder weg und lege mich schlafen", begrüßte er seinen Kollegen. „Ich wollte dir nur zwei Skizzen vom Tatort vorbeibringen, damit du weißt, was sich aus Sicht der Spurensicherung gestern Abend abgespielt hat." Er überreichte Fuß zwei Blätter, auf denen die Positionen der Personen und die Entfernungen sowie die Schussrichtung eingezeichnet waren.

„Der ganze Anschlag wirft etliche Fragen auf", knurrte Fuß unausgeschlafen. „Wieso war der Täter überhaupt auf dem Hof? Er konnte doch gar nicht wissen, dass um diese Zeit jemand das Haus verlassen würde."

„Stopp!", widersprach Schäfer. „Es spricht vieles dafür, dass er überrascht wurde. Denn als er die Schüsse abgegeben hat, stand er völlig ungeschützt mitten im Hof. Ich gehe davon aus, dass die Schüsse nicht geplant waren. Dafür spricht auch die Ungenauigkeit. Ich glaube, er wollte ins Haus einbrechen, sah plötzlich den Schatten aus dem Haus kommen und hat einfach drauflos geballert, um unerkannt zu entkommen."

„Wie ist denn die Nacht weiter verlaufen?"

„Wir haben nichts Wesentliches mehr entdeckt. Der Täter scheint das Grundstück ganz normal durch das Tor verlassen zu haben. Gegen halb eins ist dieser junge Mann, auf den geschossen wurde, weggefahren und kurze Zeit später waren im Haus alle Lichter aus. Wir haben noch die etwas weitere Umgebung abgesucht und gegen acht etwa den Tatort freigegeben. Das war's."

Fuß schaute seinen Kollegen mitfühlend von der Seite an. „War alles nicht so besonders befriedigend für die geopferten Nachtstunden?!"

„Das kann man wirklich so sagen", seufzte Schäfer, tippte zum Abschied mit dem Finger an die Stirn und verließ den Raum.

Fuß betrachtete noch einmal intensiv die beiden Zeichnungen, die zusammen eine dreidimensionale Darstellung ergaben. Wahrscheinlich hatte Schäfer recht. Nur was suchte der Täter in dem Haus? Seine Kollegen und er hatten alles sichergestellt, was irgendwie mit einem Motiv zu tun haben könnte. Hatten sie trotzdem etwas übersehen oder befand sich etwas in all den Unterlagen, die sie bei der Hausdurchsuchung beschlagnahmt und mitgenommen hatten?

Unwillkürlich drehte er sich nochmals zu dem Flipchart, auf dem sich immer noch seine Aufstellung befand. Schließlich stand er auf und ergänzte die Reihe der Probleme mit *Überfall* und machte unter den Namen *Martin* und *Alfi* einen roten Kreis. Sie waren die Einzigen, die hierfür infrage kamen. Alle anderen hatten ein Alibi.

„Morgen!" Liane Esser betrat gähnend das Büro und ließ sich gleich in ihren Sessel fallen. „Jetzt sagen Sie bloß nicht, Sie hätten ausgeschlafen."

Fuß fuhr sich durch sein Gesicht. „Davon kann nicht die Rede sein. Trotzdem brauchen Sie sich nicht häuslich niederzulassen. Wir dürfen mal wieder nach Boppard fahren. Ich möchte wissen, ob Elfriede Gauss jetzt endlich redet, und Sie können sich mal in der Nachbarschaft umhören."

„Ich hab es befürchtet", stöhnte die junge Frau und reckte sich. „Das nächste Mal melde ich mich gleich in der Früh krank."

„Gut, dass ich das weiß. Dann lasse ich Sie das nächste Mal gleich morgens von einer Streife abholen und vorführen", meinte Fuß grinsend.

Bevor Fuß Elfriede Gauss in ihrem Zimmer aufsuchte, kontaktierte er erst einmal die Stationsschwester, um zu erfahren, ob man die Patientin bereits über den Überfall am Vorabend informiert habe.

„Ich habe es zwar heute Morgen im Radio gehört, aber Doktor Lüders hat uns strengstens verboten, mit der Patientin darüber zu sprechen. Wenn also Ihr Kollege vor der Tür nichts gesagt hat, dann weiß sie nichts."

Auch der Beamte hatte entsprechende Anweisungen von seiner Dienststelle erhalten. Also betrat Fuß das Krankenzimmer und fand eine recht entspannte Patientin vor.

„Weißt du, wann man mich entlassen wird?", war die erste Frage. „Ich höre immer nur ‚bald', wenn die Visite kommt."

Fuß rückte wie bei jedem Besuch den Stuhl dicht an das Bett und beugte sich leicht zu Elfriede vor.

„Wie fühlst du dich heute?"

„Von Tag zu Tag besser. Gestern war Günther da …" Sie deutete auf einen großen Blumenstrauß, der auf dem Nachttisch neben ihr stand. „Er ist aber von allen dreien. Sven ist wohl wieder in Geisenheim und Iris kommt zur Zeit sehr spät von der Arbeit, sagt Günther."

„Dann sieht es ja so aus, als könntest du bald nach Hause kommen. Allerdings sind da noch ein paar Hürden zu überwinden. Denn normalerweise ist es Vorschrift, dass ein Suizident erst einmal in eine Psychiatrie eingewiesen wird."

Elfriede starrte Fuß fassungslos an. Sehr schnell hatte sie begriffen, was der Hauptkommissar ihr damit sagen wollte. Doch Fuß legte sogleich beruhigend seine große Hand auf ihren Arm.

„In deinem Fall kann ich mir aber vorstellen, dass Amtsarzt und Richter eine andere Entscheidung fällen werden, die ich auch gerne mit meiner Aussage unterstütze. Denn vieles spricht gegen einen Suizid. Deshalb ist es aber umso wichtiger, dass du das, was ich dir jetzt zu sagen habe, mit Fassung und Ruhe aufnimmst. Glaubst du, dass du dazu zu fähig bist?"

Diesmal wusste Elfriede Gauss allerdings mit den Worten von Fuß nichts anzufangen, deshalb erläuterte er seine Ankündigung ein weiteres Mal, um sie nicht in einen Zustand zu bringen, der ihr möglicherweise die Verhinderung einer Einweisung erschwert hätte.

„Es ist etwas geschehen, was du wissen solltest, das aber absolut glimpflich abgelaufen ist und es betrifft erneut deine Familie. Hast du genügend Ruhe, wenn ich es dir jetzt erzähle oder möchtest du dich innerlich noch etwas darauf vorbereiten?"

„Ist lieb von dir, aber sag es mir jetzt. Ich versuche, es entsprechend gefasst aufzunehmen. Was ist passiert?"

Fuß drückte seine Hand noch fester auf Elfriedes Arm und schaute sie fest an.

„Gestern am späten Abend wollte Günther nach Hause fahren. Als er im Hof war, sind plötzlich zwei Schüsse gefallen …"

„Nein!“ schrie Elfriede erregt. „Günther! Um Gottes willen, was ist passiert?“

Fuß wusste nicht wie ihm geschah, denn die Reaktion von ihr passte nicht zu dem gerade Besprochenen.

„Elfriede? Was ist? Es ist ihm nichts geschehen“, versuchte er die Frau zu beruhigen. „Er hat nicht einmal einen Kratzer abbekommen.“

„Mein ... Gott ... mein ... Gott!“, stammelte Elfriede und ließ sich plötzlich heulend zurück in das Kissen fallen. Sie verschränkte zitternd beide Arme vor ihrem Gesicht.

Was war geschehen? Was hatte Elfriede plötzlich so erregt? Fuß stand mal wieder vor einem Rätsel. Etwas hilflos blickte er sich in dem nüchternen Krankenzimmer um. Er hätte für Elfriedes Reaktion noch Verständnis gehabt, wenn Günther verletzt worden wäre oder eines ihrer Kinder im Mittelpunkt dieses neuerlichen Anschlags gestanden hätte. Es blieb ihm wohl nichts anderes übrig, als abzuwarten, bis Elfriede sich wieder einigermaßen beruhigt hatte.

Liane Esser erlebte zur gleichen Zeit eine Überraschung. Auf der Suche nach Informationen stieß sie in unmittelbarer Nachbarschaft auf ein älteres Rentnerehepaar namens Nick. August Nick, sie schätzte ihn auf Anfang siebzig, war über viele Jahre hinweg als Aushilfe bei Bernd Gauss beschäftigt gewesen, hatte auch schon bei dessen Vater gearbeitet, und kannte sich somit in der Familie des Winzers gut aus. Auch Erna, seine Frau, eine gelernte, ehemalige Köchin, hatte zeitweise bei Gauss' ausgeholfen, vor allem bei größeren Festen auf dem Weingut oder während der Traubenlese, wenn alle tagsüber im Weinberg arbeiteten.

Das Ehepaar bat die Kripobeamtin sofort in „die gute Stube“, wie sie eine Mischung von Wohn-, Esszimmer und Küche bezeichneten und stellten ihr ungefragt einen Pott heißen Kaffee hin.

„Bernd, das war ein feiner Kerl!“, versicherte August und strahlte dabei über das ganze Gesicht. „Schade, dass er so enden musste.“

„Da steckt bestimmt die Elfi dahinter“, fiel ihm sofort seine auffallend hagere Frau ins Wort.

„Elfi?“, hakte Liane Esser nach.

„Sie meint die Elfriede“, erklärte August. „Aber darauf müssen Sie nichts geben. Erna und Elfriede, die haben nie harmoniert. Elfriede fühlte sich schon immer zu was Besserem geboren. Das war nie unsere Art. Sie ist eine merkwürdige Frau, aber, dass sie etwas mit Bernds Tod zu tun hat, das glaube ich nicht, bestimmt nicht.“

„Die ist aber seit einem Jahr wie ausgewechselt!“, widersprach ihm sofort seine Frau. „Macht plötzlich wieder auf jugendlich. Böse Zungen hier in Boppard sagen ja, sie hat ‘nen Freund. Aber keiner weiß was. Die macht das sehr geschickt.“

„Haben Sie dafür Beweise oder irgendwelche Beobachtungen gemacht?“, wollte Liane Esser sofort wissen.

Erna Nick zog die Schultern hoch. „Beweise? Beobachtungen? Ja, natürlich, man beobachtet viel. Und ich habe noch gute Augen, sehr gute sogar. Und einen gesunden Menschenverstand, das müssen Sie mir glauben. Seit etwa einem Jahr hat sich da drüben einiges geändert.“

„Sie müssen sich da schon konkreter äußern“, versuchte die Polizistin die alte Dame zum Sprechen zu bringen.

Erna Nick rückte ihren Stuhl etwas näher an die Hauptmeisterin und beugte sich zu ihr vor. „Der Bernd, der war immer so gerade heraus. Wie sagt man so schön: Ein Mann, ein Wort. Wenn August für ihn gearbeitet hat, dann gab es keine Verträge, es gab eine Absprache, und die wurde von beiden eingehalten. Bei der Elfi ging so was nicht. Ich musste immer unterschreiben und ständig wurde alles dramatisiert. So was ist nicht unsere Welt. Elfi war und ist immer die Strippenzieherin in der Familie gewesen und Bernd, der gute Kerl, hat immer alles mitgemacht.“

„Sie meinen, Frau Gauss hatte also auf dem Weingut die Hosen an?“

Erna Nick winkte lächelnd ab. „So nicht. Nach außen wirkte das alles sehr harmonisch, sozusagen keimfrei.“ Die alte Frau kicherte über ihre eigene Formulierung leise vor sich hin. „Nein, nach außen hin hieß es immer ‚Das muss mein Mann entscheiden’ und so, aber Elfi hat alles so manipuliert, dass es so funktionierte, wie sie sich das vorstellte. So auch die ‚braven Kinder’ und der neue Freund der Tochter, hochglanzpoliert.“ Erna schüttelte sich sichtbar und hielt Liane Esser die Kaffeekanne hin, um nachzuschenken. Doch sie lehnte dankend ab.

„Ich bin eigentlich hier, um zu fragen, ob Sie gestern Abend etwas gehört oder gesehen haben. Sie wissen ja sicherlich, was passiert ist?“

Beide nickten.

„Ich habe draußen auf dem Balkon gesessen. Da habe ich zwei Schüsse gehört, direkt hintereinander. Allerdings habe ich im ersten Moment nicht gewusst, woher sie kamen. Aber vom Balkon blicke ich ja praktisch direkt rüber auf den Hof. Da hat sich nichts bewegt. Bis, dass plötzlich die Haustür ganz kurz geöffnet wurde. Das habe ich am schwachen Lichtschein gesehen. Aber ringsum …" Er schüttelte den Kopf. „Ich bin dann da gestanden, bis der erste Polizeiwagen kam. Das hat keine drei Minuten gedauert."

„Da war ich aber auch schon auf dem Balkon!", ergänzte Erna Nick. „Und dann sind wir beide natürlich runter. Wir wollten ja wissen, was wieder passiert war."

Liane Esser hatte bereits begonnen sich ein paar Stichworte zu notieren. „Haben Ihnen denn die Nachbarn etwas mehr erzählt? Man kommt doch gleich miteinander ins Gespräch."

„Keiner hat was gesehen!", bestätigte August Nick. „Selbst der Hanjo nicht, der gerade mit seinem Hund unterwegs war und praktisch in dem Moment am Grundstück von Gauss vorbeigegangen ist. Das hat er mir ganz klar erzählt."

„Wo finde ich diese Hanjo?"

„Hans-Josef Mohr, hier vier Häuser weiter in der Hausnummer zehn."

Eine Viertelstunde später stand Liane Hans-Josef Mohr und seinem großen Schäferhund gegenüber, der sie sofort eifrig beschnupperte.

„Ich kann Sie im Moment nicht hineinbitten, meine Frau ist krank und liegt im Wohnzimmer auf der Couch", entschuldigte er sich etwas verlegen. „Aber ich kann Ihnen bestätigen, was Herr Nick Ihnen gesagt hat. Astor und ich sind direkt am Zaun entlanggegangen. Der Hund und ich sind richtig zusammengezuckt, als es knallte. Und Astor ist sofort in Lauerstellung gegangen, aber nichts … Wenn jemand sofort weggelaufen wäre, Astor hätte garantiert irgendwie reagiert. Er ist nur eine Weile stehen geblieben und dann wieder mit mir weitergegangen. Als wir dann am Ende der Straße waren, fuhr bereits ein Streifenwagen mit Blaulicht und Martinshorn an uns vorbei."

„Sie würden daraus schließen, der Schütze hat das Grundstück nicht sofort verlassen?"

„Rückschlüsse ziehe ich grundsätzlich nicht", lächelte Herr Mohr sie an. „Aber ich bin sicher, dass der Schütze sich zumindest zunächst ganz still verhalten hat und dann nicht in Richtung Straße geflüchtet ist. Wenn, hat er über den Weinberg die Flucht angetreten und dann muss er sich bestens ausgekannt haben, denn es war gestern Abend sehr wolkenverhangen und dunkel."

Liane Esser bedankte sich und fuhr wie vereinbart ins Krankenhaus, um Fuß dort abzuholen.

„Ich will mir alles noch einmal anschauen!“, entschied der Hauptkommissar, als er auf dem Beifahrersitz saß und nach Lianes Bericht über ihre Besuche erst einmal kräftig durchgeatmet hatte.

Beide waren überrascht, sowohl Sven als auch Iris anzutreffen.

„Ich verlasse das Haus nicht mehr“, jammerte die junge Frau, sichtlich am Ende ihrer Nerven. Sie saß zusammen mit ihrem Bruder und die beiden waren dabei einen Zeitplan zu entwerfen.

„Das Leben muss ja irgendwie weitergehen“, meinte Sven. „Papa muss beerdigt werden, Mama sollte so bald wie möglich wieder nach Hause kommen und wir müssen dringend die Weinstöcke hochbinden und sie kontrollieren und marode gegebenenfalls austauschen. Ich habe gerade eine kleine Aufstellung gemacht, wer uns dabei helfen kann. Alfi wird bestimmt helfen, ebenso Günther und auch der alte Nick, wenn ich ihn darum bitte.“

„Dann schreiben Sie mich auch mal auf. Ich habe so viele Überstunden, dass ich mir ein oder zwei Tage Urlaub gönnen darf“, bot ihm Fuß an.

„Ist das Ihr Ernst?“

„Das bin ich allein Ihrem Vater schuldig“, brummte Fuß und zwinkerte rückwärts Liane zu, die ihn erstaunt anschaute. „Bis wann haben Sie die Leute zusammen?“

„Wenn ich jetzt rumtelefoniere, können wir sicherlich gleich morgen loslegen. Das Wetter spricht dafür.“

„Gut, ich bin morgen um sieben Uhr hier, wenn ich nichts anderes von euch höre. Ich werfe jetzt nur noch einmal mit meiner Kollegin einen Blick rund ums Haus.“

„Ist das Ihr Ernst?“, fragte Liane, nachdem sie außer Hörweite waren.

„Wieso nicht? Vielleicht erfahre oder sehe ich auf diesem Weg mehr, als ich je als Kriminaler hier erfahren würde“, grinste Fuß. „Und wozu bin ich selbst Winzer?“

Sie gingen, die Blicke auf den Boden und in die Büsche gerichtet in Richtung des Weinbergs, der sich gleich hinter dem Weingut anschloss.

„Dieser Zeuge hat recht“, stellte Fuß nach einigen Metern fest. „Wenn der Schütze das Grundstück hier verlassen hat, dann muss er jeden Stein gekannt haben. Anderenfalls müsste man ihn zumindest gehört haben.“

„Was ist mit Frau Gauss?"

Im ersten Moment sah Fuß keinen Zusammenhang mit seiner Feststellung und der Frage. Doch dann begriff er sehr schnell, dass Liane auch gar keinen Zusammenhang herstellen, sondern einfach nur wissen wollte, wie es mit Elfriede weitergehen würde.

„Der Arzt muss noch einige Hürden wegen des Suizidverdachtes beseitigen, dann kann sie nach Hause. Ich gehe davon aus, das dauert noch ein oder zwei Tage."

„Und dann?"

Fuß blieb stehen und blickte den leichten Hang hinunter, den sie bis dahin erklommen hatten. „Tja, das ist wirklich eine schwierige Frage. Wir werden uns überraschen lassen müssen."

„Heute habe ich einen ganz Schweinsigen", freute sich Erika mit hochroten Bäckchen und schob sich zu den Gästen in der kleinen Nische der oberen Weinstube. „Klein Fritzchen geht ins erste Schuljahr und hat eine neue, junge Lehrerin bekommen. Mittags kommt er ganz aufgeregt zu seiner Mutter und erzählt ihr, was er von der neuen Lehrerin alles erfahren hat über Mann und Frau, über die Geschlechtsteile und so. Die Mutter rennt am nächsten Tag empört zur Lehrerin und beschwert sich. ‚Was für eine Schweinerei. Was wollen Sie denn den Kindern im zweiten Schuljahr noch alles erzählen?' Beruhigt sie die Lehrerin und meint: ‚So schnell geht das mit Fritzchen und dem zweiten Schuljahr nicht, solange der noch vögeln mit F schreibt …"

Erika war sich der Lacher sicher. Über die Schultern eines Gastes sah sie, wie ihr Mann ihr ein Zeichen gab, einmal in die Küche zu kommen.

„Der Chef braucht mich!" Sie stand auf und eilte in die Küche.

„Ich habe gerade mit Renate und Sabine gesprochen. Ich komme morgen und übermorgen etwas später. Renate macht die Terrasse und Sabine hilft hier unten."

„Wo bist du denn wieder?"

„Geht nicht anders. Ich habe Bernds Sohn versprochen, ihm zwei Tage im Weinberg zu helfen. Günther Zerwas kommt auch mit."

„Du lässt dich auch für alles einspannen", brummte Erika. „Als hätten wir hier nicht genug zu tun."

„Das ist doch halb dienstlich", korrigierte Fuß seine Frau. „Vielleicht erfahre ich so mehr, was sich da im Hintergrund abspielt."

„Aushalten, durchhalten, Maul halten!" Erika wandte sich wieder der Weinstube und einem anderen Tisch zu.

13.

Pünktlich um fünf Minuten vor sieben Uhr bog Fuß zusammen mit Günther Zerwas in den Hof des Weinguts Gauss ein. Sie fanden in der Probierstube des Weinguts bereits eine kleine Gruppe von Helfern versammelt, darunter auch Alfred Jost, August Nick und Günther Brenner.

Iris und ihr Bruder hielten für alle einen heißen und starken Kaffee und ein paar belegte Brote für den Start in den Weinberg bereit. Nach einer kurzen Lagebesprechung und Aufgabenverteilung machte sich die Gruppe unter Führung von Sven auf den Weg in den Hang. Die Luft war angenehm kühl und es wehte ein leichter Wind, was die Arbeit im Weinberg angenehm machte.

Fuß hatte Günther Zerwas auf der Hinfahrt instruiert, sich möglichst unauffällig bei den Helfern über interne Probleme der Familie Gauss zu informieren. Er selbst hielt sich in der Nähe von August Nick, den er persönlich noch nicht kannte, und Günther Brenner auf. Die erste Stunde verlief noch recht schweigsam. Fuß hatte es so arrangiert, dass er die Weinstockreihe zwischen den beiden zurückschneiden musste und sich so immer in ihrer unmittelbaren Nähe befand.

Nachdem er sah, dass Günther Brenner noch recht ungeschickt vorging, bot er an, ihm die richtige Vorgehensweise zu zeigen. Damit war die erste Gesprächsbrücke gebaut. Anschließend tauschte er auf diesen Anweisungen basierend mit dem alten Profi August Nick noch einige Erfahrungen aus, sodass auch hier völlig zwanglos ein Gespräch entstand.

Leider fiel nach einiger Zeit, trotz aller Bemühungen, Brenner etwas zurück.

„Was wird denn jetzt, wenn der Sven den Laden allein schmeißen muss?“, fragte Fuß und reckte sich.

Auch Nick richtete sich auf und wischte sich mit dem Ärmel über die Stirn. „Weiß nicht so recht. Ist halt alles ein bisschen plötzlich gekommen. Und die Frauen …, ich glaube nicht, dass Elfriede und Iris da eine große Hilfe sind. Und ihr Freund …?“ Er warf einen vielsagenden

Blick den Hang hinunter, wo Brenner sich redlich bemühte, anständige Ergebnisse zu erzielen. „Sven wird es schwer haben."

„Was ist mit Alfred Jost?"

Nick machte eine merkwürdige Handbewegung. „Alfi hat zu wenig Verstand für guten Weinanbau. Deshalb wollte ja auch Bernd seine Stöcke wieder übernehmen und ihn nur als Angestellten beschäftigen. Bernd hat für Alfi viel investiert, was sich jetzt auszahlen muss."

„Gab es denn bisher da keine festen Absprachen?"

„Natürlich. Sven sollte in Ruhe sein Studium beenden, dann sich in alles hier einarbeiten und später übernehmen. Und Elfriede sollte langsam Iris alles übergeben, die Buchhaltung und den Verkauf und so. Aber, das ist ja jetzt alles hinfällig."

„Und was ist mit dem Schwiegersohn in spe?"

Nick lachte krächzend vor sich hin. „Das ist doch nur der Schwiegersohn von Elfi. Ich glaube nicht, dass das mit Iris langfristig gut geht. Die ist doch viel zu naiv für den jungen Mann."

Fuß unterbrach seine Arbeit und trat dicht neben August Nick.

„Ich dachte, die Verbindung ist so gut wie perfekt …?", deutete er mit dem Kopf den Hang hinunter.

Fast automatisch kam auch Nick einen Schritt näher und blickte mit seinen lebendigen Augen den Hauptkommissar in seiner grünen Arbeitsschürze an. „Ich glaube, die Elfi hat mehr den Narren an dem Günther gefressen als ihre Tochter. Und so etwas kann nicht gut gehen, wenn man ein Kind in so etwas hineindrängt. Der hat doch einen ganz anderen Beruf und andere Interessen. Klar würde der gerne mitmischen, wenn's ums Geld geht. Aber mit der Arbeit hat er es nicht so, glauben Sie mir."

Fuß drehte sich um und beobachtete, wie sich Brenner immer noch redlich bemühte, das ihm Beigebrachte in die Praxis umzusetzen.

„Und was ist mit Sven. Gibt es da nicht auch eine Freundin?", führte Fuß recht geschickt das Gespräch fort.

Nick zuckte mit den Schultern. „Von dem weiß man nur, dass er dem Bernd sehr nahe stand und gute Arbeit abgeliefert hat. Aber mit Frauen sieht man den nie. Meine Frau hat sogar einmal vermutet, dass er schwul sein könnte. Aber …", schüttelte er den Kopf, „das glaube ich nicht. Eher ist er etwas schüchtern oder so."

Durch das kurze Gespräch der beiden hatte sich Günther Brenner wieder etwas näher an sie herangearbeitet.

„Und klappt's?", rief ihm Fuß zu.

Brenner machte bereits einen recht erschöpften Eindruck, obwohl sie kaum die Hälfte der Reihe hinter sich hatten.

„Geht schon! Langsam kommt man in Übung!"

Günther Zerwas hatte die gleiche Taktik angewandt wie Fuß. Rechts von ihm arbeitete Alfred Jost und links eine junge Frau, die alle nur Ulla nannten, und sich als eine Freundin von Iris vorgestellt hatte. Sie schien bereits einige Male im Weinberg geholfen zu haben, denn jeder Handgriff saß, wie Zerwas sehr schnell feststellen konnte.

So kam diese Gruppe auch recht gleichmäßig mit der Arbeit im Hang voran. Zunächst hatte Zerwas versucht mit Jost ins Gespräch zu kommen, der jedoch an diesem frühen Morgen offenbar nicht richtig ausgeschlafen und mundfaul war. Dafür erwies sich Ulla als eher zugänglich für ein Gespräch.

„Was machen Sie, wenn Sie nicht im Weinberg helfen?", versuchte Zerwas mit ihr ins Gespräch zu kommen.

„Meine Eltern hatten früher auch einen kleinen Weinberg, mussten dann aber aus gesundheitlichen Gründen verkaufen. Bis dahin habe ich dort kräftig mitgeholfen. Dann habe ich meinen Mann kennengelernt und jetzt stehe ich abends hinter dem Tresen und bediene die Gäste unserer kleinen Gaststätte, während mein Mann in der Küche kocht."

„Und? Macht es Spaß?"

Ulla verzog die Mundwinkel nach unten. „Mal so, mal so. Ich freue mich aber immer, wenn ich mal wieder an der frischen Luft arbeiten kann. Zum Glück haben wir ja jetzt das Rauchverbot. Es gäbe schon eine Möglichkeit, das zu umgehen, aber ich habe mich durchgesetzt. Bei uns wird nicht wieder geraucht."

„Und wie kommt es zu der Beziehung hier zur Familie Gauss?"

„Wir schenken nur Weine von Gauss und Kauer aus, daher kennen wir uns. Und Iris' Vater war auch mit meinem Vater befreundet."

„Tragisch, was jetzt passiert ist", versuchte Zerwas das eigentliche Ziel seines Gesprächs anzusteuern.

Ulla hielt für einen Moment inne und starrte nachdenklich vor sich auf den Boden.

„Es hat uns alle sehr getroffen. Mein Vater und ich waren ja auch noch auf der Geburtstagsfeier. Ein so schöner Abend mit so einem dramatischen Ende …"

„Was glauben Sie, warum das alles passiert ist?"

„Lasst das Thema lieber!“, rief plötzlich Alfred Jost, der offenbar die Unterhaltung verfolgt hatte.

„Es beschäftigt einen schon sehr“, gestand Ulla. „Ich blicke da nicht durch, zumal jetzt auch noch Frau Gauss …“ Sie brach ab, bückte sich und nahm ihre Arbeit wieder auf.

Zerwas ärgerte sich über den Zwischenruf von Jost, der die Unterhaltung zum Stocken gebracht hatte.

„Sie kannten doch sicherlich auch den Toten?“, versuchte Zerwas es nun mit Alfi. „Ich glaube, Sie auch auf der Feier gesehen zu haben.“

„Klar war ich kurz da“, brummte Jost. „Aber ich habe dazu keine Meinung. Gerüchte gibt es genug, da muss ich mir nicht auch noch das Maul zerreißen.“

„Was für Gerüchte, Alfi?“, wollte Ulla ehrlich erstaunt wissen, ohne ihre Arbeit zu unterbrechen.

Alfred Jost drehte sich kurz zu Zerwas um. „Sind Sie auch von der Polizei?“

Günther Zerwas grinste. „Seh ich so aus? Nee, ich bin nur mit Fuß befreundet und helfe auch bei ihm im Weinberg aus. Warum?“

Alfred überging die Frage und meinte nur: „Dann wissen Sie ja wahrscheinlich sowieso mehr als wir alle.“

„Ich? Ich weiß gar nichts. Oder glauben Sie, der Fuß plaudert aus dem Nähkästchen? Mir ist das alles nur sehr nahe gegangen, denn ich kannte den Bernd auch recht gut und da interessiert man sich doch, oder?“

Plötzlich richtete sich Alfred Jost auf und unterbrach seine Arbeit. „Dann wissen Sie ja, was für ein feiner Kerl der Bernd Gauss war, auch mit Prinzipien und er hat immer konsequent sein Ziel verfolgt. Aber das bezog sich nur auf das Weingut.“

„Wie soll ich das denn verstehen?“

„Ganz einfach. Zu Hause hatte der nicht viel zu vermelden. Und wenn an den Gerüchten etwas dran ist, dazu will ich mich nicht näher äußern, dann hat Elfriede nicht umsonst versucht sich die Pulsadern aufzuschneiden.“

Fast hätte Günther Zerwas gefragt: „Hat sie das denn?“, biss sich aber im letzten Moment auf die Lippen, denn damit hätte er sein tatsächliches Wissen verraten.

„Ich glaube nicht, dass sie das bewusst getan hat. Man sagt ja, sie habe vorher ein starkes Schlafmittel genommen. Und was dann ein Mensch macht, der nervlich am Ende ist …“

Kurz nach zwölf Uhr legten die Helfer eine Pause ein. Oberhalb des Weinberges gab es eine große Steinplatte, die von ihnen als Tisch benutzt wurde. Iris hatte zusammen mit Erna Nick einen großen Pott mit Eintopf gekocht und herbeigeschleppt. Die letzten, steilen Meter mussten ihnen Sven und Alfred helfen. Dann setzten sich alle auf die drei Bänke, die um den Tisch herum standen, und machten sich über die Suppe her.

„Hat Erna gekocht!“, gestand Iris. „Ich alleine hätte das nie geschafft.“

Im gleichen Moment begegneten sich zufällig die Blicke von Fuß und Nick. Und der Hauptkommissar sah deutlich die Gedanken, die in dem alten Mann vorgingen. Genau das hatte er wohl gemeint, als er sich zu Iris und ihrer Mutter geäußert hatte. Merkwürdig, dachte Fuß, warum fiel ihm in diesem Moment der Begriff *Hotel Mama* ein?

Zum Glück war es am Abend in der Straußwirtschaft recht ruhig. Bereits kurz nach neun Uhr konnten Halina, die polnische Küchenhilfe, und ihre Kollegin Beate mit dem Aufräumen beginnen. Während Erika sich unter die Gäste mischte, sorgten Renate und Sabine für den Service. Fuß nahm die Gelegenheit wahr, kurz in sein Büro zu gehen und Jana anzurufen. Er hatte Glück, sie war zu Hause.

Er berichtete ihr kurz den neusten Stand der Dinge. Jana hatte sich schnell auf der Rückseite einer Zeitschrift ein paar Notizen gemacht, die zufällig in ihrer Nähe lag, und betrachtete sie eine Weile, während Fuß von seinem neuen Fax- und Kopiergerät berichtete und sie von allen möglichen Gästen grüßen ließ, die sich immer wieder nach ihr erkundigten.

Jana musste sich eingestehen, dass sie ihm kaum zugehört hatte, als er schließlich fragte: „Und was gibt es bei dir Neues?“

„Sorry, ich war mit meinen Gedanken bei dieser Elfriede Gauss. Sieh zu, dass sie so schnell wie möglich aus dem Krankenhaus kommt und auf keinen Fall in die Psychiatrie. Auch ich gewinne immer mehr den Eindruck, dass sie ein wichtiges Puzzleteil ist, wenn auch nicht der Schlüssel. Du musst erfahren, was jetzt passiert, wenn sie wieder zu Hause ist. Im Moment läuft ja alles unkontrolliert aus ihrer Sicht. Sie muss alles wieder einfangen, regeln, in den Griff kriegen. Und das ist deine Chance. Vielleicht kannst du ja noch einen Tag Hilfe dranhängen und damit näher an der Familie bleiben. Im Zweifelsfall komme ich auch noch einmal nach Boppard, allerdings wieder privat. Wann ist denn die Beisetzung?"

„Das macht im Moment der Sohn. Aber wir haben darüber nicht gesprochen. Wohl auch in den allernächsten Tagen."

„Das ist ... gut", sagte Jana langsam. „Da kommen die ganzen Emotionen erneut hoch. Pass gut auf die Frau auf! Das ist noch nicht durchgestanden."

Am nächsten Tag setzte Fuß Günther Zerwas am Weingut Gauss ab und fuhr noch schnell ins Krankenhaus zu Elfriede. Zu seinem Erstaunen fand er Günther Brenner am Krankenbett, der sich bereits zur frühen Stunde aufgemacht hatte, die Patientin zu besuchen.

„Sven und Iris haben mit den Helfern und der Arbeit alle Hände voll zu tun und ich konnte sowieso nicht schlafen."

Er verabschiedete sich schnell und ließ Fuß mit Elfriede allein zurück.

„Doktor Lüders hat mir gesagt, dass ich heute oder morgen entlassen werde und nach Hause gehen kann. Er kümmert sich wirklich rührend um mich", wusste sie zu berichten. „Ich mache mir ja im Moment solche Gedanken. Bei uns geht es sicherlich drunter und drüber."

Fuß legte beruhigend seine Hand auf die ihrige. „Mach dir da mal keinen Kopf. Die Kinder haben das alles ganz gut im Griff und im Augenblick ja auch reichlich Helfer. Außerdem bin ich momentan ja auch noch mit von der Partie. Da macht keiner so schnell Unsinn", lachte er und begann sich mit der freien Hand sein Gesicht zu kneten. „Ich lege dir hier auf den Nachttisch meine Handynummer. Wenn du entlassen werden solltest, ruf mich an. Ich komme dich persönlich holen."

Elfriede versuchte ein schwaches Lächeln. Ihre Gesichtsfarbe war immer noch recht blass und die Augen lagen in tief umrandeten Höhlen.

„Meinst du, man sieht später noch etwas von den Narben? Ich werde mir wohl noch ein breiteres Armband kaufen müssen. Eines habe ich schon, von Bernd, zum zehnten Hochzeitstag."

„Wichtig ist doch, dass du erst einmal richtig gesund wirst und wieder voll auf die Beine kommst. Das andere ergibt sich von selbst."

Fuß war hinter den anderen den Hang hinaufgestiegen, die schon fast die Hälfte der Höhe erreicht hatten, als er vom Krankenhaus zurückkehrte. Leider hatte sich eine andere Aufteilung der Helfer ergeben, sodass er sich nur mit Sven zusammen zwischen den Rebstöcken hocharbeiten musste.

„Eure Mutter wird heute oder morgen entlassen. Wie wird es weitergehen?“

„Das Studium mache ich auf jeden Fall noch zu Ende. Und dann muss ich die Sache mit Dana klären. Ich hoffe, Mutter akzeptiert sie … sonst weiß ich nicht weiter. Ohne sie …“

„Warum haben Sie sie jetzt nicht einfach mitgebracht?“, wunderte sich der Hauptkommissar. „Wäre doch die beste Gelegenheit gewesen, oder?“

Fuß vernahm im Bücken ein kurzes Auflachen an seiner Seite. „Was meinen Sie, wer dann alles aufgeschreckt sofort ins Krankenhaus gerannt wäre?“

Fuß schwieg. Es war doch gut gewesen, sich hier auch privat zu engagieren, um so einiges zu erfahren, was sich sonst nur hinter den Kulissen abspielte.

„Steht schon ein Termin für die Beisetzung fest?“

„Wir warten alle nur auf Mamas Entlassung. Ich musste wegen der Verzögerung sogar eine Sondergenehmigung einholen. Aber sie sollte schon dabei sein. Der Pfarrer weiß Bescheid und mit dem Bestattungsinstitut ist alles geregelt. Wenn sie wirklich morgen wieder zu Hause ist, dann kann alles sehr schnell gehen. Vielleicht gleich am Freitag …“

Fuß’ Handy begann zu piepsen. Liane Esser war am anderen Ende.

„Schäfer würde Sie gerne heute noch sprechen. Ich glaube, es ist wichtig.“

Fuß warf einen Blick auf seine Armbanduhr. „Sagen Sie ihm, es kann spät werden. Oder er soll auf einen Schoppen nach Alken kommen. Es sei denn, es ist sehr wichtig. Dann höre ich hier auf und komme.“

Nachdenklich schob er das Handy wieder in seine Hosentasche zurück. Was mochte der Kollege von der Spurensicherung Neues entdeckt haben? Kurz entschlossen nahm er erneut sein Handy zur Hand, ging ein paar Schritte den Hang hinunter und rief Schäfer selbst an.

„Wir sind noch einmal minutiös den Schussabend durchgegangen. Und da wollte ich einfach mit dir noch einmal einige Punkte durchgehen, denn deine Frau Esser hat mir da auch ein paar Hinweise von Nachbarn gegeben, die doch einige Fragen aufwerfen.“

„Gut. Du weißt, dass ich hier im Weinberg bei Gauss beim Zurückschneiden helfe? Hast du Lust, heute Abend kurz nach Alken zu kommen." Er warf einen Blick zu dem inzwischen reichlich bewölkten Himmel hoch. „Ich glaube, es wird ein stillerer Abend, sodass wir uns in Ruhe zusammensetzen können."

Hauptkommissar Schäfer sagte zu, gegen einundzwanzig Uhr vorbeizuschauen. Sven hatte inzwischen wieder einige Stöcke Vorsprung. Fuß versuchte rasch, die verlorene Zeit wieder aufzuholen. Knapp zehn Minuten später hatte er Sven erreicht, damit aber auch das Ende der Reihe und den Beginn der Mittagspause.

Iris und Erna warteten schon auf die Helfer. Sie hatten einen riesigen Berg mit Broten vorbereitet und reichlich Getränke mitgebracht.

„Warmes gibt es heute Abend", erklärte Erna. „Ich habe reichlich Döppekuchen im Rohr."

„Eine Spezialität von Erna." Iris' Augen leuchteten. „Allein schon der Duft der Rohmasse lässt einem das Wasser im Mund zusammenlaufen."

„Alles kein Problem, wenn man kochen kann", murmelte Erna so laut, dass es trotzdem jeder hören und sich seinen Teil dabei denken konnte. Fuß begann schnell sein Gesicht zu kneten, um sein Grinsen besser unterdrücken zu können und griff rasch nach einer Scheibe Brot, die dick mit Braten belegt war.

Während er kaute, merkte er, dass Günther Zerwas ihm versuchte mit einem Blick mitzuteilen, dass er ihn einmal alleine sprechen wolle. Der Hauptkommissar aß in Ruhe sein zweites Brot zu Ende und wartete, bis auch Zerwas offenbar gesättigt war. Dann stand er auf.

„Ein herrlicher Blick von hier", meinte er und setzte sich, scheinbar die Landschaft genießend, oberhalb des Weinbergs in Bewegung. Fast gleichzeitig stand auch Zerwas auf und folgte Fuß langsam, wobei er sich versicherte, dass ihnen niemand nachging.

„Und?", fragte Fuß, als Günther Zerwas ihn erreicht hatte.

„Ich bin heute mit diesem Alfred Jost etwas besser ins Gespräch gekommen. Der hat so eine merkwürdige Bemerkung gemacht, als habe es in den letzten Monaten schwer in der Familie gekriselt und Bernd Gauss habe ihm deshalb nicht den Vertrag verlängert."

„Das mag auch eine Ausrede sein", grummelte Fuß. „Bernd schien nicht allzu viel von Alfi zu halten, wenn's um die Selbstständigkeit ging."

„Mag sein. Aber dahinter muss auch Elfriede gestanden haben. Zumindest scheint Jost nicht gut auf sie zu sprechen zu sein."

Der Hauptkommissar blieb stehen und schaute hinab ins Tal. „Ich habe gestern Abend mit Jana telefoniert. Sie ist auch der Meinung, dass Elfriede bei allem eine wichtige Rolle spielt. Hast du morgen noch Zeit? Ich muss nämlich wieder ins Präsidium. Mehr als zwei Tage Urlaub sind nicht drin. Und wenn Elfriede aus dem Krankenhaus kommt, möchte ich jemanden in ihrer Nähe wissen."

Zerwas kratzte sich am Hinterkopf. „Tut weh, aber für dich mache ich es noch einen Tag."

Kurz nach vier Uhr begann Fuß' Handy zu piepsen. Am anderen Ende meldete sich Elfriede Gauss.

„Ich darf meine Sachen packen. Die Kinder sind nicht zu erreichen. Kannst du ...?"

Rasch band sich Fuß seine Schürze ab und informierte Sven nur, dass er sich verabschieden müsse. Er wollte sicher sein, dass ihm in diesem Moment keiner in den Weg kam. So schnell es der Hang zuließ, machte er sich auf den Weg nach unten.

Als er vor dem Krankenhaus vorfuhr, entdeckte er Elfriede bereits im Foyer, neben ihr eine große Reisetasche und darüber einen Morgenmantel. Sie hatte nicht darauf verzichtet, sich aufwendig zu schminken, und auch reichlich Schmuck angelegt. Plötzlich sah der Hauptkommissar die Frau mit ganz anderen Augen als noch vor einem Monat. Aber so war sie immer, nur niemandem war es besonders aufgefallen. Geschickt hatte sie die Ärmelabschlüsse einer Rüschenbluse so über die Handgelenke gezogen, dass man von ihren Verletzungen nichts sehen konnte.

Fuß ergriff ihre Reisetasche und den Morgenmantel und ging voran zu seinem Wagen.

„Wollte keiner mitkommen? Ich gehe davon aus, dass doch Sven und Günther mit beim Zurückschneiden sind."

„Ich habe nichts gesagt. Es soll eine Überraschung sein."

Elfriede schien mit dieser Entscheidung nicht allzu glücklich. Offensichtlich hatte sie sich auf einen großen Empfang vorbereitet.

14.

Iris war ihrer Mutter mit einem lauten Freudenschrei um den Hals gefallen, als diese das Haus betrat. Die Begrüßung zwischen Elfriede und Erna verlief etwas stiller, aber nicht weniger herzlich. Fuß begleitete die Witwe in ihr Zimmer, half ihr beim Ausräumen der Reisetasche und wunderte sich, was die Frau inzwischen alles mit ins Krankenhaus bekommen hatte. Schmuck, Kosmetika und eine Menge Anziehsachen, für die im Krankenhaus wohl kaum ein Bedarf bestand.

„Man hat ja trotz allem so seine Bedürfnisse", erklärte sie, als sie den verwunderten Blick von Fuß sah. „Man darf sich doch nicht so gehen lassen."

Der Hauptkommissar wunderte sich nur noch mehr.

Dann ging Elfriede in ihr Bad, um sich frisch zu machen. Fuß machte sich auf den Weg nach unten. Ein wahrhaft betörender Duft des Döppekuchens erfüllte das ganze Haus. In etwa einer Stunde würden die anderen aus dem Weinberg kommen. Vielleicht hatte er noch Zeit und Gelegenheit alleine mit Elfriede zu sprechen.

Doch daraus wurde nichts. Denn Iris hatte natürlich sofort über Handy Günther und ihren Bruder verständigt, dass ihre Mutter zu Hause sei. So tauchte die Gruppe bereits auf, bevor sich Elfriede unten sehen ließ.

Erna und Iris hatten in der Probierstube den großen Tisch gedeckt.

„Welcher Wein passt denn am besten zu diesem Essen?", fragte Ulla.

„Ich würde ja gerne mal den neuen probieren", schlug Fuß vor. „Alle schwärmen schon so davon."

Günther Brenner sprang sofort auf, doch Sven drückte ihn in die Bank zurück. „Lass mal, ich hole ihn schon. Du hast heute genug geschuftet."

Sven zwängte sich an Günther und Elfriede vorbei, die neben ihm auf der Bank saßen, und machte sich auf den Weg in den Weinkeller. Während Erna aus zwei großen Brätern den dampfenden Döppekuchen verteilte, herrschte erwartungsvolles Schweigen. Iris stellte noch schnell Gläser und Mineralwasser auf dem Tisch, sodass Sven sofort, nachdem er zwei Flaschen aufgezogen hatte, mit dem Einschenken beginnen konnte.

Fast instinktiv griff Fuß nach einem der beiden Korken und schnupperte daran. Dann nahm er rasch sein Glas, das Sven ihm gerade eingeschenkt hatte, roch und nippte daran.

Mit einem Satz sprang er auf, worauf ihn alle entgeistert anschauten. „Keiner trinkt einen Schluck. Und Sven, fass bitte keine Flasche mehr an!"

Fuß zog hastig sein Handy aus der Tasche und wählte eine Nummer.

„Wilfried?! Du musst sofort nach Boppard kommen, mit dem vollen Programm. Später mehr."

Dann wählte er die Nummer von Liane Esser und bat sie ebenfalls, sofort nach Boppard zu kommen.

Langsam setzte sich Fuß wieder auf seinen Platz und schaute mit ungewöhnlich kaltem Blick in die Runde.

„Mit dem Wein stimmt etwas nicht! Keiner trinkt davon. Ist das klar?! Ansonsten guten Appetit und noch eins: Bis meine Kollegen hier sind, verlässt keiner den Raum. Wer aufs Klo muss, geht mit mir oder mit Günther Zerwas.

Iris hatte schon wieder begonnen, zu weinen und zittern. Auch Elfriede, Günther Brenner und Sven saßen recht lustlos vor ihren Tellern mit Döppekuchen und aßen mehr automatisch als mit Genuss. Nur Fuß ließ es sich schmecken. Endlich hatte er das Gefühl, es passierte etwas. Jana hatte recht.

Als Hauptkommissar Schäfer eintraf, stand Fuß wortlos auf, machte Kriminalhauptmeisterin Esser, die wenige Minuten zuvor eingetroffen war, und Günther Zerwas ein Zeichen, weiterhin darauf zu achten, dass niemand unkontrolliert den Raum verließ.

„Sie kommen mit!", deutete er auf Sven, der sichtlich irritiert sofort aufstand und dem Hauptkommissar in den Hof folgte.

„Gib dem jungen Mann ein Paar Handschuhe", begrüßte er Schäfer und Obermeister Erasmus.

Nachdem Sven die Handschuhe angezogen hatte, gab Fuß seine weiteren Anweisungen zur Vorgehensweise, die er sich in der etwas mehr als halben Stunde des Wartens auf seine Kollegen reiflich überlegt hatte.

„Die Flaschen in der Probierstube müssen eingetütet werden. Sven, Sie zeigen bitte meinem Kollegen den Weg in den Weinkeller und die

Lagerung der unetikettierten Flaschen mit dem neuen Wein. Außerdem zeigen Sie bitte den Kollegen, wo hier im Weingut Chemikalien gleich welcher Art aufgehoben werden." Zu Schäfer gewandt meinte er: „Ich brauche von allen Flaschen Fingerabdrücke, danach entscheiden wir, welche der bisher noch gelagerten Flaschen ebenfalls geöffnet werden."

Während Schäfer, Erasmus und Sven im Weinkeller verschwanden, kehrte Fuß in die Probierstube zurück, wo immer noch eisiges Schweigen herrschte.

„Wie lange wollen Sie uns noch hier festhalten?", maulte Alfred Jost. „Was kann einer von uns dafür, wenn mit dem Wein etwas nicht stimmt?"

„In wenigen Minuten, wenn alle Spuren und die neue Abfüllung gesichert ist, können Sie alle gehen ... bis auf die Familienmitglieder natürlich", antwortete Fuß. „Wer hat wann den Wein abgefüllt?"

Elfriede, die sich angesprochen fühlte, meldete sich auch sogleich zu Wort. „Bernd hat das mit Sven zusammen gemacht, vor etwa zwei oder drei Wochen."

„Gut, dann dürften ja außer diesen beiden Fingerabdrücken keine auf den Flaschen sein."

„Das ist nicht ganz richtig", widersprach Günther Brenner, immer noch sichtlich betroffen. „Ich habe sicherlich auch ein paar Flaschen angepackt, allein schon am Abend des Geburtstags."

Fuß knetete sein Gesicht und warf einen Blick auf die drei geöffneten Flaschen auf dem Sideboard. „Gut, das lässt sich ja leicht feststellen ... Zunächst geht es vor allem um diese Flaschen hier."

„Was ist eigentlich mit dem Wein?", wollte Elfriede wissen.

„Auch das werden wir bald wissen", war die lapidare Antwort. „Auf jeden Fall rate ich keinem, etwas davon zu trinken."

Fuß beugte sich zu seiner Kollegin hinab, die etwas abseits in der Nähe des bleiverglasten Fensters auf einem Stuhl saß.

„Machen Sie bitte mal eine Skizze, wer wo sitzt", flüsterte er ihr zu.

Sofort begann Liane mit ihrer Arbeit.

Als Sven, von Erasmus begleitet, den Raum betrat, veranlasste Fuß als Erstes, dass sein Kollege die drei offenen Flaschen provisorisch wieder verkorkte und eintütete. Nach kurzer Rückfrage mit ihm teilte er den Wingerthelfern mit, dass sie nun den Raum und das Weingut verlassen könnten. „Ich wäre Ihnen aber dankbar, wenn Sie meiner Kollegin noch Ihre Anschrift nennen würden, soweit uns diese nicht bereits bekannt ist."

Immer noch reichlich verunsichert stand die Helfertruppe auf. Einige verabschiedeten sich von Familie Gauss, andere nickten ihr nur zu. Irgendwie wirkte das Ganze fast gespenstisch, weil offenbar außer Fuß keiner genau wusste, worum es im Moment eigentlich ging und was geschehen war.

Schäfer und Erasmus hatten bis spät in den Abend an der Spurensuche und später auch noch an der Auswertung gearbeitet. Etwas verschlafen tauchte trotzdem der Leiter der Spurensicherung am nächsten Morgen kurz vor zehn Uhr im Büro von Fuß und Esser auf und strahlte über das ganze Gesicht.

„Das, was ich eigentlich gestern Abend mit dir in Alken diskutieren wollte, hat inzwischen sogar ein festeres Fundament bekommen. Du wirst staunen."

Schäfer legte einen Schnellhefter vor Fuß auf den Schreibtisch und nahm ihm gegenüber Platz.

„Also zunächst", holte er tief Luft, „zwei der drei offenen Weinflaschen waren mit zusätzlichem Essigester versehen, vermutlich recht hochprozentig, denn es kann nur eine kleine Menge mit einer Spritze durch den Korken hineingegeben worden sein."

„Bitte, was ist Essigester?", wollte Liane Esser wissen.

„Ethylacetat ist der Carbonsäureester aus Essigsäure und Ethanol, daher wird er auch Essigsäureethylester oder kurz Essigester genannt", klärte sie der Hauptkommissar und Hobbywinzer Fuß auf. „In kleinen Mengen aber kommt Essigester als ganz natürlicher Stoff im Wein vor, besonders wenn die Trauben durch Hagel oder Fäulnis geschädigt wurden. Ansonsten wird Essigester als Lösungsmittel verwendet."

„Weitere Einstiche in Korken haben wir an genau acht ungeöffneten Flaschen gefunden, die in den beiden oberen Reihen gelagert waren", fuhr Schäfer fort. „Und jetzt kommt's …!"

Er nahm den Schnellhefter wieder an sich und schlug ihn auf. Fein säuberlich war auf einer Kopie die Zuordnung der Fingerabdrücke zu den einzelnen Flaschen aufgeführt.

„Auf den mit zusätzlichem Essigester versehenen Weinflaschen waren teilweise die Fingerabdrücke von dem Winzer und seinem Sohn, aber bei allen Flaschen eindeutig auch die Fingerabdrücke von …?" Er blickte gespannt seinen Kollegen Fuß an.

„Brenner?!"

Schäfer nickte anerkennend mit dem Kopf. „Ja, von diesem künftigen Schwiegersohn!"

Fuß warf sich zurück in seinen Sessel und starrte einige Sekunden an die weiße Decke. Nur langsam richtete er sich schließlich auf und blickte wieder in das Gesicht seines sehr zufriedenen Kollegen.

„Und jetzt zu unserem eigentlich gestern noch vorgesehenen Gespräch", setzte Schäfer seine Ausführungen fort und machte Liane Esser ein Handzeichen, sich neben ihn zu setzen. „Ich habe die Aussagen der Nachbarn, den zeitlichen Ablauf und das mögliche Geschehen vor, während und nach den Schüssen einmal mit unseren Ermittlungen zusammengeführt ..." Wieder schlug er eine weitere Seite im Schnellhefter auf. „Danach ergibt sich folgendes mögliches Bild: Dieser Herr Mohr mit seinem Hund war unmittelbar vor dem Grundstück und hat laut Aussage zunächst nichts Verdächtiges bemerkt. Er und sein Hund sind lediglich durch die Schüsse aufgeschreckt, ohne dass sie etwas Weiteres gehört oder gesehen haben. Dieser Herr Nick auf seinem Balkon, hat ebenfalls nach den Schüssen nichts gesehen. Uns liegen nur die Aussagen von Brenner und dem Gauss Junior vor, wonach sich Brenner sofort auf den Boden geworfen hat, in Deckung gerobbt ist und schnell ins Haus geflüchtet ist, als ihm die Haustür geöffnet wurde."

Fuß nickte, ahnte aber bereits worauf sein Kollege hinaus wollte.

„Bisher sind wir davon ausgegangen, dass sich der Schütze zunächst still verhalten und dann über den Weinberg das Grundstück verlassen hat. Dazu haben wir aber keinerlei Hinweise oder Spuren gefunden. Es kann also nicht ausgeschlossen werden, dass es gar keinen Schützen gab."

„Aber, wer hat dann ...", begann Liane Esser und blickte zwischen den beiden Kollegen hin und her. „... dann müsste ja Brenner selbst ..."

„Genau!", fiel ihr Schäfer sofort ins Wort. „Brenner könnte selbst geschossen, sich dann versteckt und anschließend am Körper die Waffe mit ins Haus genommen haben. Ihn hat doch keiner von uns untersucht. Und irgendwann hat er ganz offiziell das Weingut verlassen und die Waffe so rausgeschmuggelt."

„Dann müssen wir sofort über die Staatsanwaltschaft einen Haftbefehl gegen ihn beantragen", freute sich Liane Esser, der Aufklärung des Falls näher gekommen zu sein.

„Auf keinen Fall!", entschied Fuß sofort. „Das reicht nicht aus. Wir werden Brenner ab sofort observieren und im richtigen Moment mit einem Durchsuchungsbeschluss seine Wohnung auf den Kopf stellen."

Schäfer nickte. „So sehe ich das auch. Haben wir die Privatadresse von diesem jungen Mann?"

Fuß nickte. „Frau Esser, veranlassen Sie bitte alles Notwendige."

Nachdem Schäfer gegangen war, machte sich Fuß auf den Weg in die Presseabteilung zu Ralf Schomisch und Helmut Zirfas.

„Wir sollten uns genau abstimmen, was wir an die Presse weitergeben. Ich möchte, dass dieser Brenner sich auf jeden Fall weiterhin nicht als Zielperson unserer Ermittlungen ansieht", bat Fuß.

„Von dieser Weinmanipulation sollten wir gar nichts sagen", schlug Schomisch vor. „Hätte der Genuss denn dramatische Folgen gehabt?"

Fuß wiegte den Kopf. „Tödliche wohl nicht, aber gesundheitliche sicherlich und vor allem … möglicherweise sollte ja auch dem Image des Weinguts geschadet werden. Was wissen wir, was in dem offenbar kranken Hirn dieses Brenner vor sich geht?"

Zirfas, der gerade eine Pressemeldung zu einer Amok-Trittbrettfahrerin angefertigt hatte, die ausgerechnet an einer Bopparder Schule mit einem Blutbad drohte, schob die Tastatur seines Computers beiseite. „Glaubst du denn, dass Brenner auch was mit dem Tod von Gauss zu tun hat?"

„Im Moment scheint mir alles möglich. Aber erst brauche ich mal mehr Beweise und vor allem ein Motiv", stöhnte Fuß. „Und das sehe ich bei dem Kerl nicht. Es muss einfach noch mehr dahinterstecken …" Wie immer in solchen Momenten knetete Fuß sich durch sein Gesicht und zog dabei erstaunliche Grimassen.

„Jung wird sicherlich in Kürze wieder ein Pressegespräch haben wollen. Er hat schon einige Male gefragt, was es Neues gibt."

„Versuch dem Generalstaatsanwalt klar zu machen, dass wir noch etwas Zeit brauchen. Je mehr das Thema aus der Presse verschwindet, umso größer sind unsere Chancen. Das Ganze wird sowieso nächste Woche wieder hochgekocht, wenn Bernd Gauss beerdigt wird", gab Fuß zu bedenken.

Am Abend traf sich Fuß mit Günther Zerwas, der vereinbarungsgemäß einen weiteren Tag mit Sven und den Helfern im Weinberg das Hochbinden fortgeführt hatte.

„Allseits gedrückte Stimmung", kommentierte er die Situation. „Keiner weiß so recht, was er glauben soll. Dieser Jost hat was von möglichem Racheakt gefaselt, wusste aber auch offensichtlich nicht wieso, warum und wer."

„War Brenner mit von der Partie?"

„Und ob", lachte Günther laut. „Der hat die verrücktesten Theorien aufgestellt. Damit macht er natürlich seiner Braut und der zukünftigen Schwiegermutter enorm Stress. Als die beiden das Mittagessen brachten, hat er sie damit ganz schön fertiggemacht."

„Und Sven?"

„Der war sehr nachdenklich und still. Hat den ganzen Tag fast kein Wort geredet. Ich denke, der grübelt ..."

„Das tu ich auch", schmunzelte Fuß und goss seinem Freund das Glas wieder voll. „Hast du dein Geld bekommen?"

„Und ob. Elfriede war wieder voll in ihrem Element. Sie braucht halt ihre Ordnung. Alles superperfekt mit zig Unterschriften und auf den Cent genau."

Wie vorgesehen war die Beisetzung von Bernd Gauss auf den frühen Montagnachmittag gelegt worden.

Zunächst waren Fuß und Esser zum Trauergottesdienst in die Sankt-Severus Kirche gefahren, wo Dekant Hermann-Josef Ludwig und Vikar Matthias Hermes gemeinsam das Sterbeamt abhielten. Fuß und Esser hatten seitlich des Altars Platz gefunden, um möglichst unauffällig die Trauergäste beobachten zu können. Obwohl Familie Gauss ausdrücklich gebeten hatte, in einem möglichst intimen Kreis Abschied nehmen zu können, war die Kirche bis auf den letzten Platz voll.

Elfriede hatte sich und Iris offenbar für den Anlass neu eingekleidet. Beide in schwarzen, eleganten Hosenanzügen und – Fuß konnte sich ein Lächeln nicht verkneifen – Elfriede mit einem großen Hut und schwarzem Schleier. Sven und Brenner, neben dem sich Iris fast versteckte, hatten Elfriede in die Mitte genommen.

In den folgenden Bänken saß alles, was in Boppard, Rheinland-Pfalz und in der Weinwirtschaft Rang und Namen hatte. Selbst Wirtschaftsminister Hendrik Hering und fast alle Präsidenten und führenden Persönlichkeiten sämtlicher Weinbauverbände, angeführt vom Präsidenten des Weinbauverbandes Mittelrhein, Gerhard Lambrich und dem Geschäftsführer Gerd Knebel waren zugegen. Die meisten Gesichter kannte Fuß nur aus den Medien, konnte sie aber kaum alle einordnen.

Nach der Trauerpredigt trat Sven Gauss kurz ans Mikrofon und sprach mit hörbar bewegter Stimme den Anwesenden im Namen der ganzen Familie seinen Dank für die Anteilnahme aus. Dann rief er alle auf, man möge seinen Vater nicht vergessen und bat mit einem Blick zu den Verbandsrepräsentanten um Hilfe und Unterstützung, damit das Weingut Gauss auch weiterhin die Tradition unter seiner Leitung fortführen könne.

Bereits gut eine Dreiviertelstunde später war der Ortsteil Buchenau, in dem sich der Friedhof befindet, bis auf den letzten Meter zugeparkt. Der nun folgende Fahrzeugkonvoi hatte Probleme die Gäste des Trauergottesdienstes bis an den Friedhof zu bringen. Die Bopparder Polizei schien bis auf den letzten Mann im Einsatz, um das große Verkehrschaos zu verhindern.

Fuß hatte den Friedhof noch gut in Erinnerung, denn erst vor zwei Jahren hatte er hier zusammen mit seinem Kollegen Wagner ebenfalls an einer Beerdigung teilgenommen und sich auf Beobachtungsposten befunden. Betroffen erinnerte er sich wieder an seinen langjährigen Mitarbeiter und den Lebensgefährten von Jana Dufkova, der vergangenes Jahr im Dienst erschossen worden war.

Jetzt betrat er mit Liane Esser im Schlepptau den Friedhof und versuchte sich einen Weg zur Kapelle zu bahnen. Außerdem hatte er bei dem Leiter der Polizeiinspektion Boppard, dem Ersten Polizeihauptkommissar Karen, zwei weitere Kollegen in Zivil erbeten, die mit kleinen Videokameras ausgestattet waren, um die Trauergäste und vor allem die Familienmitglieder zu beobachten. Man konnte ja nicht wissen, welche Rückschlüsse sich möglicherweise aus dem Bildmaterial ergaben. Auch Fuß hatte seine kleine Digitalkamera mitgebracht und Liane Esser hatte vorsorglich in der Nacht den Akku ihres Fotohandys geladen, um auf keinen Fall Schiffbruch zu erleiden, wenn es darum ging, Bildmaterial zu sammeln.

„Sie bleiben dicht bei der Familie, wenn sie aus der Kapelle kommt. Zeigen Sie im Zweifelsfall Ellenbogen!“

Die Kollegin nickte und schob sich sofort recht rabiat durch die Reihen vor ihr und erreichte die Kapelle noch bevor Familie Gauss eintraf.

Fuß selbst wählte den gleichen Platz, den er bereits vor zwei Jahren eingenommen hatte, zumal die Grabstätte von hier aus optimal einzusehen war.

Von hier aus entdeckte er fast alle Freunde von Bernd, die an seinem letzten Lebenstag an der Geburtstagsfeier teilgenommen hatten. Wer von ihnen hatte damals geahnt, was bereits der nächste Tag brachte und hier nun sein trauriges Ende fand?

Während der Hauptkommissar beobachtete, wie sich kurze Zeit später der Trauerzug langsam von der Kapelle in Richtung Grabstätte bewegte, gingen ihm einige noch völlig offene Fragen durch den Kopf. Dazu gehörten das Band des Anrufbeantworters ebenso wie die merkwürdige Sache mit dem Zimmerschlüssel und der Vortäuschung eines Suizids mit Blausäure. In diesem Moment, als er deutlich den hochglanzpolierten, reichlich mit Messing beschlagenen Sarg vor Augen hatte, trat für ihn die Frage nach den Umständen der aufgeschnittenen Pulsadern von Elfriede fast völlig in den Hintergrund. Trotzdem wurde er das Gefühl nicht los, jetzt recht schnell dieses Puzzle zusammenführen zu können.

Als Elfriede, Sven und Iris mit Günther Brenner zum letzten Abschied ans Grab traten, erlitt die junge Frau einen leichten Schwächeanfall und wurde rasch von ihrem Bruder und ihrem Freund aufgefangen. Vorausahnend hatte irgendwer drei Stühle in die Nähe des Grabes gestellt. Zu einem davon führte man Iris, die dort sofort in sich zusammensank und den Kopf zwischen den Händen vergrub.

Günther ging zu Elfriede zurück, half ihr galant über die holprige Erde vor der Graböffnung und begleitete sie zu den Stühlen, wo inzwischen Sven versuchte, seine Schwester zu trösten.

Es folgte die schier endlose Prozession der Kondolierenden. Fuß trat von einem Bein aufs andere. Langsam tat ihm sein Kreuz weh und mit Schrecken dachte er an die Rückfahrt aus Buchenau. Es würde mit Sicherheit eine Stunde dauern, bis der Verkehr wieder normal fließen würde. Da half nur das Aufsetzen des Blaulichts, obwohl ihm dies in solchen Fällen widerstrebte. Aber es musste sein.

Dieser Satz ging Fuß am Abend ein zweites Mal durch den Kopf, als ihm Erika das Wort „Peinlich!“ an den Kopf warf. Neugierig hatte sie sich für ein paar Minuten aus der Straußwirtschaft in die Wohnung begeben, um in der Landesschau den kurzen Bericht über die Beisetzung im SWR-Fernseh-Programm zu sehen.

„Musste deine Kollegin denn dauernd fotografieren? In jeder Einstellung war sie mehr oder weniger mit dem Handy vor den Augen zu sehen, peinlich!“

Fuß nahm es gelassen, denn zum einen konnte man jetzt nichts mehr daran ändern und zum anderen hatte er Liane ja bewusst zu diesem Job verdammt. Für ihn zählte jetzt nur noch der Ermittlungserfolg und es galt, jede Chance zu nutzen.

Es war wohl kein Zufall, dass sich an diesem Abend fast alle Freunde von Bernd, die an der Trauerfeier teilgenommen hatten, am großen Stammtisch im Hof der Straußwirtschaft einfanden, obwohl man sich nicht verabredet hatte.

Ekki Priebe brachte es auch sofort auf den Punkt. „Nachdem Elfriede ja keine anschließende Einladung ausgesprochen hat, müssen wir uns selbst zum Leichenschmaus einladen."

„Wohin hätte sie denn diese Menschenmassen einladen sollen?", antwortete Franz-Josef Hammes. „Ich möchte keine so große Beerdigung haben."

Freundin Marion stimmte ihm ebenso wie die meisten am Tisch zu.

„Da spielt natürlich auch die Neugier eine gewisse Rolle", meinte Fuß, inzwischen wieder mit Winzerschürze, während er Gläser, Wein- und Wasserflaschen auf dem Tisch verteilte. „Der Bernd, das war ein Guter. Für die anderen können wir nichts", orakelte er und schenkte sich selbst ein Glas ein. „Dann lasst uns nochmals auf ihn anstoßen!"

Alle erhoben kurz ihre Gläser und der ein oder andere schien einen verschämten Blick nach oben zu werfen, damit sein „Prost" auch richtig ankommen möge.

Nachdem Thea Martini ihr Glas abgestellt hatte, blickte sie Fuß an. „Sag mal, kann es sein, dass sich da zwischen Elfriede und Iris' Freund etwas mehr abspielt?"

Marion Kosira prustete, weil sie sich durch die unerwartete Frage beinahe verschluckt hatte. „Meinst du wirklich?"

Fuß hielt inne und starrte Thea an. Plötzlich rasten hunderte von Bildern an ihm vorbei. Thea hatte mit ihrer Bemerkung etwas in ihm in Bewegung gesetzt, was wohl bereits seit einiger Zeit latent in ihm schlummerte. Nur ergab sich daraus immer noch kein Sinn oder ein Motiv.

15.

Die ganze Nacht warf sich Fuß zum Leidwesen seiner Frau im Bett hin und her. Auch die Aufforderung „Nun gib doch mal endlich Ruhe oder steh auf!“ half nichts. Schließlich stand Fuß tatsächlich auf, zog sich an und fuhr mit seinem Allradjeep in seinen Weinberg.

Das Moseltal lag im Frühnebel und Alken noch verschlafen zu seinen Füßen. Er ließ sich auf einer Hangbefestigung nieder und genoss die friedliche Morgenstimmung. Thea war in manchen Situationen eine gute Beobachterin. Vielleicht interpretierte sie in manche Dinge auch zu viel hinein, aber in diesem speziellen Fall …

Martinis gehörten nicht zum engsten Freundeskreis von Bernd, vielleicht hatte sie auch deshalb mehr Abstand zu allem. Fuß strich sich über sein unrasiertes Gesicht. Aber selbst, wenn ihre Vermutungen der Realität in irgendeiner Weise nahe kamen, was hatte das mit all dem zu tun, was sich in der Familie Gauss die letzten Wochen abgespielt hatte? Jana hatte gesagt, Elfriede ist ein Puzzleteil, aber nicht der Schlüssel. War Günther Brenner der Schlüssel?

Fuß erhob sich und stieg weiter den Steilhang Richtung Burg Thurant hinauf. Irgendwie hoffte er, oben im übertragenen Sinn einen noch besseren Überblick gewinnen zu können. Wieder ließ er sich nieder. Langsam trafen die ersten Sonnenstrahlen die Spitzen der gegenüberliegenden Berge der Eifel. Allmählich erwachte der Ort. Vor allem der Verkehr auf der Uferstraße nahm ständig zu. Fuß gähnte herzhaft und warf einen Blick auf seine Uhr. Er musste zurückkehren, es lag ein Tag voller Entscheidungen vor ihm, das war ihm klar geworden.

Ein trockenes Brötchen hatte er sich eingepackt und saß nun kauend an seinem Schreibtisch. Mit einer kurzen Handbewegung wischte er unwirsch die Krümel von seiner Schreibunterlage. Sobald Liane Esser käme, würde er sich so schnell wie möglich mit ihr und dem Kollegen Schäfer auf den Weg machen. Hoffentlich hatte sie bereits den Durchsuchungsbeschluss für Brenners Wohnung besorgt. Ihr Schreibtisch war peinlichst aufgeräumt, die Schublade abgeschlossen. Auf dem Flur hörte er Schritte. Warum musste sich ausgerechnet heute seine Kollegin verspäten. Er stand auf und ging auf den Flur, als könne er sie herbeizaubern. Er kehrte ins Büro zurück und rief Schäfer an.

Fuß griff zu seinem Handy und wählte die Funknummer von Liane Esser.

„Ich stehe auf der Balduinbrücke im Stau. Noch knapp zehn Minuten schätze ich …"

Obwohl es weniger war, kam es Fuß wie einer halbe Stunde vor. Dann hielt er den Beschluss in den Händen.

„Rufen Sie Schäfer an. Wir treffen uns in Maisborn. Außerdem sollten wir vorsorglich eine Streifenbesatzung vor Ort haben."

Das Haus, in dem Günther Brenner wohnte, war ein kleines Einfamilienhaus am Ortsrand mit Einliegerwohnung im Souterrain. Bereits das Vorfahren eines Streifenwagens, dem dann noch in kurzen Abständen zwei weitere Zivilfahrzeuge folgten, erregte in der Nachbarschaft größeres Aufsehen.

„Irgendwann haben wir schon so etwas erwartet!", empfing Frau Weyand, die Hausbesitzerin, Hauptkommissar Fuß, der ihr den Durchsuchungsbeschluss überreichte. „Der ist ja kaum hier, arbeitet offenbar nichts und schuldet uns bereits zwei Monatsmieten. Kommen Sie …" Bereitwillig schloss sie der Polizei die Tür auf.

Vorsorglich zogen alle Handschuhe und soweit nötig Schutzkleidung an. Frau Weyand war offenbar froh, die Wohnung nicht betreten zu dürfen. Sie schien zu befürchten Weiteres entdecken zu müssen, was ihren Unmut nur verstärken würde.

Liane Esser folgte ihr in ihre Wohnung, um zusätzliche Informationen über Brenner einzuholen. Sie bewunderte sogleich die recht ausgefallenen Möbel.

„Mein Mann ist Schreinermeister und arbeitet in Rheinböllen. Das Selbstständige hat ihm nicht gelegen, das macht er nur für uns und einige gute Freunde", erklärte Frau Weyand.

„Seit wann wohnt Herr Brenner bei Ihnen?"

Die Hausbesitzerin nahm gegenüber Frau Esser am Tisch Platz und rechnete mit den Fingern nach. „Im Herbst werden es drei Jahre. Am Anfang ist er ja täglich morgens weggefahren. Aber das letzte Jahr taucht er kaum mehr hier auf. Neulich war ein junger Mann hier, der ihn sprechen wollte. Er meinte, Brenner sei doch arbeitslos. Genaues weiß ich aber nicht. Auf jeden Fall scheint er im Moment kein Geld zu haben.“

„Hat er außer dem jungen Mann anderen, vielleicht regelmäßigen Besuch?“

„Nicht dass ich wüsste. Aber ich bin sehr viel unterwegs, ehrenamtlich besuche ich ältere Menschen, unterhalte mich mit ihnen, lese vor oder mache Spiele mit ihnen.“

„Auch keine junge Frau, so Anfang zwanzig?“

Frau Weyand schüttelte den Kopf. „Sie werden es nicht glauben. Aber das letzte Jahr haben wir kaum zehn Worte miteinander gewechselt. Bis jetzt, wo die Miete aussteht. Aber seither kommt er abends entweder nur sehr spät oder gar nicht und schleicht sich auch morgens wieder aus dem Haus, wenn er mal hier übernachtet hat.“

Die kleine Souterrainwohnung bestand aus einem Wohnzimmer mit Schlafcouch, einer Art Arbeitsraum, einer kleinen Küche und einer Dusche mit WC. Die Schlafcouch war ausgezogen, das Bett ungemacht. Auf dem Couchtisch lagen eine Menge verschiedener medizinischer oder pharmazeutischer Zeitschriften.

Hauptkommissar Schäfer stieß einen leisen Pfiff aus, als er den kleinen Arbeitsraum betrat. Ein reichlich improvisiertes Regal beherbergte eine Menge Arztmuster. Darunter ein paar offene Karton, die Give-away-Artikel für Ärzte enthielten. Auf einer Tischplatte auf Malerböcken stand ein Computer, der zusätzlich mit einem Laptop verkabelt war. Dahinter eine Reihe von Aktenordnern und ein paar Bücher.

„Alles einpacken!“, entschloss sich Schäfer kurzerhand.

Fuß hatte sich inzwischen das Wohnzimmer vorgenommen. Ein Teil des Einbauwandschranks wurde als Kleiderschrank benutzt. Im Gegensatz zur Wohnung machte dieser einen ausgesprochen sauberen und aufgeräumten Eindruck. Im Vitrinenbereich befanden sich verschiedene Alkoholika und eine Menge Knabbergebäck.

Auch die kleine Küche wirkte sauber und aufgeräumt, wurde aber offenbar auch selten oder nie benutzt, einmal abgesehen vom Kühlschrank, der voll mit Bierdosen war. Fuß setzte seine Besichtigung gerade in der Dusche fort, als Liane Esser plötzlich hinter ihm stand und ausrief: „Das ist aber merkwürdig!“

Erschrocken drehte sich Fuß um und sah, dass seine Kollegin auf die Ablage unter dem Spiegel deutete. „Frau Weyand sagte mir, Brenner habe nie Damenbesuch.“

Fuß folgte ihrem Blick und entdeckte neben Rasierwasser und Zahnputzbecher zwei *Liasan*-Produkte und eine kleine Flasche *Coco* von Chanel.

„Ich befürchte, wir werden uns noch über einiges andere bei dem Herrn wundern“, stöhnte Fuß und bedauerte automatisch Elfriede und vor allem Iris, die offenbar auf den jungen Mann hereingefallen waren. „Ich brauche unbedingt alle Fingerabdrücke!“, rief er in die Wohnung.

Bei seiner Rückkehr ins Wohnzimmer kam ihm bereits ein Kollege mit einem ersten gefüllten Umzugskarton entgegen. Schäfer war damit beschäftigt die vorgefundene Situation im Arbeitszimmer zu fotografieren.

„Ich glaube, die Streifenkollegen können fahren. Brenner wird nicht hier auftauchen.“

Schäfer nickte zustimmend, worauf Fuß Liane ein Zeichen gab. Sie verließ das Haus, um den dort wartenden Kollegen die Nachricht zu überbringen. Tatsächlich hatten sich knapp zwanzig Nachbarn und Neugierige eingefunden, die sich um den Streifenwagen versammelt hatten und hofften, mitzubekommen, was sich hier abspielte.

Sichtlich erleichtert startete der Fahrer seinen Wagen, ließ kurz das Blaulicht aufleuchten, um freie Fahrt zu erhalten und lenkte den Wagen langsam durch eine kleine Personengruppe, die ihm nur unwillig den Weg räumte.

Auch Liane Esser flüchtete rasch wieder ins Haus und schloss hinter sich energisch die Tür.

Eine knappe Stunde später war in Maisborn der Spuk vorbei. Fuß hatte beschlossen, zusammen mit der Kollegin über Boppard zu fahren, um dem Weingut Gauss noch einen Besuch abzustatten und Elfriede über die neuen Erkenntnisse zu unterrichten.

Die Witwe öffnete den beiden mit verheulten Augen und fiel dem überraschten Hauptkommissar förmlich in die Arme, als er den Flur betrat. Über ihre Schulter hinweg entdeckte er Sven, der seiner Mutter gefolgt war und ihm sofort ein Zeichen machte, ihm zu folgen.

Elfriede in den Armen setzte Fuß den Weg ins Wohnzimmer fort und erkannte sofort die Situation, in die er hineingeraten war. In einem der Sessel saß eine bildhübsche dunkelhäutige junge Frau in Jeans und einem frühlingsgelben Shirt. Als sie Fuß und Liane erblickte, stand sie rasch auf und stellte sich als „Dana Mbatha … aber, please, Sie sagen einfach Dana to me“ vor.

Fast instinktiv strich Fuß Elfriede über die Haare. Er konnte sich genau vorstellen, was in diesem Moment in der Frau vor sich ging. Mit Grauen dachte er an die Nachricht, die er jetzt auch noch überbringen wollte. Vorsichtig setzte er Elfriede in einen Sessel, die sofort ihr Gesicht hinter ihren Händen verbarg.

„Es musste endlich sein", hörte er hinter sich Sven zu seiner Kollegin sagen.

Fuß drehte sich um und begrüßte nun auch den Sohn. „Es war richtig. Kann ich Sie kurz alleine sprechen?"

Sven begleitete Fuß aus dem Zimmer und beide setzten sich in die Küche, wo noch das Geschirr vom Frühstück stand.

„Mit der Reaktion von Mama war zu rechnen. So was passt nicht in ihre Welt."

„Es kommt noch schlimmer", gestand Fuß und ließ sich auf einem der Stühle nieder. „Was wissen Sie vom Freund Ihrer Schwester?"

Sven stellte zwei Gläser und eine Flasche Mineralwasser auf den Tisch. „So gut wie nichts. Iris hat Günther, glaube ich, durch irgendeine Kollegin kennengelernt und war froh, endlich mit über zwanzig einmal einen Freund zu haben. Das Schicksal überbehüteter Kinder. Ich hatte da mehr Glück, weil ich außerhalb studiere. Aber das Ergebnis können Sie heute auch erleben …"

„Waren Sie mal in seiner Wohnung in Maisborn?"

„Warum sollte ich? Ich bin da mehr unserem Vater nachgeschlagen. Ich denk mir meinen Teil, aber die anderen müssen schon wissen, was sie tun. Mama hat uns Günther immer schön geredet, ich glaube, sie war einfach froh, dass meine Schwester endlich einen jungen Mann kennengelernt hatte. Ihre Frage nach ihm hatte aber einen merkwürdigen Unterton." Sven schaute Fuß fragend an.

Der Kommissar schenkte sich erst ein Glas Mineralwasser ein und nahm dann einen kräftigen Schluck. „Wir haben soeben bei Günther Brenner eine Wohnungsdurchsuchung vorgenommen. Dazu kann ich noch nichts sagen, abgesehen davon, dass uns die Hausbesitzerin von Mietschulden und möglicher Arbeitslosigkeit berichtet hat."

Sven schwieg betreten und schaute nachdenklich an Fuß vorbei aus dem Fenster hinaus. Schließlich schüttelte er den Kopf. „Das gibt Mama den Rest …"

„Ich werde es ihr wohl schonend beibringen müssen", stöhnte Fuß. Er zwinkerte Sven zu. „Vielleicht machen Sie jetzt einmal mit Dana einen kleinen Spaziergang."

Als Sven und Dana das Wohnzimmer verlassen hatten, setzte sich Fuß zu Elfriede auf die Sessellehne und legte den Arm um ihre Schultern. Liane war am Fenster stehen geblieben und schaute den beiden Verliebten zu, wie sie Arm in Arm über den Hof gingen und das Weingut verließen.

„Wie kann er mir das antun?“, hörte sie Elfriede Gauss jammern und drehte sich um. Ihr tat der Hauptkommissar leid, der nun auch noch eine Horrornachricht überbringen musste. Sie blickte ihn an. Doch statt dem üblich verschmitzten Hotzenplotz-Gesicht sah sie in das fahle und müde Gesicht eines alten Mannes.

Sie durchquerte den Raum und nahm auf dem Sofa Platz, sodass sie Elfriede direkt gegenüber saß.

„Frau Gauss, es hilft nichts“, begann sie mit fester Stimme und ballte unwillkürlich ihre rechte Hand zu einer Faust, um sich Selbstsicherheit zu verleihen. „Sie sollten wissen, dass wir gerade die Wohnung von Herrn Brenner durchsucht haben und glauben, Sie sollten einiges mehr über ihn erfahren.“

Jetzt war es raus. Sie nahm tief Luft und fuhr schnell fort, obwohl sie die verzweifelt mahnenden Blicke des Hauptkommissars nicht übersehen konnte.

„Er ist wohl nicht der Mann, wie Sie ihn sehen. Mehr können wir natürlich erst nach der Auswertung der gefundenen Unterlagen sagen. Aber eines ist sicher, er hat Sie auf breitester Basis getäuscht, wahrscheinlich mit allem …“

Ein hysterisch lauter Aufschrei unterbrach sie. Elfriede Gauss hatte die Hände hoch an die Ohren gerissen und schüttelte wie wild ihren Kopf. „Nein … nein … nein!“, folgten in kurzen Abständen.

„Musste das sein?!“, herrschte Fuß seine Kollegin an.

„Jetzt geht es mir besser!“, kam es trotzig zurück. „Und einer muss ja den Anfang machen.“ Liane Esser stand auf, verließ schnurstraks den Raum und schloss die Tür laut hinter sich.

Immer noch hielt Fuß die Frau in seinen Armen, die inzwischen völlig in sich zusammengesunken war. Vielleicht hatte Liane recht gehabt. Er hätte zwar einen anderen Weg bevorzugt, aber jetzt war die Katze nun mal aus dem Sack und vielleicht kam so auch manches andere endlich zur Sprache, was auch zur Klärung des Mordes an Bernd beitragen würde.

Es dauerte fast eine Viertelstunde, bis sich Elfriede langsam und immer noch schluchzend aufrichtete.

„Stimmt das, was deine Kollegin gesagt hat?", flüsterte sie und blickte Fuß an.

„Leider. Und ich befürchte, es wird noch mehr werden, was wir erfahren. Brenner scheint ein Blender und Schmarotzer zu sein. So viel steht auf jeden Fall fest."

Elfriede Gauss vergrub ihr Gesicht wieder in den Händen und gab einen leisen, lang gezogenen Heulton von sich. Fuß stand auf und nahm den Platz auf der Couch ein, auf dem Liane vorher gesessen hatte und wartete.

Wieder verging einige Zeit bis Frau Gauss ihn anblickte. Ihr Gesicht war verquollen und kalkweiß mit großen roten Flecken.

„Iris … bitte sage Iris nichts davon", flehte sie.

„Ich glaube, Iris wird das eher verkraften als du", gestand Fuß.

„Was willst du damit sagen?"

„Das musst du selbst entscheiden. Auf jeden Fall werden wir den jungen Mann jetzt mal etwas genauer unter die Lupe nehmen."

„Aber … er ist doch …"

„Elfriede, mach dir nichts vor. Die Fakten sprechen dagegen. Und es ist besser, du findest dich ganz schnell damit ab." Merkwürdig, ging es ihm durch den Kopf. Ob er ohne das Auftreten von seiner Kollegin auch diese Nüchternheit der Ausdrucksweise gefunden hätte? „Du schaffst das schon. Du hast bisher alles in den Griff bekommen, du wirst auch jetzt einen Weg finden."

Elfriede Gauss hob ihren Kopf und blickte Fuß fest in die Augen.

„Ja, ich schaff das schon", flüsterte sie heiser.

16.

Auf dem Schreibtisch begrüßte ein großer Zettel den Hauptkommissar: *Dringend Schäfer anrufen!*

Als sein Kollege seine Stimme am Telefon hörte, reagierte er nur mit einem kurzen „Ich komme!“ und hängte wieder ein.

Fuß ließ sich in seinen Sessel fallen, legte die Beine auf den Schreibtisch und begann sein Gesicht zu kneten.

„Immer noch böse?“, fragte Liane Esser, mit der er auf der Rückfahrt kein einziges Wort gesprochen hatte.

„Quatsch! Ich hätte es halt anders gemacht, aber bitte …“

„Ich konnte nicht anders, als ich Sie da so sitzen sah.“

„Es ist vorbei. Jetzt müssen wir sehen, was sich daraus ergibt“, antwortete Fuß müde. „Vielleicht hätte ich den Fall doch abgeben sollen.“

„Hätte das was geändert? Immerhin sind Sie mit der Familie befreundet und waren als Erster in den Fall involviert.“

Nach einem kurzen Klopfen betrat Schäfer mit einem Karton auf dem Arm das Büro. Auch dieses Mal strahlte er siegessicher über das ganze Gesicht.

„Ich hoffe, du hast gut gefrühstückt!“

Fuß nahm seine Beine vom Schreibtisch und verfolgte, wie Schäfer mit Handschuhen begann, den Inhalt des Kartons auszubreiten.

„Das ist nur der Anfang, sozusagen, alles, was wir mit Links gefunden haben“, er hob eine eingetütete Waffe in die Luft. „Eine Heckler und Koch P acht, Kaliber neun Millimeter, wahrscheinlich aus Bundeswehrbeständen. Wir vergleichen noch, ob damit auf dem Weingut geschossen wurde.“ Als Nächstes beförderte er eine kleine eingetütete Schachtel ans Tageslicht. „Rohypnol …“

„Wo habt ihr das so schnell her?“, fragte Fuß völlig überrascht.

„Der Kerl ist einfach gestrickt. Er glaubt raffiniert zu sein und ist einfach dämlich. Das Versteck für die Waffe war fein säuberlich aus einem dicken Fachbuch ausgeschnitten, ebenso das Medikament. Ein Mann mit viel Fernseherfahrung! So macht man das halt.“ Schäfer amüsierte sich über das erstaunte Gesicht seines Kollegen. Der Aktenordner, den er zum Schluss aus dem Karton nahm, war nicht eingetütet. „Hast du Handschuhe?“

Fuß griff in seine Schublade und zog sich welche an.

„Hier sind einmal die letzten Abrechnungen einer Pharmafirma und einige Abmahnungen wegen versäumter Termine. Von einer Kündigung habe ich zwar noch nichts gefunden, aber wir haben erst einige Ordner kurz durchgesehen. Dahinter sind auch einige Schreiben der Kreissparkasse Rhein-Hunsrück. Er muss wohl sein Konto einige Male erheblich überzogen haben. Auszüge wurden bisher allerdings noch nicht gefunden, aber es bestätigt, was uns die Hausbesitzerin erzählt hat.“

Fuß blätterte langsam den Ordner durch. Dabei entdeckte er einen eingehefteten Notizzettel mit Telefonvorwahlen quer durch die Bundesrepublik. „Darf ich?“

Rasch zog er eine Tüte aus der Schublade, mit deren Hilfe entfernte er den Zettel und tütete ihn ein und reichte ihn dann an Liane Esser weiter.

„Ich will wissen, wer sich da alles meldet.“

Während Schäfer die mitgebrachten Dinge wieder in den Karton packte, setzte sich die Kollegin sofort ans Telefon.

„Wann hören wir etwas von den Ballistikern?“

„Die wissen schon, dass wir warten“, erklärte Schäfer. Erasmus hängt über den Ordnern und ich mache mich jetzt mal über die ganzen Medikamente her. Ich glaube, unser Staunen ist noch nicht zu Ende.“

„Ich schicke auf jeden Fall einen Bericht an die Staatsanwaltschaft und hoffe, dass man einen Haftbefehl beantragt. Allein das Auffinden von Pistole und *Rohypnol* dürfte ausreichen.“

Trotz der vielen Überraschungen und der damit verbundenen Probleme stieg Fuß an diesem Abend erstaunlich gelöst aus seinem Wagen und lauschte für einen Moment dem fröhlichen Treiben auf seiner Straußwirtschaftsterrasse, die noch in der Abendsonne lag.

Fast beschwingt drückte er sich durch die untere Weinstube und den voll besetzten Hof und verschwand im Lagerraum, wo er sich vom Kriminalhauptkommissar Fuß in einen Winzer verwandelte. Bewaffnet mit einem Sechserkorb verschiedener Weinflaschen machte er sich zunächst auf den Weg, um die Kühlschränke nachzufüllen, es folgten etliche Flaschen Mineralwasser und schließlich sein obligater Rundgang durch die Straußwirtschaft, um die Kerzen auf den Tischen anzuzünden und da und dort ein kurzes Schwätzchen zu halten.

„Du, die Terrasse braucht dich!“, ermahnte ihn die Stimme seiner Frau, als er sich kurz in der Nische zu einem alten Kollegen gesetzt hatte, der seit einigen Jahren im Vorruhestand war und immer wieder gerne nach Alken kam.

Fuß zog eine Grimasse. „Du bist doch noch eine Weile da?!“, und stieg die Stufen zur Terrasse hinauf, wo er von vielen mit lautem „Hallo“ begrüßt wurde.

Er hob beide Arme und steuerte mit einem „Komme gleich!“ die kleine Weintheke im hinteren Eck an, wo Renate damit beschäftigt war, eine Bestellung verschiedener Schoppen zusammenzustellen.

„Machst du weiter?“

Fuß brummte etwas vor sich hin und schob die Bedienung beiseite. „Hilf du unten …“ Den Rest sparte er sich.

Renate trat dicht an ihn heran. „Hast du gesehen?“ Sie deutete mit dem Kopf zum ersten Tisch unter der Bedachung. Fast hätte Fuß die Flasche Spätburgunder fallen lassen, die er gerade geöffnet hatte. Dort saßen Elfriede, Iris Gauss und … Günther Brenner.

„Mach weiter!“, zischte Fuß und verließ bewusst langsam, mit einem Tablett schmutziger Gläser die Terrasse, ohne einen Blick in Richtung des Tisches zu werfen, an dem die unerwarteten Gäste saßen.

Schon während des Hinuntersteigens der Treppe beschleunigte er allerdings seinen Schritt, stellte das Tablett auf die Theke und eilte in die Küche ans Telefon.

Die Nummer der Polizeiinspektion Brodenbach, einen Ort weiter moselaufwärts, hatte er im Kopf. Er ließ sich mit dem Dienststellenleiter, Hauptkommissar Frank Heins, verbinden, der sofort einen Streifenwagen „ohne Fanfaren“, wie Fuß es gewünscht hatte, über Funk nach Alken auf den Weg schickte.

Nachdem Fuß die Stufen zur Terrasse wieder hinaufgestiegen war, ging er geradewegs auf den ersten Tisch unter der Bedachung zu.

„Welch unerwarteter Besuch!“, meinte er und setzte sich neben Iris, die am Kopf des Tisches saß. Damit hatten weder Elfriede noch Brenner die Möglichkeit ihren Platz zu verlassen, denn neben Elfriede, mit dem Rücken zur Wand, saßen Heinz Gries, Inhaber der Polcher Backwarenfabrik *Griesson-de Beukelar* mit seiner Frau und ein weiteres Ehepaar, offensichtlich Bekannte der Familie Gries.

„Wir wollten mit dir sprechen“, begann Elfriede sofort, offensichtlich bemüht, selbstsicher zu wirken, was sie allein schon durch ihre aufrechte Haltung und betont elegante Kleidung zu dokumentieren versuchte. „Also, ich bin der Meinung, so geht das nun einfach nicht, zumal wir befreundet sind."

Fuß beugte sich vor. Es mussten nicht alle am Tisch mitbekommen, was sich hier anbahnte.

„Elfriede", bat er leise, „bitte vergiss, was du vorhast und halte dich an die Realität. Und dazu gehören einerseits meine Freundschaft und andererseits mein Beruf. Und jetzt hat mein Beruf Vorrang und das weiß dieser junge Mann." Er warf einen kurzen Blick zu Brenner, der ihn ziemlich dreist anschaute, als habe er mit alldem nichts zu tun.

„Elfriede muss wissen, wem sie glaubt und was sie tut", meinte er spitz.

Am liebsten hätte ihm Fuß in diesem Moment ein volles Schoppenglas ins Gesicht geschüttet, aber er hatte keines zur Hand.

Stattdessen beobachtete er, wie Iris zitternd ein Taschentuch aus ihrer Jeans kramte. Es war nur eine Frage weniger Sekunden, bis sie heulend zusammenbrechen würde.

Zum Glück hörte Fuß in diesem Moment einen Wagen auf der Straße vorfahren und Türen schlagen. In Gedanken verfolgte er den Weg seiner Kollegen durch die untere und obere Weinstube, ein kurzer Wortwechsel wahrscheinlich mit Erika, dann mussten sie hinter ihm die Treppe hochkommen. Wie richtig seine Einschätzung war, sah er an dem plötzlich erstarrten Blick von Elfriede.

Fuß stand auf und beugte sich tief über den Tisch zu Brenner. „Machen Sie den beiden Frauen zuliebe bitte kein Aufsehen. Ich verhafte Sie vorläufig unter dem dringenden Verdacht einer vorgetäuschten Straftat, unerlaubtem Waffenbesitzes und weiteren Straftaten. Meine Kollegen werden Sie jetzt unauffällig mitnehmen, bei entsprechendem Verhalten ohne Handschellen."

Inzwischen waren die beiden Uniformierten hinter Fuß getreten. Fuß drehte sich zu ihnen um.

„Ich hoffe, er bleibt vernünftig. Bringt den jungen Mann ins Präsidium zur Vernehmung. Morgen kommt der offizielle Haftbefehl nach."

Obwohl Brenner tatsächlich aufstand, versuchte Elfriede ihn am Ärmel festzuhalten. Im gleichen Moment stürmte Iris an Fuß vorbei und rannte von der Terrasse.

„Elfriede, bitte!", fauchte Fuß und ergriff seinerseits den anderen Arm von Brenner, der sich daraufhin aus Elfriedes Griff löste und fast lässig schlendernd zwischen den beiden Uniformierten die Terrasse verließ.

Natürlich hatte das Auftauchen der Polizei einige Unruhe unter den Gästen der Straußwirtschaft hervorgerufen. Auch das Ehepaar Gries und ihre Freunde hatten das Geschehen aus den Augenwinkeln verfolgt, zeigten sich allerdings nach außen diskret und unberührt, zumal Elfriede mit erstarrter Miene weiterhin am Tisch aufrecht sitzen blieb und nur ein deutliches und lautes „Zahlen!“ von sich gab.

„Ihr wart meine Gäste“, erklärte Fuß und machte sich wieder auf den Weg zu Renate, die immer noch alle Hände voll zu tun hatte.

„Was war das denn?“, fragte diese sichtlich aufgeregt.

Fuß grinste. „Das Ende einer Illusion und eine ganz normale Verhaftung.“

Nachdem kurz nach Mitternacht der letzte Gast die Straußwirtschaft verlassen und Fuß alle Lichter gelöscht hatte, ging er noch einmal in sein kleines Büro und wählte Janas Nummer.

„Entschuldige, wenn ich dich geweckt habe“, begann er, nachdem sich eine völlig verschlafene Stimme am anderen Ende gemeldet hatte. „Aber ich muss noch mit jemandem reden.“

Er berichtete ihr, was sich inzwischen ereignet hatte. Während ihm die Psychologin zuhörte, versuchte sie ihre Müdigkeit zu überwinden und sich auf das Gespräch zu konzentrieren.

„Obwohl ich nicht ganz fit bin, Maximilian hat heute einen schlechten Tag gehabt, glaube ich, dass meine Vorstellung vom Täter sich immer deutlicher in der Person dieses jungen Mannes realisiert. Ich werde morgen, sofern ich ausgeschlafen bin, intensiv darüber nachdenken und dich dann anrufen. Halte mich auf jeden Fall auf dem Laufenden.“ Sie versuchte ein Gähnen zu unterdrücken. „Und kümmere dich mal um die Tochter. Nach allem könnte sie sehr orientierungslos sein und das ist oft in solchen Situationen lebensgefährlich, Suizid nicht ausgeschlossen.“

„Ich kümmere mich gleich morgen Früh darum. Danke … und Gute Nacht!“

Fuß hatte Glück. Sven Gauss meldete sich am nächsten Morgen am Telefon.

„Können Sie ungestört reden?“

„Ja!“

„Wie sieht es bei Ihnen aus. Sie wissen, was sich gestern Abend abgespielt hat?"

„Iris hat es mir erzählt. Sie liegt noch im Bett. Mama tut, als sei nichts geschehen ..."

„Sie müssen auf Ihre Schwester achten. Ich glaube, sie durchlebt im Moment die Hölle."

„Ich weiß. Ich habe Dana gebeten, ein paar Tage hierzubleiben. Sie kann auf Iris aufpassen."

„Was sagt Ihre Mutter dazu, dass Dana im Haus ist?"

Es dauerte eine Weile, bis Sven die richtige Formulierung gefunden hatte. „Für sie ist Dana unsichtbar."

„Wenn was ist, rufen Sie mich gleich an." Fuß gab Sven noch seine private Handynummer, dann legte er auf.

Liane Esser, die an ihrem Schreibtisch saß und das Gespräch mitbekommen hatte, schaute von einem Ordner auf, den ihr Hauptkommissar Schäfer bereits auf den Flur übergeben hatte, als sie ins Präsidium gekommen war.

„Schäfer hat einen Ordner mit den Kontoauszügen gefunden. Da gibt es, abgesehen von einem chronischen Kontoüberziehen, ganz merkwürdige Vorgänge."

Fuß stand auf und warf einen Blick über die Schulter seiner Kollegin.

„Hier zum Beispiel", erläuterte Liane Esser. „Da kommt plötzlich eine Bareinzahlung von genau fünftausend Euro, die gerade mal das Soll abdeckt und bereits am nächsten Tag wird ein Scheck eingelöst, der wieder ein riesiges Loch ins Konto reißt."

„Stellen Sie fest, an wen der Scheck ging. Zu der Bareinzahlung werde ich gleich Brenner bei der Vernehmung befragen."

„Soll ich mitkommen?"

Fuß klopfte ihr auf die Schulter. „Und besorgen Sie uns reichlich Kaffee."

Günther Brenner wartete bereits zusammen mit einem Polizisten im Vernehmungszimmer. Als die beiden Kriminalbeamten den Raum betraten, wollte er aufstehen und die beiden begrüßen, doch Fuß winkte sofort ab.

„Bleiben Sie sitzen."

Fuß nahm gegenüber Brenner am kleinen Tisch Platz, wartete bis sich auch seine Kollegin gesetzt hatte und schaltete dann das Tonbandgerät ein. Nachdem er routinemäßig die notwendigen Daten aufgesprochen und den Verhafteten auf seine Rechte hingewiesen hatte, begann er mit dem Verhör.

„Besitzen Sie einen Waffenschein?"

„Ich möchte nur Angaben zu meiner Person machen. Mehr sage ich ohne einen Anwalt nicht."

Fuß blickte kurz zu seiner Kollegin hinüber, drehte sich dann aber wieder zu seinem Gegenüber und begann langsam sein Gesicht zu kneten.

„Ich gebe Ihnen jetzt eine letzte Chance reinen Tisch zu machen, was sich im Laufe der zu erwartenden Entwicklung nur als Vorteil für Sie erweisen kann. Also, wollen Sie mitmachen oder bleiben Sie stur?"

„Nicht stur, sondern konsequent. Ich kenne meine Rechte", kam die trotzige Antwort.

Fuß stand auf und flüsterte Liane etwas zu, die daraufhin den Vernehmungsraum verließ. Fuß nahm wieder auf seinem Stuhl Platz und schaute Brenner nachdenklich an. Wie man sich doch in einem Menschen täuschen konnte!? Der junge Mann hatte alle zum Narren gehalten, vielleicht bis auf Bernd. Aber das würde man nie mehr erfahren. Ihm fiel die vorgesehene Testamentsänderung plötzlich wieder ein, obwohl er hierbei immer noch keine Zusammenhänge sah. Überhaupt würde er alle offenen Fragen jetzt erst einmal mit den neuen Erkenntnissen über Brenner abgleichen müssen.

Die Tür ging auf und Liane Esser überreichte Fuß ein Blatt, das er kurz überflog und dann Brenner zuschob.

„Sie sind verhaftet!" Fuß stand auf und machte zu dem Uniformierten hin eine Kopfbewegung. „Abführen mit Freifahrt zur Karthause."

Brenner sprang wütend auf. „Das werden Sie noch bereuen! Sie Arschloch!", brüllte er.

Fuß grinste. „Für Sie immer noch Hauptkommissar Arschloch!" Dann drehte er sich nicht einmal um und schob seine Assistentin vor sich her aus dem Raum.

„Besorgen Sie dem Kollegen noch Verstärkung, falls der Verrückte weiter tobt."

Am frühen Nachmittag hatte Liane Esser den ganzen Bankordner durchgearbeitet und mit kleinen bunten Haftzetteln versehen. Unaufgefordert rollte sie ihren Bürostuhl an den Schreibtisch zu Fuß und legte ihm den Ordner vor.

„Ganz schöne Fleißarbeit", sagte sie, nicht ganz ohne Stolz.

Langsam begann sie zusammen mit Fuß den Ordner durchzublättern. Tatsächlich schien Brenner seit drei Monaten kein Gehalt mehr zu beziehen, stattdessen häuften sich Bareinzahlungen in unterschiedlicher Höhe, die aber sehr schnell durch Ausgaben wieder vom Konto verschwanden.

„Es sieht so aus, als habe er einen Gönner oder eine Gönnerin gehabt", stellte Liane fest. „Einige Schecks habe ich überprüft." Sie fischte sich eine Seite mit einem roten Haftzettel heraus. „Hier zum Beispiel hat Brenner offenbar fürstlich auf der Stromburg gespeist, sicherlich nicht alleine und auch sicherlich nicht mit Iris." Sie blätterte drei oder vier rote Zettel weiter. „Das ist eine Scheckeinreichung vom Media-Markt. Ich habe dort angerufen, um herauszubekommen, was Brenner damals gekauft hat. Das kann aber ein paar Tage dauern, es sei denn, er sagt es uns selbst."

„Der redet vorerst nicht, denk ich mal", brummte Fuß und blätterte selbst weiter. „Was ist das?"

Fuß deutete auf eine Scheckabbuchung über knapp viertausend Euro, die gleichzeitig das Konto in ein erhebliches Soll brachte.

„Da bin ich noch nicht sehr weit gekommen", gestand seine Kollegin. „Der wurde von der Universität in Oldenburg eingereicht. Ich habe bereits eine Mail dorthin geschickt. Vielleicht wollte unser Freund ja dort studieren."

Fuß konnte sich ein Lachen nicht verkneifen. „Der und studieren ...! Was kann man denn in Oldenburg studieren?"

Liane hatte wirklich Fleißarbeit geleistet und zog sogleich einen Internetausdruck hervor mit einer Liste der Studiengänge. Fuß überflog die Liste. Doch weder Medizin noch Pharmakologie oder ähnliche Fachbereiche waren als für einen Pharmareferenten nahe liegend darauf zu finden.

„Bleiben Sie am Ball."

Fuß kehrte zu seinem Schreibtisch zurück, hinter dem immer noch die Skizze am Flipchart hing. Jede einzelne Frage ging er noch einmal durch und versuchte sie mit Brenner in Verbindung zu bringen. Die Ausbeute war allerdings äußerst gering. Zwar hatte man bei ihm die P 8 gefunden, die Schäfers Vermutung bestätigte, dass die Schüsse auf Brenner fingiert gewesen waren, um irgendetwas zu bezwecken, vielleicht auch nur um von sich abzulenken. Und das gefundene *Rohypnol* ließ den Verdacht aufkommen, dass er es Elfriede verabreicht hatte, vielleicht sogar ihren Selbstmordversuch inszeniert hatte. Fuß sträubten sich die Nackenhaare, wenn er daran dachte, was möglicherweise alles auf ihn zukam. Elfriede und ihre Kinder taten ihm jetzt schon leid. Für einen Moment wanderten seine Gedanken unwillkürlich zu Bernd, mit dem er so manchen weinseligen Abend sowohl in Alken als auch in Boppard verbracht hatte. Im fiel auch wieder die Weltreise ein, die jetzt wohl keiner antreten würde.

Das Läuten des Telefons holte ihn zurück in die Realität. Hauptkommissar Schäfer hatte eine brisante Neuigkeit.

„Wir haben die Fingerabdrücke ausgewertet, vor allem auf den Kosmetika, aber auch an den Schränken und in der Küche. Sie stammen von Elfriede Gauss."

Fuß ließ sich mit einem Plumps in seinen Sessel fallen, sodass Liane erschrocken aufblickte.

„Ich glaub's einfach nicht!", stieß der Hauptkommissar fast wütend hervor. „Und von Iris …?"

„Nichts. Gar nichts. Es gibt zwar noch einige Fingerabdrücke in seinem sogenannten Arbeitszimmer, aber da haben wir keine Zuordnung. Sie stammen also von keiner bisher bekannten Person."

Fuß klatschte mit der flachen Hand auf seinen Schreibtisch und stand auf. „Jetzt reicht es mir. Freundschaft hin oder her. Ich will jetzt die ganze Wahrheit wissen!"

Er blickte Liane Esser an. „Knöpfen Sie sich nochmals den Günther Brenner vor und konfrontieren Sie ihn mit seinem Verhältnis mit Elfriede. Ich fahre nach Boppard!"

Sven Gauss öffnete dem Hauptkommissar die Tür. Er schaute Fuß etwas verlegen an. „Ich ahne nichts Gutes …"

„So kann man es diskret ausdrücken." Ein gewisser Sarkasmus in Fuß' Stimme war nicht zu überhören. „Ist Ihre Mutter zu sprechen?"

„Ich hole sie. Nehmen Sie schon mal Platz. Sie kennen sich ja aus." Sven deutete in Richtung Wohnzimmer und stieg die Treppe hinauf.

Es dauerte eine ganze Weile, bis sich die Tür öffnete und Elfriede Gauss den Raum betrat. Sie war sportlich elegant gekleidet, frisch frisiert und hatte reichlich Schmuck angelegt.

Fuß übersah ihre ausgestreckte Hand zur Begrüßung, deutete seinerseits auf einen Sessel und meinte mit auffallend ernster Stimme: „Ich bin gekommen, um mit dir reinen Tisch zu machen. Und ich habe die Bitte an dich, jetzt endlich alle Karten offen auf den Tisch zu legen. Das bist du Bernd und deiner ganzen Familie schuldig."

Elfriede setzte sich schweigend und abwartend in den Sessel, schlug die Beine übereinander und faltete ihre Hände im Schoß.

„Warum hast du mir verschwiegen, dass du mit Günther Brenner ein Verhältnis hast?"

Diese Frage löste bei Elfriede eine sichtliche Beunruhigung aus. Sie zuckte kurz zusammen und verlor an Gesichtsfarbe. „Wer behauptet das?", fragte sie pikiert.

„Vergiss das Leugnen, Elfriede. Wir können es beweisen. Seit wann lief da was? Wer wusste davon?"

Elfriede stützte sich mit dem Ellenbogen auf die Sessellehne und legte ihr Kinn auf die Faust des gleichen Arms.

„Muss ich dir darauf Antwort geben?"

„Es wäre besser, denn wir werden sowieso alles herausfinden. Wenn du schweigst, wird es nur länger dauern und schwieriger für dich."

Elfriede schloss die Augen und presste die Lippen aufeinander. So verharrte sie etwa eine halbe Minute, dann richtete sie sich auf und blickte suchend an Fuß vorbei, um irgendeinen Halt zu finden. Schließlich klammerten sich ihre Augen an ein Ölgemälde, das ihr Schwiegervater einmal von sich hatte anfertigen lassen.

„Also gut", begann sie, musste sich aber sogleich räuspern. „Wir haben etwas miteinander, aber es ist für mich nichts anderes als eine Zweckbeziehung."

„Was muss ich darunter verstehen?"

„Es ist wegen Iris. Günther wollte sich vor ein paar Monaten von ihr trennen. Das konnte ich nicht zulassen. Er ist Iris' erste große Liebe …"

„Aber, das ist doch kein Grund …", begann Fuß.

„Für mich war es ein Grund! Und zwar der einzige, das musst du mir glauben, denn ich war mit Bernd sehr glücklich."

Fuß schaute die Frau an und ließ durchaus erkennen, dass er dieser Behauptung wenig traute. „Wer wusste davon?"

„Absolut niemand", antwortete Elfriede. „Wir haben uns nur oben getroffen, wenn niemand im Haus war oder bei ihm in Maisborn."

„Wollte Bernd deshalb das Testament ändern?"

„Ich weiß von keiner Testamentsänderung", wiederholte Elfriede nur. „Außerdem möchte ich auch weiterhin nicht, dass jemand von meiner Beziehung zu Günther erfährt."

„Das wird sich schwerlich vermeiden lassen. Denn ich gehe immer mehr davon aus, dass Brenner auch irgendetwas mit der Ermordung von Bernd zu tun hat. Außerdem haben wir bei ihm das Schlafmittel gefunden, mit dem du betäubt wurdest. Dazu hätte ich gleich auch zwei oder drei Fragen.“

Elfriede wurde noch blasser und begann beunruhigt an ihrer Kleidung zu zupfen und zu ziehen.

„Hattest du an jenem Nachmittag auch ein heimliches Treffen mit ihm?“

Elfriede nickte nur unwirsch und presste wieder die Lippen aufeinander.

„Dann werde ich dir sagen, was passiert ist“, fuhr Fuß unbeirrt fort. „Ihr habt miteinander gevögelt, etwas getrunken, du bist weggetreten und im Krankenhaus wieder aufgewacht.“

Elfriedes Gesicht verzerrte sich zu einer Grimasse, die wenig von ihrem eigentlichen Gesicht übrig ließ. „Du meinst …?“, presste sie hervor und schnappte nach Luft.

„Ich bin mir sogar sicher. Er hat dich betäubt, er hat dir die Pulsadern aufgeschnitten, dann aber sofort die Rettung eingeleitet. Was er damit bezwecken wollte, werden wir auch noch herausbekommen.“ Fuß beugte sich weit vor und schaute Elfriede direkt in die Augen. „Ich gehe davon aus, dass dieser Mann ein Blender und Verbrecher ist und zudem wahrscheinlich krank im Kopf. Nur so gibt es für bestimmte Dinge eine Erklärung. Aber daran arbeiten wir noch.“

Während seiner letzten Worte hatte Elfriede ihr Gesicht in beiden Händen vergraben. Ihr ganzer Körper zitterte und sie begann mit den Füßen zu trampeln.

Fuß stand auf und rief nach Sven. „Rufen Sie bitte die Hausärztin Ihrer Mutter. Oder einen Notarzt. Ihre Mutter braucht dringend etwas zur Beruhigung.“ Dann kehrte er zu Elfriede zurück.

Frau Doktor Wagener hatte sofort ihre Praxisarbeit unterbrochen und war ins Weingut Gauss geeilt. Zusammen mit Sven und Dana hatte sie Elfriede in ihr Schlafzimmer gebracht, ihr eine Infusion gelegt und versprochen, eine gute Stunde später wiederzukommen.

Fuß hatte in der Zwischenzeit versucht mit Iris zu sprechen. Doch diese hatte sich in ihrer kleinen Wohnung verkrochen, lag apathisch in Decken gehüllt auf ihrem Sofa und starrte die Wand an. Obwohl sich Fuß mehrfach bemühte mit ihr ins Gespräch zu kommen, reagierte sie nicht. Er setzte sich sogar einige Minuten neben sie, in der Hoffnung, dass sie von sich aus etwas sagen würde. Doch es blieb bei einem Versuch.

Schließlich stand Fuß auf, als er auf dem Flur hörte, dass Frau Doktor Wagener sich verabschiedete und ging zusammen mit Sven und Dana nach unten. In der Wohnzimmertür blieb Sven plötzlich stehen und drehte sich zu dem Hauptkommissar um. „Wie soll es weitergehen?“

Auch der Kommissar wusste es wirklich nicht. Die drei setzten sich an den Couchtisch und schauten sich einige Minuten schweigend an. Schließlich durchbrach Fuß die Stille.

„Wie lange haben Sie noch mit dem Studium zu tun?“

„Ein halbes Jahr. Aber das ist alles schon geregelt und wir werden alles ordnungsgemäß abschließen“, versicherte Sven sofort. „Dana und ich werden auf jeden Fall jetzt hierbleiben. Anders geht es einfach nicht.“

„Sie können jederzeit auf mich und sicherlich auch ein paar andere Freunde zurückgreifen“, bot Fuß an. „Natürlich nur in begrenztem Umfang. Aber daran sollte es nicht scheitern. Schlimm wird es nur für Ihre Mutter und Ihre Schwester.“

„Das beste wäre, sie würden erst einmal aus allem rauskommen, um wieder zu sich zu finden.“

Fuß zögerte einen Moment. „Sie ... wissen, dass es da eine große Reise gibt, die Ihr Vater zusammen mit Ihrer Mutter vorhatte?“

Sven schaute erstaunt auf.

„Ja, er hat uns auf der Geburtstagsfeier davon erzählt und wir haben auch die Reiseunterlagen bei ihm gefunden. Vielleicht wäre das eine Möglichkeit ...“

„Kann ich die Unterlagen einmal sehen?“, unterbrach ihn Sven.

„Jederzeit. Sie sind für die Ermittlungen unbedeutend geworden. Ich werde dafür sorgen, dass Sie sie so schnell wie möglich erhalten.“

„Und was geschieht jetzt mit Günther?“

Fuß begann sein Gesicht zu kneten. „Im Moment sitzt er auf der Karthause. Das heißt“, korrigierte sich der Hauptkommissar, „im Moment verhört meine Kollegin ihn noch einmal.“

Fuß berichtete den beiden über den Stand der bisherigen Ermittlungen und äußerte auch seine Vermutungen und Rückschlüsse daraus. Sven tat sich offenbar schwer mit der Darstellung. Brenner war ihm nie besonders sympathisch gewesen, aber was er jetzt erfuhr, traf ihn doch recht unerwartet.

„Komisch“, meinte er plötzlich, „als meine Mutter plötzlich auf jugendlich machte, habe ich einmal kurz gedacht: Ob da ein heimlicher

Verehrer oder Liebhaber im Spiel ist? Aber an Brenner habe ich dabei keine Sekunde einen Gedanken verschwendet. Das passt doch gar nicht zu ihrer Weltanschauung."

„Doch!", widersprach Fuß sofort. „Ihre Mutter lebt in zwei Welten. Die eine ist die heile Welt, die sie nach außen vertritt, die andere ist die innere Welt, in der sie gerne Schicksal spielt und alles im Griff haben will. Und in diese Welt passte Günther Brenner."

„Glauben Sie, dass dieser Mann auch etwas zu tun hat with the Death of Svens father?", meldete sich Dana zu Wort, die bisher die Unterhaltung schweigend verfolgt hatte.

Fuß hörte mit dem Kneten auf und holte tief Luft. „Ausschließen kann man es nicht, aber wir haben auch keine Beweise hierfür. Es gibt auch noch viele Dinge, die wir nicht zusammenfügen können ... Der Anruf von Svens Vater bei mir ... oder die Sache mit dem Zimmerschlüssel. Vielleicht hat ihn ja der Mord an Bernd erst auf die Idee gebracht, als eine Art Trittbrettfahrer zu agieren. Warum? ... Das muss noch geklärt werden."

„Kann ich verhindern, dass Brenner noch einmal unser Haus betritt?"

Fuß grinste. „Dazu wird er wenige Chancen haben. Ich gehe einmal davon aus, dass er für einige Zeit aus dem Verkehr gezogen wird."

17.

Auch Liane Esser hatte es nicht geschafft Brenner zum Sprechen zu bringen. Nach gut zwanzig Minuten hatte sie ihre Bemühungen abgebrochen und den jungen Mann zurückbringen lassen. Der Haftrichter würde entscheiden müssen, wie es weitergehen sollte.

„Die Idee mit der Reise von Frau Gauss und ihrer Tochter finde ich gut“, erklärte sie, als Fuß ihr von seinem Gespräch mit Sven und Dana berichtete. „Die Frage ist nur, ob die beiden da mitspielen.“

„Man muss die Reise vor allem Elfriede schmackhaft machen, dann macht Iris automatisch mit. Elfriede kann sich in den Wochen eine neue, eigene Welt aufbauen, in der die neue Situation als Witwe und Mutter einer vom Leben enttäuschten Tochter sicherlich eine wichtige Rolle spielen wird. Und dann kann man nur hoffen, dass Iris aus eigener Kraft einen Mann kennenlernt, der ihr hilft, sich von der Mutter und der Vergangenheit zu lösen. Es wird auf jeden Fall für beide nicht einfach werden.“

Fuß begann seinen Schreibtisch aufzuräumen. Er hasste diese Arbeit, aber von Zeit zu Zeit war es unumgänglich, wieder einmal Ablage zu machen und dabei noch einmal das eine oder andere Schriftstück in die Hand zu nehmen und zu lesen.

„Was ist eigentlich mit den Kontenbewegungen bei Brenner herausgekommen?“

„Nicht allzu viel. Beim Media-Markt hat er sich einen Laptop gekauft mit verschiedenen Kabeln und Programmen und eine Menge CD-Rohlinge. Nichts Aufregendes. Das wurde auch alles von Hauptkommissar Schäfer vorgefunden und beschlagnahmt.

„Und was ist mit der Universität in Oldenburg?“

„Da gibt es noch keine Rückmeldung, aber ich bleibe am Ball.“

„Steigt ein junges, hübsches Mädchen in ein Taxi und lässt sich ins Puff fahren. Sie bittet den Fahrer zu warten, kommt auch sehr schnell wieder zurück und fragt, wo das nächste Puff ist. Also fährt sie der Taxifahrer dorthin. Wieder das gleiche Spiel. Schließlich lässt sie sich in ein drittes Puff fahren, was den Fahrer irgendwie verwundert. Als sie schließlich wieder zum Taxi kommt, fragt der Taxifahrer, was sie dort mache. Meint das Mädchen: ‚Ich erkundige mich nach den Preisen, beim Pfarrer bekomme ich immer nur eine Tafel Schokolade'."

Diesmal war es Erika, die laut loslachte. Denn den Witz hatte eine Besucherin der Straußwirtschaft erzählt, die wusste, dass Erika immer „einen Neuen" suchte. Aber nicht nur Erika lachte, sondern alle an dem großen runden Tisch auf der Terrasse, die mitgehört hatten.

„Ich weiß auch noch einen ...", begann eine weitere Frau in der fröhlichen Runde. Doch in diesem Moment wurde Erika von Renate gerufen.

Unten in der Küche wartete Jupp Martini mit einer neuen Tür für die Spülmaschine. Bei der alten hatte sich der Dichtungsgummi gelöst und die Tür leicht verzogen, wodurch diese klemmte und beim Spülgang undicht war. Der Austausch dauerte kaum eine Viertelstunde. Nach dem ersten Probelauf war Erika überglücklich.

„Setz dich an den großen Tisch, mein Alter muss auch gleich kommen", bat sie mit einem Blick auf die Uhr.

Martini packte sein Werkzeug zusammen und brachte es inklusive der defekten Spülmaschinentür zu seinem Werkstattwagen. Auf dem Weg dorthin kam ihm der Hauptkommissar entgegengefahren und hielt kurz an.

„Hast du das erledigt mit der Spülmaschine?"

„Läuft! Ich komme auch gleich wieder."

Fuß nickte zufrieden und fuhr weiter.

Inzwischen hatten sich am großen Tisch weitere Gäste eingefunden, aber für Jupp Martini war immer noch ein Stuhl frei und Erika hatte ihm bereits die noch halbvolle Flasche Mineralwasser dorthin gestellt, von der er während des Einbaus getrunken hatte.

„Thea und Basti kommen auch gleich", meinte er und legte eine Jacke über einen weiteren Stuhl, um ihn zu reservieren.

Fuß hatte, wie üblich, erst einmal seinen Rundgang gemacht. Dann setzte er sich auf den reservierten Stuhl, um gleich mit seinem Freund abzurechnen. Doch Jupp ließ sich auf nichts ein. „Ich habe von der Tür ja selbst noch keine Rechnung und weiß nicht, was sie kostet", lehnte er eine sofortige Zahlung ab.

Der Hauptkommissar steckte seine Brieftasche wieder ein. „Gab es Probleme beim Einbau?"

„Wenn das, wie bei eurer Maschine, genormte Türen einer Serie sind, geht das ganz fix. Zwei Schrauben … fertig."

Fuß holte eine Flasche Kerner und stellte sie im Kühler vor Jupp auf den Tisch. „Die geht heut auf mich."

„Und ich bekomme eine Flasche Wasser!" Thea war unbemerkt hinter Fuß getreten, während Sohn Sebastian bereits auf dem Weg in die Wohnung war, um fernzusehen. „Ich muss ja fahren", erklärte sie, weil Fuß sie fragend anschaute.

„Und wovon soll ein armer Winzer leben?!", verzog Fuß lachend sein Gesicht und machte sich auf den Weg zum Kühlschrank. Er entnahm eine Flasche Mineralwasser, brachte sie zu Thea und tauschte diese gegen die inzwischen leer getrunkene von Jupp.

„Ist auch austauschbar! Nur für die Gäste kann ich nichts", lachte der Hauptkommissar und widmete sich der Bestellung der anderen an dem Tisch.

Fuß betrachtete das eingetütete Blatt, das er auf seinem Schreibtisch vorgefunden hatte und wählte die Rufnummer seines Kollegen Schäfer.

„Wo habt ihr das denn her?"

„Von der Festplatte runtergeladen. Wir haben es offenbar zusätzlich mit einem Hochstapler zu tun."

„Dr. med. Günther Brenner – HNO-Arzt – Maisborn" … stand auf dem Briefkopf. Mittendrin im Schriftzug prangte ein Äskulapstab.

„Ein bisschen sehr größenwahnsinnig", kommentierte Fuß. „Weiß man, was er damit gemacht hat?"

„Es ist vieles auf der Festplatte gelöscht, aber wir werden sie zum LKA schicken, die können sicherlich das meiste wieder rekonstruieren."

„Sonst noch was Neues?"

„Erasmus sitzt über dem Laptop. Da gibt es ein paar Dateien mit Passwortzugängen. Aber die werden wir noch knacken", hörte Fuß Schäfer zuversichtlich am anderen Ende der Leitung.

Mit wem mochte Brenner als *Dr. med.* wohl korrespondiert haben? Fuß schüttelte den Kopf. Ihn wunderte gar nichts mehr, höchstens die kriminelle Energie, die dieser Mann an den Tag gelegt hatte.

Die Tür flog auf und Liane Esser kam strahlend ins Büro gestürmt. „Brenner bleibt in Haft!", freute sie sich. „Er ist sogar mit Anwalt erschienen, aber der Haftrichter hat für uns entschieden."

Fuß hob den eingetüteten Briefkopf in die Luft und hielt ihn seiner Kollegin vor die Nase. „Damit sowieso …"

„Kenn ich. Den hat Hauptkommissar Schäfer bereits zu den Akten gegeben und der lag auch beim Haftrichter vor."

„Was hat Brenner dazu gesagt?"

„Er verweigert weiterhin jede Aussage."

Fuß schnaubte. „Das wird ihm letztendlich auch nichts nützen. An dem beiße ich mir die Zähne nicht aus." Kampfeslustig rieb sich der Hauptkommissar vergnügt die Hände. „Der wird mich noch kennenlernen!"

„Wie geht es Frau Gauss?"

„Ich habe mich noch nicht erkundigt", gestand Fuß. „Als ich gestern in Boppard weggefahren bin, war gerade wieder die Ärztin da und hat nochmals nach ihr gesehen."

Die Verhaftung von Günther Brenner hatte an diesem Tag in den Medien ihren Niederschlag gefunden und löste verschiedene Spekulationen aus. Zum Glück hatte bisher keiner der Journalisten etwas von den Ermittlungen bezüglich des intimen Verhältnisses zwischen der Winzerfrau und dem Verhafteten mitbekommen. Man spekulierte in erster Linie über das Motiv. Die *Rhein-Zeitung* wollte erfahren haben, dass Brenner bereits vor Jahren einmal in psychiatrischer Behandlung gewesen sei, was Fuß allerdings bezweifelte. Denn dem widersprach eine Kopie der Personalakte der Bundeswehr, die man, nachdem man die *Heckler & Koch P 8* bei Brenner gefunden, angefordert hatte. Darin stand eindeutig, dass Brenner mehrfach aus unterschiedlichen Anlässen medizinisch untersucht worden war. Offenbar hatte er hier auf vorzeitige Entlassung spekuliert, was ihm aber nicht gelungen war. Er musste die volle Zeit abdienen.

Inzwischen hatte sich auch die Bundeswehr in den Fall Brenner eingeschaltet und mitgeteilt, dass es sich bei der gefundenen, tatsächlich um eine gestohlene Waffe handelte. Hier hatte sich Brenner seinerzeit so clever verhalten, dass er niemals in Verdacht geraten war. Ihn erwartete deshalb also ein weiteres Verfahren.

Der Nachmittag sollte Fuß eine große Überraschung und einen guten Schritt auf der Zielgeraden bei der Lösung des Falls nach vorne bringen.

Liane Esser war auf dem Weg in die Kantine, um Kaffee zu holen. Fuß hatte gerade etwas müde und abgespannt wieder einmal die Beine auf den Schreibtisch gelegt, als das Telefon läutete. Als er abhob, glaubte er zunächst zu träumen. Eine Männerstimme vermeldete: „Hallo, wie geht es dir? ... Ich freue mich sehr ... Bitte ruf mich zurück ... Dafür besitze ich eine Lebensversicherung ...“ Fuß hielt den Atem an. Es klang zwar recht blechern, aber es war Bernds Stimme, da bestand kein Zweifel. „... Ich habe viele Nachforschungen in meinem Leben betrieben ... Ein großes Lob an meine Familie ...“

Plötzlich brach die Stimme ab und Hauptkommissar Schäfer meldete sich. „Was sagst du dazu?“

„Was war das?“, brüllte Fuß förmlich ins Telefon.

„Das hat Erasmus auf dem Laptop gefunden. Gut zwei Stunden solche und ähnliche Sätze. Offenbar irgendwo abgelesen, denn ab und zu sind Papiergeräusche im Hintergrund zu hören.“

Sofort erinnerte sich Fuß an ein Blatt, das er bei den Unterlagen von Bernd Gauss gefunden hatte, bei dem er bei der Durchsicht von einem alten Schuldiktat als Erinnerungsdokument ausgegangen war. Er bat Schäfer, danach zu suchen. „Dann könnte auf dem Laptop doch auch der Text von Bernds Anruf bei mir sein.“

„Bisher haben wir diesbezüglich nichts gefunden, aber wir kommen der Entstehung dieses mysteriösen Anrufs immer näher.“

Fuß legte auf und starrte vor sich auf die Schreibtischunterlage. Wie hatte es Brenner geschafft, diese Aufnahme zu machen? Bernd würde doch dem Mann nicht ohne Weiteres zwei Stunden schwachsinnige und zusammenhanglose Sätze vorgelesen haben. Außerdem, das musste doch Elfriede mitbekommen haben. Er ballte wütend seine Faust. Was war noch alles im Haus Gauss geschehen, von dem er noch nichts wusste?

Als Liane Esser mit den zwei Bechern Kaffee kam, sah sie sofort, welche Veränderung sich bei ihrem Chef vollzogen hatte. Er saß, sein Gesicht knetend, am Schreibtisch und schien mit seinen Gedanken weit weg. Er merkte nicht einmal, als sie den Becher dicht vor ihn stellte. Beinahe hätte er ihn sogar mit einer fahrigen Handbewegung über den ganzen Schreibtisch gekippt.

„Was ist passiert?“, fragte sie erschrocken.

Fuß schaute zu ihr auf und fand immer noch keine Worte. Schließlich meinte er nur: „Ich habe eben einen Geist gehört.“

Seine Kollegin hielt diesen Satz für einen dummen Spruch und begann herzhaft zu lachen, doch der genervte Blick ihres Chefs ließ sie schnell wieder ernst werden. „Was ist wirklich los?“

„Wir sind gerade dabei herauszufinden, wie der Anruf von Bernd Gauss bei mir zustande gekommen ist. Auf jeden Fall steckt auch hier Brenner dahinter.“ Noch konnte man bei Fuß keine Spur einer Erleichterung erkennen, eher wirkte er noch angespannter als bisher.

„Rufen Sie bitte Sven Gauss an und fragen Sie ihn, ob er hierher kommen kann … als Zeuge natürlich. Ich habe jetzt keinen Nerv nach Boppard zu fahren.“

Liane setzte sich sogleich an ihren Schreibtisch und rief auf dem Weingut an. Dana meldete sich und versprach, Sven sogleich auf den Weg zu schicken.

Eine gute Stunde später saß der fünfundzwanzigjährige Önologiestudent vor Fuß und schien wenig erstaunt über das, was Fuß ihm berichtete.

„Davon haben wir alle gewusst. Das liegt ungefähr drei oder vier Monate zurück. Günther war hellauf begeistert von seiner Idee, Papa eine besondere Geburtstagsüberraschung zu präsentieren. Er hatte sich in den Kopf gesetzt, aus Textmaterial, das er von Papa aufnahm, eine brillante und witzige Rede zu produzieren unter dem Motto: Eine Rede, die ich nie gehalten habe. Das Ganze ist dann am Geburtstag irgendwie in Vergessenheit geraten. Ich erinnere mich nur, dass er recht unwirsch reagierte, als Papa ihn an dem Abend danach fragte …“

„Das war also der wirkliche Grund für die Auseinandersetzung zwischen den beiden“, entfuhr es Liane.

„Was hat denn Günther für einen Grund angegeben?“

„Er meinte, Ihr Vater sei sauer gewesen, weil vom neuen Wein auf die Tische gekommen sei“, antwortete Fuß.

Sven machte eine abwehrende Bewegung. „Papa doch nicht, der war doch ganz stolz auf den neuen Jahrgang. Nein, er hat sich geärgert, dass er endlos lange Texte gelesen hatte und nun aus dem erwarteten unterhaltsamen Spektakel nichts wurde. Günther muss ja stunden- oder tagelang daran gearbeitet haben.“

„Nicht nur das“, gab Fuß zu bedenken. „Das LKA-Labor hat bestätigt, dass das Band nicht manipuliert ist. Deshalb stehen wir noch immer vor einem großen Rätsel.“

„Da werde ich Ihnen kaum weiterhelfen können, denn ich habe die Sache nicht groß verfolgt. Wahrscheinlich wird Günther ein sehr professionelles Schnittprogramm verwendet haben.“

Liane warf sofort einen Blick in die Kaufliste des Media-Marktes.

„Wenn, hat er dieses Programm aber nicht beim Media-Markt eingekauft.“

„Ich glaube auch nicht, dass Brenner die Fähigkeiten dazu besessen hat. Kollege Schäfer sprach auch von bisher unbekannten Fingerabdrücken an Brenners Arbeitsplatz. Wir müssen herausbekommen, von wem sie stammen.“ Fuß rief noch einmal Schäfer an und bat ihn, für Sven noch einmal den Computer zu starten, damit dieser bestätigen konnte, dass es sich um den Text handelte, den sein Vater in bester Vorfreude vorgelesen hatte.

Sven nickte nur und Fuß entdeckte ein paar Tränen, die Sven beim Anhören über die Wangen liefen.

Hätte Fuß an diesem Abend nur zehn Minuten später das Präsidium verlassen, wäre seine Nacht sicherlich ruhiger verlaufen. So beschäftigte er sich zwischen zwei kurzen Schlafphasen mit der Frage, wie dieser so perfekte Zusammenschnitt zustande gekommen war, dass selbst die LKA-Spezialisten darauf reingefallen waren.

Die Lösung fand er erst am nächsten Morgen auf seinem Schreibtisch. Die Universität Oldenburg hatte noch am Vortag geantwortet. Der Scheck von Brenner war an das Institut für Physik gegangen und dort an die Arbeitsgruppe eines Doktor Eduardo Mendel. Dann sprang Fuß die letzte Zeile ins Auge, die ihn sofort veranlasste, seinen Computer zu starten. Es dauerte wieder eine nervige Ewigkeit bis er endlich hochgefahren war und Fuß ins Internet gehen konnte. Dann gab er den Hinweis der Uni Oldenburg ein: *www.meine-eigene-Stimme.de*.

Als Fuß die dort angegebenen Informationen gelesen hatte, lehnte er sich fast entspannt und zufrieden in seinem Bürosessel zurück. Er genoss den stillen Erfolg in sich und die Zufriedenheit, endlich hinter ein scheinbar unlösbares Rätsel gekommen zu sein. Der Rest würde ein Spaziergang werden.

Er griff zum Telefon und rief Schäfer an. „Heute bin ich es mal, der dir etwas vorführen kann“, ließ er bei seinem Kollegen Spannung aufkommen. „Dazu musst du aber einmal vorbeikommen, möglichst gleich.“

Obwohl Hauptkommissar Schäfer alle Hände voll in einem anderen Fall zu tun hatte, war er gespannt, was Fuß ihm zu berichten wusste und eilte zu ihm.

Auch Liane Esser, die inzwischen eingetroffen war, blickte ihm ebenso wie Fuß mit leuchtenden Augen entgegen.

„Sieht ja aus wie eine Weihnachtsbescherung“, meinte Schäfer bei diesem Anblick.

„So etwas Ähnliches“, bestätigte Fuß und deutete auf den Bildschirm vor sich. „Brenner hat Bernd Gauss Texte aufsprechen lassen, die eigentlich für Patienten gedacht sind, die zum Beispiel an Kehlkopfkrebs leiden. Dieser Doktor Mendel hat ein Programm entwickelt, damit diese Patienten beim Verlust der Stimme mittels eines Notebooks sich weiterhin mit ihrer natürlichen Stimme verständigen können. So ist der Anruf von Bernd auf meinem AB entstanden. Der hat gar nicht selbst geschnitten, das Programm ist in Oldenburg an der Uni erarbeitet worden.“ Fuß schien von einer gewissen Begeisterung gepackt. „Wenn wir jetzt noch das Programm finden …“

„Ich schnappe mir den Laptop von Brenner und fahre sofort zu den Kollegen ins LKA. Das muss sich hinter einem der Passworte verstecken“, schlug Schäfer vor. Auch er wirkte plötzlich beschwingt und siegessicher. „Und Erasmus soll noch einmal alle CDs durchsehen, ob sich dort nicht ein weiterer Hinweis findet. Immerhin wissen wir ja jetzt endlich, wonach wir suchen.“

Ohne sich groß zu verabschieden eilte der Hauptkommissar wieder aus dem Raum.

„Reisende soll man nicht aufhalten“, kommentierte Fuß den Abgang seines Kollegen. „Ich hoffe nur, die LKA-Leute finden etwas.“

Kurz nach zehn Uhr führte Fuß ein langes Telefonat mit dem Institut für Physik der Universität in Oldenburg. Dort war man geschockt, wozu ihr Programm missbraucht worden war. Auch der Name *Doktor Günther Brenner* war dort bekannt und man erinnerte sich an den HNO-Arzt und die Zusammenarbeit mit ihm.

Hauptkommissar Fuß ließ sich den Ablauf noch einmal bis ins kleinste Detail erklären und war anschließend von den Möglichkeiten moderner Technik trotz seiner jahrelangen Erfahrung fasziniert. Nur traurig, dass sich vielfach die Falschen dieser Errungenschaften bedienten, um ihr kriminelles Treiben zu verfeinern.

„Ich werde wohl heute doch noch einmal nach Boppard fahren müssen“, meinte er schließlich und merkte, dass bei diesem Gedanken seine gute Stimmung erheblich litt. Aber irgendwie stand er nun einmal der Familie Gauss recht nahe, das hatte er während der gesamten Ermittlungen nicht ablegen können.

„Ich dachte, deine Besuche seien endlich vorbei", begrüßte ihn Elfriede äußerst kühl.

„Ich bin sicher, dass es einer der letzten dienstlichen Besuche ist. Darf ich trotzdem hereinkommen?"

Ohne eine Antwort abzuwarten ging er an Elfriede vorbei, blieb aber mitten im Flur stehen.

„Es wäre das Beste, wenn Sven und Iris gleich dazukämen, denn wir stehen kurz vor der Aufklärung aller Vorgänge, einschließlich der Ermordung von Bernd."

„Die du sicherlich jetzt auch Günther in die Schuhe schieben willst."

Fuß antwortete nicht, sondern machte sich auf den Weg ins Wohnzimmer. Man sah, Elfriede war wieder zu Hause. Alles war fein säuberlich aufgeräumt und wirkte fast wie der Ausstellungsraum eines exquisiten Möbelhauses.

Als Erste trafen Sven und Dana ein.

„Iris wird wohl nicht kommen. Sie hat bisher ihre Wohnung nicht verlassen. Ich befürchte, wir werden ärztliche Hilfe benötigen", sagte Sven leise. Er und Dana nahmen auf dem Sofa Platz und so warteten sie eine Weile, bis Elfriede wieder auftauchte.

Demonstrativ setzte sie sich etwas abseits in einen freien Sessel, schlug ihre Beine übereinander und schaute Fuß erwartungsvoll an.

Fuß spreizte die Finger gegeneinander und blickte ganz bewusst zu Elfriede hinüber. „Ich habe es eben schon angedeutet, wir stehen kurz vor der Aufklärung. Ich werde nun einmal versuchen, alle Vorgänge so zu rekonstruieren, wie sie sich uns jetzt darstellen. Allerdings werden wir noch über das Motiv nachdenken müssen, aber das wird möglicherweise erst eine Gerichtsverhandlung oder ein Gutachten ergeben." Er blickte kurz zu Sven und Dana hinüber und sah, dass sie sich die Hände hielten, während sie an seinen Lippen hingen. Dann richtete er seinen Blick wieder auf Elfriede, die immer noch unnahbar wirkte und nicht erkennen ließ, was in ihr vorging. Irgendwie trotz allem eine starke Frau, ging es Fuß durch den Kopf.

„Also, Günther Brenner hat euch allen irgendwann davon berichtet, dass er für Bernds Geburtstag eine große Überraschung vorbereiten werde. Hierzu müsse Bernd ihm Texte auf Band sprechen. Wo hat das stattgefunden?"

„In Papas Arbeitszimmer", antwortete Sven, nachdem er sich kurz geräuspert hatte.

„Diese Texte stammten wahrscheinlich von einer Forschungsgruppe der Universität Oldenburg, die sich mit Stimmerfassungen beschäftigt. Dorthin hat er als ‚HNO-Arzt Dr. Günther Brenner‘ das Material geschickt.“

Elfriede reagierte auf diese Bemerkung mit einem kurzen, belustigten „Hm!“, das Fuß bewusst überging.

„Dort wurde Bernds Stimme so bearbeitet und programmiert, dass man jeden x-beliebigen Satz mit seiner Original-Stimme durch Eintippen in ein Notebook herstellen kann. So entstand der Anruf bei mir, der uns bisher großes Kopfzerbrechen bereitete. Brenner hat aus irgendeinem Grund in der Nacht, kurz nachdem ihr zu Bett gegangen wart, noch einmal Bernd in seinem Schlafzimmer aufgesucht. Wahrscheinlich gab er vor, sich noch einmal für die nicht erfüllte Geburtstagsüberraschung entschuldigen zu wollen. Aber, das ist nur eine Vermutung. Auf jeden Fall hat er Bernd von hinten gepackt, als dieser zu Bett gehen wollte, und hat ihn in die Kissen gedrückt, bis er erstickt war. Es wurden entsprechende Hinweise an der Leiche gefunden. Um einen Selbstmord vorzutäuschen gab er Cyanwasserstoff in den Tee, den Bernd sich ins Schlafzimmer mitgenommen hatte und hat dir, Elfriede, ein Fläschchen im Kleiderschrank versteckt, um den Verdacht auf dich zu lenken.“

Wieder ertönte aus dem Sessel ein diesmal weniger fröhliches „Hm!“

„Ja, es ist so“, versicherte Fuß. „Wir haben es dort gefunden. Danach ist Brenner in Bernds Büro gegangen und hat den auf dem Notebook vorbereiteten Anruf auf meinem Anrufbeantworter vorgenommen. Alle, die etwas hörten, mussten glauben, Bernd sei noch einmal kurz dort gewesen, aber es war in Wirklichkeit Brenner, der sich anschließend seelenruhig zu Iris ins Bett gelegt und am nächsten Morgen seine Rolle perfekt gespielt hat. In der Folge hat er immer wieder neue verwirrende Spuren gelegt, ob es sich um den angeblichen Suizid von dir, Elfriede handelte, den er vorgetäuscht oder das Hofschießen auf ihn, das auch nie stattgefunden hat …“

Zum ersten Mal kam von Elfriede eine Reaktion: Sie wechselte die Beine beim Überschlagen und meinte: „Dann kann man also nur hoffen, dass alles irgendwann wie eine Seifenblase platzt.“

„Mama!“, Sven war mit hochrotem Kopf empört aufgesprungen. „Hast du immer noch nicht begriffen? Günther hat Papa auf dem Gewissen, dich beinahe umgebracht, wer weiß, ob nicht auch Iris schon am Tag vor Papas Geburtstag umgebracht werden sollte. Immerhin haben die Ärzte von einer Vergiftung gesprochen …“

Wütend erhob sich Elfriede aus ihrem Sessel und durchquerte erhobenen Hauptes den Raum und würdigte weder Fuß noch die anderen Anwesenden eines Blickes.

„Ich muss mich für unsere Mutter entschuldigen", versuchte Sven die Situation zu entschärfen. „Sie wird jetzt wohl zu meiner Schwester gehen und alles schönreden."

Jetzt war es Fuß, der sich rasch erhob. „Da sollte ich aber dabei sein. Vielleicht kommen Sie mit."

Mit wenigen großen Schritten hatte er die Tür erreicht und eilte Elfriede hinterher, die Treppen hinauf und in Richtung der Wohnung von Iris Gauss. Er klopfte an, wollte die Tür öffnen, aber sie klemmte. Unwillkürlich erinnerte sich Fuß an die Situation, als er die Tür von Bernd versuchte an jenem Sonntagvormittag zu öffnen. Auch diese hatte er nur mit Hilfe des Ellenbogens und einem nicht überhörbaren Knarren aufdrücken können. Allerdings … Fuß blieb mitten im Türrahmen stehen und versuchte sich zu erinnern. Dabei fiel sein Blick auf das Sofa, auf dem Iris lag und Elfriede, die ihrer Tochter über die Haare strich und leise mit ihr sprach.

Fuß schloss noch einmal die Tür und öffnete sie dann erneut. Wieder ein kurzer Widerstand und das Knarren. Er bückte sich und entdeckte auf den Parkettboden deutliche Rillen. Langsam erhob er sich, schob Dana, die hinter ihm stand, behutsam beiseite und machte sich auf den Weg zu Bernds Zimmer. Hier ließ sich die Tür problemlos öffnen. Er schaltete das Licht ein, da die Vorhänge im Zimmer zugezogen waren und betrachtete den Parkettboden. Nur leichte, kaum sichtbare geschwungene Kratzer waren zu sehen. Aber es gab sie. Fuß lächelte und schüttelte den Kopf. Er erinnerte sich plötzlich an Jupp Martini, der vor einigen Tagen problemlos die Tür seiner Spülmaschine in der Straußwirtschaft ausgetauscht hatte, weil es sich um eine genormte Tür handelte. Möglicherweise hatte er in diesem Moment das letzte Rätsel gelöst. Er ging zu Dana und Sven zurück.

„Bleiben Sie bitte hier?", bat er Dana und deutete in Iris' Wohnzimmer. Dann drehte er sich zu Sven um. „Und Sie könnten mir bitte mal helfen, die Tür auszuhängen."

Obwohl Sven in der Aktion keinen Sinn sah, half er dem Hauptkommissar. Doch alles war leichter, als Fuß vermutet hatte. Er konnte sie problemlos alleine aushängen und tragen. Sie gingen gemeinsam in Richtung Bernds Schlafzimmer.

„Auch diese Tür aushängen und dann tauschen!", befahl Fuß.

Jetzt schien auch Sven zu ahnen, worum es ging. Mit wenigen Handgriffen hatten sie die Türen ausgetauscht. Und siehe da, die Tür zu Iris' Wohnung klemmte auch hier.

Fuß lehnte sich gegen die Flurwand und versuchte sich noch einmal in Kenntnis dieser Umstände den Geburtstagsabend und die Nacht vorzustellen. Nun war klar, warum einmal der Schlüssel nicht passte und später wieder. Brenner hatte die Türen kurzfristig unbemerkt vertauscht. Einmal in der Nacht und einmal bei passender Gelegenheit am nächsten oder übernächsten Tag. Da mochte sich Fuß nicht festlegen, bevor er seine Notizen und die Protokolle nochmals gelesen hatte. Allmählich wurde ihm auch klar, wieso und warum auf der Innenklinke der Tür von Bernds Zimmer die Fingerabdrücke von Elfriede gefunden worden waren. Elfriede hatte ein weiteres Mal gelogen. Sie war am Geburtstagsabend sehr wohl nach oben gegangen und war auch oben geblieben, so wie es Frau Gniffke ausgesagt hatte. Für ein Schäferstündchen mit Günther. Eine günstige, wahrscheinlich auch von Brenner provozierte Gelegenheit, um durch den Abdruck an der inneren Türklinke einen weiteren Verdacht auf Elfriede als Mörderin ihres Mannes zu lenken.

18.

Erika sah ihrem Mann sofort an, dass irgendetwas Außergewöhnliches geschehen sein musste. Als er an ihr vorbeiging, um sich im Lager umzuziehen, legte er kurz den Arm um sie und drückte ihr einen Kuss auf die Stirn.

„Gott, ist mein Alter heute stürmisch!", rief sie ihm lachend hinterher, nachdem diese Geste auch einige Gäste mitbekommen hatten und kommentierten. „Das passiert sonst nur an Weihnachten."

Im Lager band sich der Hauptkommissar wie immer seine Winzerschürze um, nur dass er dieses Mal die frische, blaue Schürze wählte. Irgendwie war ihm nach Neuanfang. Dann kehrte er in die Straußwirtschaft zurück und auch hier änderte er seine üblichen Gewohnheiten. Als Erstes ging er in die Küche, schnappte sich bei Halina das Endstück eines Bratens und biss herzhaft hinein. Kauend trat er hinter die Schanktheke und ließ seinen Blick über die Gäste schweifen, die red- und weinselig versammelt waren.

Erst, als er das Bratenstück verzehrt hatte, wusch er sich die Hände und machte seinen Rundgang von Tisch zu Tisch, um die Kerzen anzuzünden. Für fast jeden der Gäste hatte er ein freundliches Wort oder einen seiner Sprüche parat.

Sein Rundgang endete auf der Terrasse, wo er Sabine ablöste, nachdem er auch hier nicht nur die Kerzen auf den Tischen, sondern auch die Lampen und den kleinen Scheinwerfer eingeschaltet hatte, der die Viktoria mit den goldenen Flügeln anstrahlte, die ihm Ekki, der Galerist, auf eine Säule gesetzt hatte.

Kurz nach einundzwanzig Uhr tauchte Roman Schreiber, der Journalist, mit seiner Frau auf. Sie nahmen an einem gerade freigewordenen Tisch unter dem Dach Platz. Als Fuß sie erblickte, kam er sofort auf sie zu.

„Wenn du mir versprichst, bis morgen Mittag das Maul zu halten, dann habe ich was für dich", begrüßte er die beiden.

„Schon versprochen, worum geht's?"

„Trinkt und esst erstmal, ihr seht ja, wie es hier zugeht." Dann nahm

Fuß die Bestellung der beiden auf und widmete sich den anderen Gästen.

Erst nachdem die Terrasse geschlossen und alle Gläser, Flaschen und Sitzkissen eingesammelt waren, fand Fuß die Zeit, sich mit Schreibers zu unterhalten. Er kam mit drei frischen Gläsern und einer Flasche Wein an ihren Tisch. „Jetzt müsst ihr mal meinen Neuen probieren."

Er füllte die Gläser, prostete den beiden zu und lehnte sich, die Arme vor der Brust gekreuzt, zurück.

„Heut haben wir den Fall Gauss gelöst", begann er stolz. Und dann berichtete er dem Journalisten, wie an Hand der bisherigen Ermittlungen der Mord an Bernd und die mysteriösen Geschehnisse danach abgelaufen waren."

„Aber wo ist das Motiv von Brenner?", wollte Schreiber wissen, als Fuß die jüngsten Erkenntnisse dargelegt hatte.

„Das wird ein Gutachter herausfinden müssen. Wahrscheinlich das krankhafte Geltungsbedürfnis eines Versagers und die Hoffnung, sich in ein gemachtes Nest zu legen und möglichst bald an ein großes Erbe zu kommen. Vielleicht hat er am Anfang nur darauf spekuliert, sich durch eine Einheirat das zu verschaffen, wovon er träumte. Dann kam Elfriede ins Spiel, die er sich sehr schnell erpressbar machte. Immerhin hat er von ihr auch reichlich Geld angenommen. Freiwillig oder erpresst … das wird sich noch herausstellen. Und dann ging es ihm nicht schnell genug, am finanziellen Kuchen des Weinguts teilzuhaben und letztendlich alles zu besitzen. Oder Bernd hatte etwas herausbekommen. Immerhin gibt es noch den Hinweis auf eine beabsichtigte Testamentsänderung von ihm. Aber dieses Geheimnis wird er wohl ein für alle Mal mit ins Grab genommen haben, da wir hierfür keinerlei Hinweise gefunden haben. Brenner hat sich einen ebenso raffinierten, wie teuflischen Plan ausgedacht und dabei mich durch den manipulierten Anruf mit in die Sache verwickelt. Und nachdem dann einiges anders lief, als geplant, hat er immer wieder versucht, neue Spuren zu legen, meist sehr dilettantische. Aber das hat Jana ja bereits erkannt. Nur wir haben die Falschen im Visier gehabt. Ansonsten passt ihr Täterprofil ziemlich genau."

„Und was wird jetzt werden?"

Fuß lehnte sich in seinem Stuhl weit nach hinten, sodass er am Dach vorbei zu dem klaren Sternenhimmel über sich blicken konnte.

„Brenner wird lebenslänglich bekommen mit anschließender Sicherungsverwahrung."

„Was wird aus dem Weingut Gauss, immerhin ein bekannter Wein?"

Fuß überlegte einen Moment, dann beugte er sich wieder vor und schenkte nach.

„Es gibt ja eine bezahlte Weltreise, die Bernd als Überraschung für Elfriede hatte. Sven will, dass seine Mutter und Schwester diese Reise antreten. Vielleicht keine schlechte Idee, wenn beide mitspielen. Sie wären dann gut einen Monat einmal aus allem raus. In der Zeit hat sich Elfriede, wie ich sie einschätze, schon wieder eine neue, heile Welt aufgebaut. Am ärmsten dran ist Iris. Sie wird wohl in psychiatrische Behandlung müssen, so oder so. Und Sven wird zusammen mit seiner Freundin das Weingut übernehmen."

„Ab wann darf ich …"

„Morgen um elf Uhr ist eine Pressekonferenz. Daran solltest du teilnehmen."

Am nächsten Morgen kurz vor zehn Uhr trafen sie sich in Fuß' Büro: Hauptkommissar Wilfried Schäfer, die beiden Pressesprecher Ralf Schomisch und Helmut Zirfas und Liane Esser. Fuß hatte zwei Flaschen Wein mitgebracht, einen Spätburgunder und eine Riesling Auslese. Nachdem er jedem nach Wunsch ein Glas eingeschenkt hatte, ließen sie die Gläser klingen.

„Eines ist sicher", gestand Fuß, „beim nächsten Mal, wenn ich persönliche Beziehungen zu einem Opfer oder dem Fall habe, muss ein Kollege den Fall übernehmen. Ich habe es mir leichter vorgestellt."

Schäfer nickte zustimmend. „Ich habe dich bewundert, dass du trotzdem die Gratwanderung geschafft hast."

„Danke für die Blumen, aber man muss ehrlich genug sein, dass ich mich doch immer wieder habe irgendwie beeinflussen lassen. Ich habe eben nochmals einige Protokolle durchgelesen und auch das was Jana gesagt hat. Ohne die privaten Kontakte zur Familie Gauss wäre vieles einfacher und der Fall schneller gelöst gewesen. Ich will ein Beispiel nennen: Es wurde immer wieder mal von einer Geburtstagsüberraschung gesprochen, die Brenner vorhatte. Obwohl diese nicht stattfand, habe ich den Grund hierfür nie hinterfragt. Vielleicht wären wir dann viel schneller auf das Rätsel gestoßen, wie der Anruf auf dem AB entstanden ist. Oder … bei einer ersten Befragung zum Ablauf des Geburtstags von Bernd habe ich mir notiert, dass Elfriede und Brenner

Iris im Krankenhaus abholen wollten, eine Fahrt von ein paar Minuten. Sie kamen aber eine ganze Stunde zu spät dort an. Iris war bereits mit einem Taxi nach Hause gefahren. Was war in dieser Stunde geschehen? Ich wäre vielleicht schon damals dahinter gekommen, dass die beiden ein intimes Verhältnis hatten und sich die Stunde wahrscheinlich im Auto vergnügt haben."

„Mach dir im Nachhinein mal keinen Kopf. Die Hauptsache ist doch, der Staatsanwalt kann gleich auf der PK mal wieder einen Erfolg vermelden", mischte sich Schomisch ein. „Und bisher hat auch keiner von den Presseleuten danach gefragt, ob es da irgendwelche Beziehungen zwischen dem ermittelnden Beamten und der Familie Gauss gab."

Liane Esser nahm erneut ihr Glas in die Hand und ging auf Fuß zu. „Ich bin auf jeden Fall stolz und froh, dass ich bei meinem ersten Fall mit Ihnen zusammenarbeiten durfte, auch wenn ich so manchen Patzer verursacht habe."

Fuß stieß mit ihr an und legte väterlich seinen Arm um die gut einen Kopf kleinere Kollegin. „Fehler sind dazu da, dass man sie macht. Und wenn dann die Arbeit trotzdem zum Schluss zu einem Erfolg führt, dann sollte man die Fehler ganz schnell vergessen."

Schäfer, der gerade einen Schluck Wein nahm, begann zu prusten. „Dann habe ich eben die Selbstkritik an dir wohl falsch verstanden?!"

Nun musste nicht nur Fuß lachen. Alle erhoben noch einmal ihr Glas.

„Dann lass uns mal zur Pressekonferenz gehen, damit wir auch das noch erfolgreich hinter uns bringen", stöhnte Fuß und heute Abend kommt ihr alle zu mir nach Alken." Er drehte sich zu Schäfer um. „Und du bringst den Kollegen Erasmus mit und die beiden anderen. Ich hoffe, Jana hat auch Zeit mit ihren Kindern zu kommen und dann feiern wir richtig!"

Die bisher erschienenen Bände der Hunsrückkrimi-Reihe

„Herzflimmern in Simmern“ (1999/Bd. I)
ISBN 978-3-922929-90-1

„Koblenzer Schängel jagt Hunsrücker Bengel“ (2000/Bd. II)
ISBN 978-3-934524-06-4

„Die Mädchenleiche unter der Hunsrückeiche“ (2001/Bd. III)
ISBN 978-3-934524-19-4

„Der Zirkusclown von Kastellaun“ (2002/Bd. IV)
ISBN 978-3-934524-27-9

„In die Falle gehen alle“ (2002/Bd. V)
ISBN 978-3-934524-30-9

„Der Mann meiner Mutter“ (2003/Bd. VI)
ISBN 978-3-934524-41-5

„Tödliche Träume“ (2005/Bd. VII)
ISBN 978-3-934524-66-8

„Fatale Folgen“ (2007/Bd. VIII)
ISBN 978-3-934524-86-6

„Verborgene Verbechen“ (2008/Bd. IX)
ISBN 978-3-934524-94-1

Alle Bücher (außer Bd. IX) gibt es auch als Radioropa-Hörbuch.

„Mord am Schängelbrunnen“ (Live-Krimi)
ISBN 978-3-935286-77-0